生活因阅读而精彩

生活因阅读而精彩

博 文◎编著

醉里挑灯读历史

解读历史和人性的钥匙
揭开隐藏的历史潜智慧

那些厉害人物都懂的36种智慧

中国华侨出版社

图书在版编目(CIP)数据

醉里挑灯读历史:那些厉害人物都懂的36种智慧 / 博文
编著.—北京:中国华侨出版社,2011.7

ISBN 978-7-5113-1525-0

Ⅰ.①醉… Ⅱ.①博… Ⅲ.①历史故事–作品集–中国
Ⅳ.①I247.8

中国版本图书馆 CIP 数据核字(2011)第 115362 号

醉里挑灯读历史:那些厉害人物都懂的 36 种智慧

编　著 / 博　文
责任编辑 / 梁　谋
责任校对 / 高晓华
经　销 / 新华书店
开　本 / 787×1092 毫米　1/16 开　印张/20　字数/410 千字
印　刷 / 北京建泰印刷有限公司
版　次 / 2011 年 8 月第 1 版　2011 年 8 月第 1 次印刷
书　号 / ISBN 978-7-5113-1525-0
定　价 / 35.00 元

中国华侨出版社　北京市朝阳区静安里 26 号通成达大厦 3 层　邮编:100028
法律顾问:陈鹰律师事务所
编辑部:(010)64443056　　64443979
发行部:(010)64443051　　传真:(010)64439708
网址:www.oveaschin.com
E-mail:oveaschin@sina.com

前　言

　　中国拥有五千年的灿烂文明，更有五千年的智慧传承。从"礼者，人道之极也"到"安上治民，莫善于礼"；从"礼，经国家，定社稷，序民人，利后嗣"到"衣食以厚民生，礼义以养其心"……我们看到的不仅仅是中国的文明史，更看到了中国人的智慧史。

　　从子贡雄辩退五国到诸葛亮空城设计退司马懿，从管鲍之交到俞伯牙、钟子期的知音难觅，从宋太祖杯酒释兵权到曾国藩修身养性之道……历史像是一道道绚烂的织锦，从古至今、从上到下，一层层地弥漫开来，让我们这些炎黄子孙受用至今。

　　中国的智慧就像一幅徐徐展开的唯美画卷，驳杂而又简单，纯真而又成熟，妖冶而又唯美。当我们沿着历史长河，不断回望中国历史的时候，我们就会不经意地发现，其实，中国的历史从未走远，它就像一块披着长长丝绸的窈窕淑女，带着历史的遗风，姗姗走来。

　　以史为鉴，以人为鉴，继承中国前辈的智慧。本书分别从不同角度展示了中国的历史犹如一本智慧的百科全书，从春秋五霸到三国鼎立，从贞观之治到康乾盛世……我们看到的不仅仅是历史，更是中国一代又一代智慧的缩影。

越王勾践十年积聚，十年养气，卧薪尝胆灭掉吴国，这是隐忍的智慧；汉高祖刘邦平项羽，斩韩信，一统天下，体现出了他善变的智慧；刘秀以柔道治天下，不斩功臣，减免赋税，轻免刑罚，这是柔的智慧；康熙日常自省，杀鳌拜，定三藩，这是务实的智慧……

古人的智慧就像一坛老酒，在布满蛛网的墙角里随着历史的推移不断沉淀。历经千年，打开之后依旧醇香如故。智慧需要积累，更需要借鉴。当我们回望历史的时候，会发现古人的智慧是那么深邃。这些智慧依然闪动着耀眼的光芒，不断照亮我们前行的道路，指引着我们继续前进。

如今，社会在迅猛发展，更需要对智慧加以灵活运用。为了以史为鉴、以人为鉴，继承中国前辈的智慧，我们从古人的为人处世故事中节选出一段又一段闪光的智慧历史，相信将之运用到21世纪的现实中来，必定会给我们的工作、生活带来启示和帮助。

当你翻开这本书的时候就会发现，一幅幅历史的智慧画卷正在徐徐展开。一起品读先哲们的智慧，滋养我们的心灵吧！

目 录

第 1 辑

小舍小得，大舍大得：活用历史之"舍"智慧

舍得舍得，不舍不得，小舍小得，大舍大得。历经千年风雨，现在，舍得还是一种智慧。

舍得之道，人生之道也。舍就是付出，得就是得到，想得到东西必须学会舍去，无舍就无得，这是生活规律。想得到，就要付出，更要学会放弃。

懂得付出是一种智慧，懂得放弃是一种智慧。

第 2 辑

取前三思,得之泰然:活用历史之"取"智慧

取之有道,在乎智慧。

人的一生就是一个不断取得的过程,对所有想到的好东西都有一种追求的愿望。然而,取什么,怎么取,则是每个人不得不考虑的问题。索取不是一味地直线追求。就像进攻一样,如果不懂"迂回",为将者必是庸才。"君子爱财,取之有道",这是一种高尚的品德,取得安心;"任凭弱水三千,我只取一瓢饮!"是一种不贪的品质,取得稳定。

取之道在于:取前三思,得之泰然。

第 3 辑

一语中的,心服口服:活用历史之"谏"智慧

司马光在《谏院题名记》中说:"古者谏无官,自公卿大夫,至于工商,无不得谏者。"想要劝谏君主,就要讲究方法,方法不当,就可能招致杀身之祸。

想要让劝说完美,不但要敢说,还要会说。在察言观色后掌握了对方的性格,然后再根据对方的喜好来选择切入点。善谏者,总是能够一语中的,让听者心服口服。

第 **4** 辑

地低成海，人低成王：活用历史之"谦"智慧

《易经·谦卦》："谦谦君子，卑以自牧也。"谦虚是一种生存的智慧，不仅要时时提醒自己保持"谦谦之态"，更要从一而终。这样才不会遇上"危险"。地低成海，人低成王。如果把自己比做高山，则难免要经受风吹雨打；如果把自己比做洼地，则能够左右逢源。

精明的人是不断获取的人，只有把自己放在比较低的位置，才能不断有所收获。这样，"成王"就是早晚的事儿了。

第 **5** 辑

与人为善，以礼待人：活用历史之"礼"智慧

孔子说："礼之用，和为贵。先王之道，斯为美。小大由之，有所不行。知和而和，不以礼节之，亦不可行也。"

"礼"是处世的必要条件，是发于心、形于外的道德品质，是衡量一个人道德涵养的标杆。以礼待人，也会受到他人的尊重。古代的关系、现在的人脉，都离不开一个"礼"字。

第 **6** 辑

以柔克刚，以弱胜强：活用历史之"柔"智慧

柔，不是懦弱，而是不鲁莽的精明。敢于示弱，以柔克刚，四两拨千斤，这些都是怀柔的智慧。无论是顺境还是逆境，都以柔对之，把逆境转换为顺境。懂得在强者面前示之以弱，用怀柔的战术来应付。

面对问题，不能一味地直面攻克它，不妨暂时把问题搁置下来，等待时机。一旦时机到来，问题就会迎刃而解。

第 **7** 辑

仁爱处世，报之以仁：活用历史之"仁"智慧

仁者，人心之本。仁义是道，智慧是本。上善若水，水善利万物而不争。这就是一种仁爱的精神和仁义的智慧。不计利害得失，着眼于大局，完成真正意义上的人生蜕变。

成就大事者，从不会计较小的得失，而放眼于大局；以仁爱之心处世，别人也会报之以仁。以仁为处世之根本，才是智者的选择。

第 **8** 辑

顾全大局,左右权衡:活用历史之"衡"智慧

智慧取决于衡量。如果一个人想要取得一番成就,就必须要懂得衡量,不仅要衡量自己,更要懂得权衡自己和别人之间的差距。懂得衡量的人,才会懂得自我反省,这样才能不断自我完善。

在尘世中多思考,多了解事态的发展,权衡利弊,才能做出最准确的判断。为人处世多衡量,才是发达之道。

第 **9** 辑

人心难测,知人最难:活用历史之"驭"智慧

"驭人",也就是管理之道,在于相处之道。与人相处并非简单,正所谓人心难测,知人最难。

欲知人心,就要会察言观色。接着,知人性后再辅以相应的方法:或远离,或深交,相处之道不尽相同。最后才是管理,方法也是各异:每个人都有不同的长处,每个人都能对你有不同的帮助,这就是管理之道。

第 **10** 辑

伏鸾隐鹄，含明隐迹：活用历史之"藏"智慧

大音希声，大象无形。真正的智慧在于守藏，真正的才华在于沉默。聪明的人不是经常说话的人，而说话的时候，必定是一语中的。

深藏不露是一种智慧，这样，可以收敛锋芒、掩饰力量，免遭他人嫉妒，以招致不必要的麻烦。保持低调，静待机会；一旦时机成熟，就会一鸣惊人。

第 **11** 辑

谦虚谨慎，投石问路：活用历史之"慎"智慧

《明太祖宝训·卷四》中云："不虑于微，始贻大患；不防于小，终累大德。"慎微就是要防微杜渐，坚持做到"莫以恶小而为之"。

谨慎，是稳定的保障。智者一般都会谨慎行事，先进行细致的考察，然后投石问路，从整个局面上了解，再采取措施，步步为营，从而取得最后的胜利。人生要想"长胜"，就要谨慎行事，走一步，看三步，直至成功。

第 **12** 辑

虚实有度,自成高格:活用历史之"实"智慧

求实者,不盲目。无论是与人交往还是反躬自省,无不如此。

在对待自己时,人贵有自知之明,要客观地认识自己;看待他人及外物时,则需擦亮眼睛,看到实处,然后行动。求实,才是发达的基础。为了求实,读万卷书,行万里路,从内心深处进行探索。如此,迈出的步伐才是最为坚实的。

第 **13** 辑

锲而不舍,持之以恒:活用历史之"专"智慧

专心,是成功的必要准备。为人处世贵在精,不在杂。杂而不精,则会让自己无所适从。人生在世,精神专一,有始有终,才会有所成就。

努力突破一点,强于胡搅蛮缠,做事的技巧也在于此。正所谓业精于专、水滴石穿,如此简单的道理也正是专心致志的最好体现。

第14辑

老骥伏枥,志在千里:活用历史之"志"智慧

有志者事竟成。志,是远大的理想,是奋斗的最终目标。有了目标,才会有奋斗的动力,才会有更大的勇气。

无志者的人生少不了迷失和茫然,因为人生从来不是一马平川。"志"的力量足以切金断玉,是挺起一个人的脊梁,是支起一股劲的气势。志存高远的力量可谓无穷无尽,永不停歇。

第15辑

当机立断,决胜千里:活用历史之"决"智慧

好谋而无决断,是人生中的大忌。因为时机不等人,一旦看好就要立刻行动,这样才能抓住最好的机遇。

果断让生命的价值体现得更加彻底。面对困难的时候,当断则断,凛然的气势必然能战胜一切困难。优柔寡断者,必将错过最佳的时机。为人处世,不仅要善于谋划,更要善于决断。

第**16**辑

侧耳倾听,明辨是非:活用历史之"听"智慧

听,不但要听话,更要体会话中的真意。听过之后思考,才能够达到听的目的。话语有真有假,会听,才能听出话中真意。

善听者,听弦外之音。善听也是一种表达,是对讲话者的认可,也是对自己不断的完善。善讲者,能够通人心;善听者,能够解人意。会听,才能明辨是非,打好成就伟业的基础。

第**17**辑

遇水搭桥,遇山开路:活用历史之"变"智慧

何谓强者,善"变"者为之。变,即变通、不死板。

变通,就是指遇事能够随机应变,选择最好的解决之道,而不是一味地恪守教条。这是一种智慧,正所谓"识时务者为俊杰,通机变者为英豪"。

随机应变能让自己掌握主动,反客为主;能够遇山开路,遇水搭桥,这才是随机应变的精髓所在,更是我们应该不断学习的方圆之道。

第18辑

挑战传统，天马行空：活用历史之"创"智慧

不创新，即灭亡！怎样才能脱颖而出、独树一帜？必须要创新。守着旧东西永远得不到发展，创新才是成功之道。

创造来源于大脑积极的思维。这需要摆脱束缚，任凭思维驰骋，展开天马行空的想象。从而创造出新的思想、方法和事物。这才是强于他人的智慧。

第19辑

一屋不扫，何以扫天下：活用历史之"小"智慧

大决于小，小亦可决大；小与大，没有必然的界限。为人处世，既要放眼全局，又要从小处着手，不忽视细节上的东西。千里之堤，溃于蚁穴，这是一个忽视"小"的教训。

不积跬步，无以至千里；不积小流，无以成江河。小是大的分支，不重视细节，必会影响大局。天下难事，必做于易；天下大事，必做于细。先小后大，先近后远。

第**20**辑

万物之根，以和为贵：活用历史之"和"智慧

"人法地，地法天，天法道，道法自然。"道也是一种和谐，世间万物本来就是和谐的。只有人与人、人与自然之间和谐了，世界才能大踏步地向前发展。

发展离不开一个"和"字，成功更加离不开"和"。和是成大事的基础，更是团结的基础。和，乃万物之根，一心之本。

第**21**辑

修身养性，修己以敬：活用历史之"敬"智慧

能否处理好人与人之间的关系，就在于懂不懂得如何尊重别人。尊重，不仅仅是表面功夫，正所谓"修己以敬"，提高自身修养，才能真正从心里尊重每一个人。

敬，智者所为。敬人者，人恒敬之；尊重他人，必会受到他人的尊重。如果不懂得尊重别人，也就没有人愿意和你"同行"，最终只能陷入寸步难行的窘境。

第 **22** 辑

言而有信,发达之道:活用历史之"信"智慧

人无信而不立,诚信是做人的根本。不重视诚信的价值,鼠目寸光,便会失掉诚信,而没有信用是成事的大忌,它会让你失去一切的支持。

善言者难以掩无信之人,没有信用的人从来只能单打独斗,靠个人的力量成就大事是非常困难的,所以可以说,信乃立身之本、发达之道。

第 **23** 辑

投之木桃,报之琼瑶:活用历史之"帮"智慧

不施者,无所得。帮助别人,同样也是在帮助自己。施恩不求报是一种品德,而"受人点水之恩,须当涌泉答报"也是人之常情。

若事事只求自己安然,从不施恩于他人,同样也不会得到别人的"施"。这样,就没人和你"共患难",想成大事,难矣。

第24辑

海纳百川,有容乃大:活用历史之"宽"智慧

海纳百川,有容乃大。人如果能包容世上的一切,才会让自己的胸怀变得宽广,从而成就大事。斤斤计较乃小人所为,是难成大事的。

胸怀大志的人,就不会拘泥于琐碎小节,他们拥有的是一种宽容的智慧,是一种博大的情怀,是为人处世的乐观态度。

第25辑

勇于担当,舍我其谁:活用历史之"担"智慧

无担当,何以言勇?勇于担当,才是大丈夫。担当需要勇气,不是匹夫之勇,而是需要进行有效的判断,挺起不屈的脊梁,来解决问题。

担当是一种处事不惊的坦然之态,是一种大义凛然的气魄。用自己不屈的意志来面对一切,才是大丈夫所为。

第26辑

杵臼之交,诚恳当头:活用历史之"交"智慧

尊重和付出,是"交"的真谛。子张曰:"君子尊贤而容众,嘉善而矜不能。"交朋友是一个过程,所以,既要尊重贤人,又要能容纳普通人;既能赞美善人,又能同情能力不够的人。这是"交"的基础。

老子说:"夫唯道,善贷且成。"交往之道要善于施予,善于付出,善于成就别人。在施予、付出、成就别人的同时,也就成就了自己。

第27辑

背靠大树,众人帮扶:活用历史之"靠"智慧

强者,不逞匹夫之勇。人生在世,自身要强大,更要看到别人的力量。能利用这种力量的人往往更能体现一个强者的智慧。

事有大成者,借势、借力而已。成大事者无一不靠众人帮扶。要"靠",就要看到他人之长。当年孟尝君借鸡鸣狗盗之徒逃离困境,就是"靠"智慧的体现。

第 **28** 辑

锲而不舍，持之以恒：活用历史之"坚"智慧

成事之道，在于恒心。隐者的智慧是安然世外；智者的智慧是洞察世事；愚者的智慧便是恪守简单。不同的人有不同的追求。

无论怎样的追求，都需要有恒心，能坚持。没有坚持的成功闻所未闻，没有坚持的胜利也纯属偶然。

第 **29** 辑

静观其变，应时而动：活用历史之"静"智慧

静若泰山，动若雷霆。静如处子，而后才能动若脱兔。

局势多变我不乱，静观其变，才是最好的选择。这种静，是为了后来的动，以期应时而动，一鼓作气。于无声处听惊雷，这种暂时的搁置才是静的最大力量。放下一切，让事态顺其自然地发展，更是一种胸怀、一种临乱不惊的智慧。

第30辑

忍辱负重,强者之道:活用历史之"忍"智慧

"天将降大任于斯人也,必先苦其心志,劳其筋骨,饿其体肤,空乏其身。"

当忍则忍是一种生存的智慧。张扬的人是不明智的,会把缺点和劣势全都暴露,容易被心怀叵测的人利用。

小不忍则乱大谋,乃强者之道。忍并不是怯懦,而是处变不惊、临危不惧、懂得权衡,只有学会低头,日后才能更好地抬头。

第31辑

以退为进,以守为攻:活用历史之"退"智慧

退,则海阔天空;争,则山穷水尽。成大事者,要争,更要懂得退。争是一种手段,而退则是一种智慧。懂伸缩的人才能自保,知进退的人才能久安。

人生这场战争,如能做到进可攻、退可守,就是明智。退,看似平淡,实则高深;可贵之处就在于,不把自己置于风口浪尖。如此,才是取得最终胜利的前提条件。

第 **32** 辑

虚心纳下,散财得众:活用历史之"让"智慧

智者,明退让之道。古人都懂"谦受益,满招损"的道理。虽然知道"谦"能"得益",但谦让为人、淡定处世,做到却很不容易。

成大事者,必先懂谦让之道。言不让人,利不让人,往往一事无成。成事要能服众,要得人心。而遇事的谦让则是"虚心以纳下";遇利的谦让则是"散财而得众"。

第 **33** 辑

淡泊明志,宁静致远:活用历史之"淡"智慧

淡泊以明志,宁静以致远。不以物喜,不以己悲,淡泊方可高远。

淡泊是"登山则情满于山,观海则意溢于海"的一种情致,是"行到水穷处,坐看云起时"的人生态度,是一种雅趣、一种乐观、一种洒脱,更是人生的一种气韵!

人生百味,辉煌会过去,精彩会谢幕。酸甜苦辣之后,还是"淡"字最耐人寻味。

第 34 辑

处变不惊，居安思危：活用历史之"危"智慧

《左传》有："《书》曰：'居安思危。'思则有备，有备无患，敢以此规。"中国先贤曰："人心唯危，道心唯微。"充分揭示了人的一生终生都需要在"危"、"微"途中独自行走。人生只有如此，才能通达。

具有忧患意识的人才是精明的，防患于未然便来源于此。若只是偏安一隅，则难免有遭遇不测之时。

第 35 辑

磨平棱角，方圆之道：活用历史之"圆"智慧

做事要方，做人要圆。这种"圆"，绝不是圆滑世故，更不是平庸无能。这种圆是一种圆通，是一种宽厚和融通；是大智若愚、与人为善，是居高临下、明察秋毫之后，心智的高度健全和成熟。

圆，是人的高尚境界。不因洞察别人的弱点而咄咄逼人，不因自己强于他人而盛气凌人。任何情况都不会随波逐流，而是潜移默化地影响着周遭的一切。

第 **36** 辑

深谋远虑，未雨绸缪：活用历史之"谋"智慧

人生事业，大谋大成，小谋小成，无谋不成。

人生的是非成败都不过是"谋"的结果：善谋者无忧，从来如此。成功总是落在深思熟虑者的手中，未雨绸缪才能成竹在胸。人生中的每一个成功都不是偶然，多谋者安然，少思者忧虑。

第 1 辑

小舍小得，大舍大得

活用历史之"舍"智慧

舍得舍得，不舍不得，小舍小得，大舍大得。历经千年风雨，现在，舍得还是一种智慧。

舍得之道，人生之道也。舍就是付出，得就是得到，想得到东西必须学会舍去，无舍就无得，这是生活规律。想得到，就要付出，更要学会放弃。

懂得付出是一种智慧，懂得放弃是一种智慧。

舍小家保大家，方显君子之气

——平原君疏财救赵

有舍才有得，在必要的时候，我们应该学会放弃。关键时刻要懂得放弃一些东西，哪怕是自己最珍贵的。特别是当个人利益和集体利益相冲突的时候，更应该选择舍"小家"保"大家"。

俗话说"皮之不存，毛将焉附"，这句话很形象地说明了个人利益和集体利益的关系。如果失去了集体利益，个人利益也就失去了借以生存的基础，也将不复存在。可想而知，如果不以"大家"为重，又哪里来得"小家"的安稳？

战国时期，赵孝成王六年，纸上谈兵的赵括亲自率领赵国的 40 万大军与秦国军队展开交战，不幸的是，赵括全军覆没。因此赵国元气大伤，秦军趁势追击，很快形成合围，包围了赵国的都城——邯郸。

危难之时，赵国的相国平原君马上到楚国求助，在门客毛遂的引荐下，楚国楚烈王当即与平原君歃血为盟，让春申君黄歇率领 8 万楚军前去支援赵国。不仅如此，平原君的内弟——时任魏国信陵君魏无忌也谎称得到了魏王的号令，夺得了魏国的虎符，支援邯郸。

当平原君回到赵国之后，发现邯郸城危在旦夕，根本坚守不到援军的到来。但是平原君一时之间又想不出好的办法，这时军心涣散，很多士兵竟生出了投降的念头。

正在这时，邯郸城有一个小官吏叫李同，求见了平原君，他说："赵国就要灭亡了，相国难道就不着急吗？"

平原君听后非常生气，大喝道："你说的这是什么话？国家兴亡，匹夫有责。赵国如果灭亡了，我就成了亡国奴，怎么能不担心呢？"

李同继续说："现在，邯郸城已经被围困一年多了，百姓衣不蔽体、食难下咽，有的百姓甚至已经开始易子而食了。但是反观相国府内，依旧锦衣玉食，就连婢女都是身穿绫罗绸缎，大鱼大肉享受不尽。长期的战争消耗了国家大批的物资，现在，百姓家中已经家徒四壁；武器装备也已经消耗殆尽，只能用木材作为武器参加战斗。但是相国府内却是钟鼎鼓磬一应俱全。这样看来，相国并没有把赵国的存亡放在心上。"

平原君一听，霎时间惊出一身冷汗。

李同接着说："如果所有人都这么想，必然会人心涣散，如今，赵国存亡仅在一线之间，如果长此下去，赵国肯定会快速走向灭亡！请相国三思。"

平原君听了后不禁倒吸了一口冷气，顿时向李同深深作揖并谦虚地说："请先生赐我解救之法。"

李同说："相国心里自然明白，您的个人荣辱和国家安危是连在一起的，一荣俱荣，一损俱损。如果秦军攻破了邯郸，您的一切也会随之消失；反之，如果赵国不亡，您的东西不还是您的吗？我建议，您的家人以及奴婢都去参加战斗；家中的钱财、食物和衣服都拿出来犒赏守城的将士。这样一来，很多人都会感谢您的施恩，自然会上下一心，拼死守城。"

平原君当即采纳了李同的建议，疏财守城。果然，这样的行动大大鼓舞了守城兵勇的士气，城中自发组织起了一支3000人的敢死队，冲出城去，和秦军展开了厮杀。迫使秦军撤围，后退了30多里，缓解了邯郸城的危机。

没过多久，信陵君率领的8万魏国援军及时赶到，和邯郸城内的赵军里外夹击秦军。秦军损失惨重，残余部队狼狈也狼狈逃窜，赵国因此获救。而平原君也成了鼎鼎有名的大人物。

平原君在国家生死存亡的关键时刻不计个人得失，仗义疏财，与将士同甘共苦，站在了同一战线上，用自己的资财赢得了民心。最后守城成功，不仅保住了国家，更保住了自己。这可以说是对"舍小家，保大家"最恰当的阐释。

所以说，在日常工作生活中与人相处时，我们要顾全大局，不能仅为坚持个人的一点利益而"钻牛角尖儿"。要知道，我们每一个人都是身处在某种大环境之中，不维护好"大家庭"的和谐，每一个体是无法得到长久之安稳的。只有懂得舍弃自己的小利益，维护共同的大福利，"舍小我，成大我"，这样，社会才会得以进步，而人与人之间也才会变得越来越和谐。

◆史道智慧◆

只有舍弃个人的蝇头小利，让个人利益和集体利益联系在一起，才是对自己最好的保护。同时，也只有懂得先保全集体、再考虑个人的人，才能做出更为明智的决定，从而显示出一个人的长远眼光和巨大的魄力。

要知道，舍弃的利益并不会随风消散，而是会在集体利益保全之时收获到更大的利益。

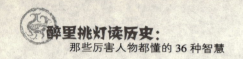

善于施舍，终有一得

——曹操赦罪留曹洪，无意救己一条命

过去的痛苦也好，错误也罢，能够放下，便是一种解脱，是一种更高层次的宁静与淡泊。在舍下过去的同时，我们往往就能得到生命在别处的色彩。

三国征战时期，曹军将领钟繇退守潼关。曹操知道长安已然丢失，心里又气愤又着急。于是叫来大将徐晃和从弟曹洪，怒气冲冲地下了死命令："你们两个先率领一万兵马去镇守潼关，如果十天内潼关被攻破了，就砍了你们的头。至于十天之后的事，就不用你们两个担心了。"二人奉了将令，火速赶往潼关镇守。

这时，曹操的另外一个从弟曹仁对曹操说："曹洪脾气火暴，我怕他会耽误大事。"曹操当即就对曹仁说："你押送粮草，去接应他们。"

曹洪和徐晃二人到了潼关之后死守不出，西凉军马超率兵在城外大骂曹操。曹洪大怒，便要前去应战。徐晃拦住他说："这是马超的激将法，千万不要受他蛊惑啊！"

坚持到第九日，曹洪巡视之后，看见西凉兵（因西凉民众造反组成的军队，大家称其为西凉兵）士气松散且极其疲乏，便认为时机已到，当即备马率领三千骑兵冲杀下来，西凉兵溃败而逃。

曹洪见西凉兵败逃，就乘胜追击。而这边徐晃听了手下禀报后却大吃一惊，赶紧派兵前去解救。这时，蜀军大将马岱从旁边引兵杀来，马超和庞德也从旁边策应而出，曹洪和徐晃见势大惊失色。曹洪招架不住，损失了大批兵马，最终丢失了潼关。

丢了潼关的曹洪又羞又恼地前来向曹操汇报，曹操质问道："我给你十日期限，你竟然在第九日丢了潼关！"

曹洪说："西凉兵士百般辱骂，我承受不了。后来看见他们兵士懈怠，就发兵出击，没想到却中了马超的奸计。"

曹操转而对徐晃说："曹洪年轻气盛，你应该好好劝他才对。"

徐晃说："我劝过他多次，可是他却听不进去。"

曹操一听顿时火冒三丈，一心想处斩曹洪，可又考虑到曹洪毕竟是自己的从弟，因而犹豫不决。但为了严整军纪，曹操一咬牙，还是下定决心斩杀曹洪。

众官员纷纷跪地为曹洪求情。上下不得之时，曹操只好舍去将军的威严，收回了成命，曹洪的一条性命才算得以保全。但万没想到，就是这一"舍威严"，才换来了不久后曹操的"得性命"。

且说潼关失守后，曹操亲自率兵前往，正巧和西凉兵马相遇。马超当即大喝："曹贼！你杀我父亲和弟弟！我要生擒活捉你，为他们报仇雪恨！"说完，马超便拍马冲杀了过来。

马超奋勇不屈，曹操见势不妙，只得掉头就跑。一看曹操要逃，马超大叫道："穿红袍的是曹操。抓住穿红袍的有重赏！"曹操一听，赶紧脱掉了身上的红袍。

马超又说："留胡子的是曹操！"曹操马上取出刀来割掉胡子，用布包着下巴狂奔。

曹操自以为逃脱了马超追杀，可是他不曾料到，其实马超就在背后。眼看无路可走的曹操仰天长叹，正准备横剑自刎，却突然听见另一路兵马从旁边冲杀了过来，前来相救。定睛一看，不是别人，正是曹洪！就在曹洪与马超鏖战之时，曹操才得以借机逃脱，保了身家性命。

回寨之后，曹操既惊吓又感慨："如果我当初杀了曹洪，今天必然会死在马超小儿手里！"

曹操被马超追杀时，曹洪挺身而出，快马赶到，解了曹操之围。假如曹操当初不听劝告，一怒之下杀了曹洪，也许整个三国的故事就得改写了。正是因为当初对曹洪的失误放了一手，对自己的威严舍了一截，才换来日后性命的相得。

无论一个人过去做过什么错儿，我们都不应该纠结于以往；不管是对自己还是对他人。只有把已经发生的事真正地放下，轻装上阵，步伐才能更稳健，路途才能更长远。

◆ 史道智慧 ◆

有人曾把生命当做一次长途旅行，这实在是个极好的比喻。每天早晨，和大多数人一样，我们把每一个昨天都放在背包里，把每一阶段的是非、得失都扛在肩头。这样的话，我们就会发现，生命越往前走，身上的包袱和负担就越沉重。

有这样一句很有诗意、很有哲理的话："天使之所以能够飞翔，是因为她有轻盈的翅膀。当给她的翅膀缀上黄金时，也就再不能飞得高、飞得远了。"

从中我们应该学到，放下过去"不值得"背负的东西，比如过去的恐惧、过去的创伤、过去的不愉快等等。只有这样，我们才能轻装上阵，进而发现人生的旅程是如此轻松、愉快，生活是如此有趣而自在。

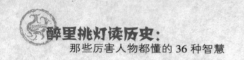
放弃并非是牺牲

——齐桓公放弃一箭之仇，重用管仲

放弃也是一种美，放弃会让你从容坦然地面对生活，再也不会拿别人的错误来惩罚自己。当痛苦向你袭来的时候，不妨放弃这些痛苦，换个角度看自己，勇敢地面对迷茫的人生。再困难的事情也能找到解决的方法，让灵魂在布满荆棘的路上绽放出最娇艳的花朵，去寻找人生新的起点。

战国时，齐襄公荒淫无度，导致国政混乱。而有望登上君位的有两个合适人选：师从管仲、避难于鲁国的公子纠；另一个就是以鲍叔牙为师，避难于莒国的公子小白。纠的母亲是鲁国女，鲁自然成为纠的强大外援，又有管仲等人的辅佐，优势自然显现。而小白自小与齐国贵族高氏友善，得力的内应加上鲍叔牙的帮助，也足以与纠抗衡。

齐襄公十二年（前686年），公孙无知弑君而自立。次年，雍林人又杀公孙无知。一时间，齐国无君，一片动荡。

此时，鲁庄公亲自带兵护送公子纠回国。公子纠的老师管仲担心公子小白所在的莒国离齐国较近，很有可能会抢先回国夺取君位。于是，便先带了一批人马去拦截公子小白。

待管仲赶到即墨附近时，果然发现公子小白正往齐国去。因和公子小白的老师鲍叔牙私交甚好，所以管仲上前劝说公子小白放弃回国，但小白不肯，拂袖而去。管仲一时心急，便趁小白没走多远时暗自拿出弓箭，对准他射去。

箭已离弦，只听小白大叫一声，口吐鲜血，从车上跌下。管仲以为小白已死，便立即送信给行进中的鲁军。于是，公子纠一行便不慌不忙地走上返齐的路。

这边，公子小白的手下慌忙拥上前来，一看，大家又都破涕为笑。原来，那支箭射中的是他身上的带钩，着实让小白吓了一跳。又恐再有冷箭射来，就故意大叫一声，咬破舌尖，摔在车下，连鼻子带门牙都摔出血来了。等大家围上来时，他才睁开眼睛，松了一口气。

大家都认为天不灭小白，士气倍增；在鲍叔牙的带领下，日夜兼程地赶路，终于抢在了公子纠和管仲的前面回到了齐国的首都临淄。齐国的大贵族国氏和高氏等立即立公子小白为国君，史称齐桓公。

齐桓公即位后，立即集合军队，把鲁军打得一败涂地，连撤退的道路都被齐国切断。这时，鲁国国君收到鲍叔牙送去的一封书信，说明齐桓公不忍亲杀兄弟，请鲁国自行解决公子纠；否则，鲁国则有灭顶之灾。

被逼无奈之下，鲁国只得杀了公子纠，把管仲押送到齐国。

令众人担忧的是，齐桓公对公子纠都无法容忍，又怎能放管仲一条生路呢？

是鲍叔牙的劝说起了关键性的作用。他对齐桓公说："君王的眼光应当远大。如果大王只想治理好一个齐国，那么我和高氏、国氏来协助您就够了；如果大王想称霸诸侯，就非管仲不可。管仲的才能比我高出多倍，大王如果重用他，一定能成就齐国的一番大业。"

齐桓公是一个胸有鸿鹄之志的人，听了鲍叔牙的这番话，又知鲍叔牙与管仲相知甚深，所有的怨恨也就淡化了。等到管仲到了临淄，齐桓公沐浴三次，亲自在郊外迎接，并立拜管仲为相。

登了相位后的管仲果然不负众望，终其一生，以自己的雄才大略成就了齐国的一方霸业。

如果齐桓公记恨管仲的一箭之仇，不予以重用，齐国就不会取得最后的胜利，更不可能获得新霸业的成功。正所谓"善言治者，必以成就人才为急务"。人才是事业之本，获得人才的方法多种多样。而放弃个人恩怨，以大局为重，才是拥得天下的重中之重。

由此可以看出，放弃并不意味着牺牲，它只是为了更好地获得或把握机会，从而取得最后的胜利。

人们总是喜欢去索取，殊不知，有的时候放弃也是一种"取得"。做一些退让，是为了更好地获得契机，从而轻而易举地用这些机会争取以前没有得到的一切。

◆ 史道智慧 ◆

老子说："将欲取之，必先予之。"为了得到，必然先放弃。在选择得失的时候，适时地放弃更是一种智慧。放弃之后，我们会发现更广阔的天空，会挖掘到更多的机会。

但是，做出放弃这个抉择是很难的，因为它需要你放下本来拥有的"情理"，或者放下手中本来的成功，不计前嫌，重新开始。这就需要一个人有远见的卓识和坚定的毅力。只有清楚自己的每一步，才能在放弃之后还能保持清醒的头脑，去发现更多的机会，而这才是真正的智者。

摒弃迂腐，求得光明
——马援弃愚主投贤君

俗话说，"良禽择木而栖，贤臣择主而侍。"对于"良禽"和"贤臣"，工作环境和领导者是一个大问题。选择什么样的环境，选择什么样的领导，也许就会决定你的一生。当环境和领导不适合你的时候，摒弃迂腐的固守，勇敢地走出困境，不失为一种明智的抉择。

马援是东汉初年著名的政治家和军事家，他为东汉王朝的建立、巩固和发展做出了巨大的贡献。之所以能够功成名就，不仅因为马援从小就非常聪明，更重要的是他懂得择明主而事。

马援少有大志，但却是大器晚成。在没有遇到贤明的君主之前，他虽然有着满腹才略，但是却并不急于施展，更不想随波逐流。在这段时间，他主要从事交游以开阔视野和胸襟。后来，他又到了北郡畜牧，过着简朴而惬意的生活。不过，马援的志向并未被这逍遥惬意的生活消磨掉，他一天都未曾忘却自己的志向。马援曾对宾客说："丈夫为志，穷且益坚，老当益壮。"可见其志向的远大。

王莽末年，天下局势更加动荡不安。各地义军纷纷揭竿而起，各地豪强地主也纷纷割地称雄。当时刘秀称帝，其他很多人也纷纷效仿，自立为王。

这个时候，有人得知马援是个有勇有谋的人才，就把他推荐给了王莽。盛情难却之下，马援只好接受。但是过了没多久，马援就发现王莽是一介武夫，根本没有治国安邦的才能。于是他辞职回到了自己原来的地方，重操旧业。与此同时，他还十分冷静地观察与分析当前的形势，以便找到真正贤明的君主。

没过多久，天水（今甘肃一带）的隗嚣听说马援之名，来请他出山帮忙，并予以重用。隗嚣对马援可谓是言听计从，但是马援却不满意，觉得隗嚣没有远大的志向，只图偏安一隅，且缺乏实力。

当时还有一个十分强大的势力，即称帝巴蜀的公孙述。隗嚣便让马援去公孙述那里打探虚实，以便决定到底投奔谁。马援同公孙述小时候非常要好，但是这次相见，公孙述却对马援大摆帝王架子和排场。这种作风让马援极其厌恶，因而婉言拒绝了公孙述的挽留。回去后，马援对隗

嚣说公孙述实在是井底之蛙，却又妄自尊大，因此不能跟随，所以，他好意劝说隗嚣归顺刘秀。

马援说服隗嚣后，直奔洛阳。刚到洛阳，就受到刘秀不设警卫而便装相迎的礼遇。刘秀这种礼让相待的做法让马援一见如故。自此之后，马援常常与刘秀深谈，并且经常跟随刘秀外出巡视，这些经历让马援获益良多。时间一长，马援认定刘秀是个贤明之主。

与此同时，隗嚣却野心膨胀，想要妄自称王，准备和刘秀公开抗衡。对此，马援又一次进行了客观的分析，认为刘秀志远而礼贤，隗嚣短浅而粗野，最终，马援选择了辞别隗嚣去投奔刘秀。

自此之后，马援终于有了用武之地，开始跟随刘秀踏上了东汉的统一之路。在刘秀身边，马援如鱼得水，充分展现了他的雄才大略，并屡建奇功。虽然这个时候的马援已经不再年轻，但是他最初的远大抱负却终成事实，成为一代名将。

在那种动荡不安的时局下，面对此消彼长的各方势力，马援能够明智地选择投奔明主刘秀，这是非常有远见的。如果当时跟随隗嚣，马援也依然会被器重，也会有优厚的待遇；但是马援能够认识到这样的情况不会长远，因为当时天下"百姓思汉"而渴望统一，而刘秀恰恰是这一趋势的杰出代表。因此，他毅然决然地放弃了隗嚣给予的优厚待遇，转而投奔了刘秀。

马援的成功在于他的取舍得当。一个胸怀大志的人应该明白，只有和志同道合者一起构成一个智慧超群、饮誉天下的团体，才能共同发光放热。

我们说，能够坚持自己的梦想，不因客观环境的改变而改变的人的确是值得称赞的；但当遇到真正可以施展自己抱负的机会时，我们更应该像马援一样，果断而及时地摆脱现状，投奔到更广阔的天地。错过眼下，是为了谋求更好的发展。

◆ 史道智慧 ◆

"人往高处行，水往低处流"。我们要摒弃迂腐的固守，舍去鼠目寸光的领导者，选择有远大之志的同道者。只有这样敢于摆脱束缚，才能找到属于自己的贤明君主，才能真正奔向更有生命力的新天地，尽情施展自己的才华！

记住，任何时候都不要被暂时利益束缚住，要时时保持开阔的视野，为自己今后的发展做好规划。

第 2 辑

取前三思，得之泰然

活用历史之"取"智慧

取之有道，在乎智慧。

人的一生就是一个不断取得的过程，对所有想到的好东西都有一种追求的愿望。然而，取什么，怎么取，则是每个人不得不考虑的问题。索取不是一味地直线追求。就像进攻一样，如果不懂"迂回"，为将者必是庸才。"君子爱财，取之有道"，这是一种高尚的品德，取得安心；"任凭弱水三千，我只取一瓢饮！"是一种不贪的品质，取得稳定。

取之道在于：取前三思，得之泰然。

无功不受禄,取舍之间成英名

——孟子面对百两黄金心不动

在生活中,千万不要被那些小恩小惠冲昏头脑。当他人无缘无故地给你送礼时,不要盲目地接受,而应该想想,对方为什么会送礼。正所谓"无功不受禄",自己有什么资本接受送来的这份礼呢?

君子爱财,取之有道。无论什么时候,都要努力调控心中的贪念。做事要三思而后行,多想想利弊,然后再做决定。想要取得什么成果,主要看自己,而不是在于别人的施舍。只有通过自己的努力得到的东西,才是真真切切属于自己的。

战国时期,孟子的名气非常大,家里经常宾客盈门。其中,绝大多数人是慕名而来,特意来向孟子求学问道的。

有一天,他家中接连来了两位神秘人物,一位是齐王的使者,一位是薛国的使者。对国家的使者,孟子自然不敢怠慢,小心周到地接待他们。

齐王的使者带来一百两金子给孟子,说是齐王特意馈赠的。而孟子见他话说到此没有了下文,就婉言谢绝了齐王的馈赠,使者无奈,只好灰溜溜地走了。

不久,薛国的使者也来求见。他给孟子带来五十两金子,说是薛王的一点心意,感谢孟子在薛国发生灾难的时候帮了大忙。孟子听了很高兴,并吩咐手下人把金子收下。

孟子前后大相径庭的举动让门客感到十分奇怪,不知孟子为什么拒绝齐国馈赠的百两黄金,却接受薛国的区区五十两金子。陈臻率先提出了这个问题,他问孟子:"齐王送你一百两的金子,你不肯收;薛国才送了齐国的一半,你却接受了。如果你刚才不接受是对的话,那么现在接受就是错了;如果你刚才不接受是错的话,那么现在接受,不是前后言行不一吗?"

孟子回答说:"其实,事实不是你想的那样。在薛国的时候,我帮了他们的忙,为他们出谋划策,平息了一场战争。我也算个有功之人,这些物质奖励是我应该得到的。而齐国人平白无故地给我那么多金子,是有心收买我。君子是不可以用金钱收买的,我怎么能收他们的贿赂呢?"

大家听了之后,都十分佩服孟子的高明见解和高尚操守。孟子仁义的名声也远播四方。

面对无缘无故的恩惠，孟子不为所动，不被糖衣炮弹轰炸得丧失了冷静的头脑。他沉着地进行了一番分析，知道哪些钱财是属于自己应该拿的，哪些钱财不属于自己的范围内。这不仅体现了孟子的高尚操守，而且告诫后人，不是所有的利益都应据为己有，只有学会取舍，才不会给自己带来麻烦。

在取与舍的问题上如何进行抉择，其实是与人们的心胸和能力有关的。人们通常按本性行事，处世光明磊落的人重视荣誉，却不执拗于过往云烟的功名利禄。当取则取，才能得到长久的收获，从而体现出"取之有道"中的智慧。

◆ 史道智慧 ◆

俗话说"君子爱财，取之有道"，对于他人所给予自己的大大小小的好处，你可以取，也可以不取。而取与不取之间所要遵循的道义就在于，会不会影响到自己的道德操守，会不会给自己导致更大的灾祸。

因此，面对利益诱惑的时候，要保持一份清醒的头脑，要时时提高警惕，分析好每一份利益背后是否隐藏着巨大的隐患。只有这样，才能避免上当受骗。千万不要为了取一点小财而陷入他人的陷阱，若到那时再后悔，恐怕就已经什么都无法挽回了。

舍生取义贯长虹

——云敞不畏强权，葬师谱忠义

孟子说："生，我所欲也；义，亦我所欲也。二者不可得兼，舍生而取义者也。"意思是说人要以正义、道义或崇高理想、高尚人格为重，在"生"与"义"不可兼得时，能为义而不惜牺牲自己的生命。

舍生取义，是中华民族的美德之一。纵观悠悠历史长河，不知有多少仁人志士为了正义事业而捐躯。一身侠胆，高吟"风萧萧兮易水寒，壮士一去兮不复还"的荆轲，"捐躯赴国难，视死忽如归"的曹植，"我自横刀向天笑，去留肝胆两昆仑"的谭嗣同，"头可断，血可流，工不可复"的林祥谦……他们将自己生命的火花凝铸于铁链之中，迸发于刀刃之上，在历史的天穹上闪烁着不灭的光辉，流芳百世，永照世人。

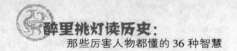

汉代，有一位名叫云敞的儒士，师从一代名儒吴章学习儒学。在当时，吴章非常出名，是《尚书》的博士，追随他的学生有一千多人，所以云敞对吴章非常尊敬。

西汉末年，王莽害死汉平帝，自称帝王开始专政。为君之后的王莽，执政手段非常残暴，不但不体察民心，还增加赋税；赏罚也随心所欲，根本不考虑任何法令。不仅如此，他还主动挑起与周边国家的战争。一时间，哀怨四起，百姓反抗高潮此起彼伏。

与此同时，王莽还逼迫汉朝皇帝的母亲以及皇后留住中山，不让她们回京师。王莽的长子王宇觉得父亲做事不妥，决定挺身而出，仗义执言。他向老师吴章求教，商讨如何能够遏止王莽的种种恶行。吴章认为，现在的王莽做事不计后果，已经到了人神共愤的地步。王莽喜欢装神弄鬼，不如将计就计，设计出一些鬼神事件来吓唬他，套用一些歪理邪说，让他感到自己已经众叛亲离了，就连鬼神都发怒了，然后再逼他退位，这样就一定能够马到功成。

王宇觉得老师的这个办法很好，就派手下提着一桶血，在半夜三更的时候，把血水泼洒在王莽的大门上，好像是鬼神愤怒造成的。希望王莽迷途知返，不要再为非作歹了。谁想到王宇手下的行为被守夜的门卫调查出来了，事情很快就败露了。王莽一怒之下，亲手害死了自己的儿子，不仅如此，对怀有身孕的儿媳，王莽也是痛下杀手。

除此之外，王莽还诛杀了皇后的娘家卫氏家族的族人，并借机铲除异己。在这次事变中，被他害死的无辜的人达一百多人。身为儒林领袖，吴章用生命的代价为他常怀于心的道德节义写下了最为重要的一笔。他威而不屈、坦然就义，被王莽下令施以酷刑。残忍至极的王莽派人将他的肢体一节一节地割下，腰斩于东市门外。

作为一代大儒，追随吴章的弟子达一千余人之多。王莽认为凡和吴章有关系的全都是同党同伙的恶人，全都要打进大牢关押起来。很多学生为了避其灾祸，竟然公然宣称不是吴章的学生，而早已师从他人了。

当时的云敞官居大司徒掾，老师的惨死使他悲伤欲绝。每每想起老师深切的爱护和不倦的教导，都让他涕泪纵横。于是，云敞决定挺身而出，为最敬爱的老师尽一点为人学生的微不足道的情义。

当时政局动荡、风雨飘扬，云敞一路哭号，跪拜着来到老师那凌落四处的尸首前，痛断肝肠。他大声宣称，自己就是吴章的学生，他把老师的尸首一块一块小心翼翼地包好，抱在自己的怀中，泣不成声，缓缓走了回去。他不畏惧天下的人都知道他是吴章的学生，他不畏惧从此以后自己就是冲在最前方的恶党与罪魁；他只知道老师坚守仁义直到尽处，而他终生实践的正是老师对自己最深切的教诲。

云敞按照师礼把吴章的尸首敛棺而葬，云敞的举动使整个京师的人都为之瞩目。车骑将军王舜被他的义行深深感动了，并且推荐他为中郎谏大夫。但云敞对时局已心灰意冷，便以生病为由避隐在家中，终老余生。

面对恩师的惨死，云敞不惧强权，敢于挺身而出，捍卫尊师的道德操守，哪怕付出性命也在所不惜。面对王莽专权的淫威，更是念及师恩，毅然舍弃功名，为老师终其一生而归隐。云敞用自己的正义行为谱写了一曲忠义之歌。

今天，我们的社会虽然已发生了巨大的历史变化，但美与丑、正义与邪恶的斗争仍然很尖锐。为了坚持真理和正义，为了祖国的繁荣和人类的进步，仍然需要我们继承和发扬舍身取义的崇高美德。也只有懂得道义为大的准则，才能在取舍之间把握住标准。

◆ 史道智慧 ◆

鱼与熊掌不可兼得。当我们面对道义和私利这"一鱼、一熊掌"时，就更要懂得取舍。往往，一念之差就会让自己背离人道或美誉尽弃。所以，在两者之间进行选择便成了一种严峻的考验。

舍生取义是人生追求的最高境界，在利与义之间，我们理应选择后者，这是中华民族的传统美德，我们有责任继承并发扬。只有这样敢于舍弃，才能牺牲小我，成就大道，从而促进社会的和谐。

不取虚名重发展，小利难获长久益

——范蠡辞官帮人致富受爱戴

一个人不可能一直处于某个高位，要懂得在合适的时候放弃一些东西，权衡取舍，保全自己。因为和你一起共事的人，也许只能与你共同承担苦难，却不能一起分享喜悦。当危及到他人利益的时候，就难免受到伤害，所以，要及时舍弃虚名，去做适合自己的事情。

其实，舍得也是一种收获，因为只有你舍弃了现在的一些东西，才会知道原来自己还可以

做好那么多的事。不要一味地执拗于眼前的利益，以至最终陷在泥淖里，引发无端的灾祸。这句流传甚广的话即使听上百遍，也依然引人警醒："上帝为你关闭了一扇门，也会为你开启另外的一扇窗。"所以不要舍不得当前的利益，很多时候那只是一时的浮名；不时时、事事伸手就取，才能开辟另外的成功之路，得到更宽广的发展。

春秋末期，曾经叱咤风云的一代政治大家范蠡，最终却因为帮人致富而深受爱戴，被人们纷纷奉为"财神"。这是什么原因呢？

原来，范蠡年轻的时候曾经帮助越王勾践灭掉了吴国，雪了当年的奇耻大辱。自此之后，范蠡被封为上将军，地位显赫。对此巨大恩宠，很多人都妒羡不已。但范蠡自己内心却很不安。面对眼前锦衣玉食的生活，他深知，勾践是一个只能共患难却不能共享富贵的人。于是，他决定不要眼前既得的富足利益，毅然辞官，带着重金乘舟离开，一去不复返。

辞官后的范蠡决定远离政治，改行商贸，而他也用实际行动证明了，自己不取"政利"而择"商利"，是一个多么明智的选择！正是因为没有贪恋一时的虚名，才赢得了日后实实在在拿到手的长久利益。请让我们看看范蠡是怎样发家致富的。

离开越国的范蠡改名换姓，首先辗转到了齐国，在海边选了一块土地开荒，并且用海水煮盐。过了几年，范蠡的资产已经达到了几十万，成为了当时富甲一方的巨商。

齐国国君得知此事后，就任命他为宰相。但是做官不久的范蠡又主动请辞，并把大部分资财分给四下乡里，自己则另择他处居住。

后来，范蠡又来到了宋国的陶邑（今山东定陶县），看到这里位置适中、交通发达，客商往来频繁、店铺鳞次栉比，一片繁华景象，就决定在此定居下来，改名"陶朱公"。耕作养殖的余暇，他非常重视收集信息，抓住了各种机会去集市上经商，采取薄利多销的原则，生意越做越好，只几年功夫，就积累了亿万家财。

这时的范蠡年事已高，就把店里的生意交给长子经营，自己则带上夫人和小儿子一起游山玩水，饱览祖国的大好河山。

有一次，他们来到了熊耳山下的卢邑（今山东省济南市长清区偏西南），发现这里湖水清澈见底，山上绿色怡人，十分优美，就打算在此长住。

经过一段时间的了解，范蠡发现当地盛产核桃、木耳等土特产品，但缺少食盐等日用杂货，范蠡又动心了。

经过几天的考察，他发现开商铺的刘掌柜为人实在，非常讲信用，就打算和他合作。于是，范蠡在当地买了一块较大的地,盖起了一座规模很大的山货店,雇用了几个生意能手,又买了十几头骡子,做起了收购山货的生意来。

范蠡和刘掌柜的合作很愉快,他们收购山货的价格比以往都高。不满一个月,各种山货就堆满了几个大库房。他们把每种货物挑拣分类后打包,然后根据掌握的销货信息,用牲口将山货驮运出山,销往全国各地。得款后,他们再到市场上购回食盐等日用杂货。这些物品运进山后,都按低于以往市场的价格销给了当地的群众。

远处的商贩听说范蠡的善举后闻风而至,一时间供货的、进货的络绎不绝。当地的农民见有利可图,也都纷纷前来批发食盐或日用杂品下乡去卖,学着做转运生意,渐渐地都富裕了起来。时间一长,经过范蠡和夫人的努力,当地人们的生活水平得到了很大改观。

范蠡父子经营了几年收购转运生意,为当地人民创造出了一条致富路。当他准备回家的时候,把赚到的几十万家财中的绝大多数分给了乡邻和穷苦人,更加赢得了人民的爱戴,被人们尊称为"财神"。

通过范蠡"弃政从商"的经历我们可以看出,适时地放弃当前的虚名,是成功开创另外一番事业的必备条件。如果范蠡明知自己危及他人利益,却因舍不得名利而留在原地,那么他也就不可能再有更好的出路,甚至还会招来杀身之祸。但正是他能够根据眼前形势,弃虚取实,才得以开创了另外一番事业。更值得一提的是,范蠡不光只图自己一人富有,还深谙"取之于民,用之于民"的道理,将取舍发挥得淋漓尽致,从而赢得最大的成果——世人的爱戴。

所以说,你想要什么东西,首先就要懂得如何取舍。范蠡一次次地散尽钱财,获得了老百姓的人心,所以,只有舍弃虚华浮利,只有透过现象看到真正富有的本质,才能取得最有分量的实在之物。

◆ 史道智慧 ◆

孔子说:"不义而富且贵,于我如浮云。"想要创造大财富,就要不拘泥于眼前个人的小利益,就要懂得舍弃。常言说:有舍,才有得。把握好取舍之度,将智慧融合于生财之道中,善于运用正当的手段去取得财富。另外,这种"不取虚名,取道义"的智慧也同样适用于人际交往中,只要你愿意舍,就能收获到更多的人情。

第 **3** 辑

一语中的，心服口服

活用历史之"谏"智慧

　　司马光在《谏院题名记》中说："古者谏无官，自公卿大夫，至于工商，无不得谏者。"想要劝谏君主，就要讲究方法，方法不当，就可能招致杀身之祸。

　　想要让劝说完美，不但要敢说，还要会说。在察言观色后掌握了对方的性格，然后再根据对方的喜好来选择切入点。善谏者，总是能够一语中的，让听者心服口服。

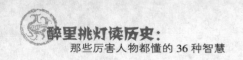
先取欢后谏言，效果更明显

——优孟戏劝楚庄王"葬马"

劝谏并非只有诚心就可以，还需要掌握委婉劝谏的语言艺术。懂得哪些话应该说，哪些话应该旁征博引，慢慢说明事实。这需要一个人灵活的头脑，在心里先把话理清顺序，然后再慢慢讲出来。

所谓委婉劝谏，就是先消减对方的抵触情绪，博得对方的好感，使紧张的气氛有所缓和，然后再引导听者跟随着你的思维进行考虑。这样，听者不仅能明白你的想法，而且还能真心接受你的意见，收到良好的效果。

春秋战国时期，楚庄王十分爱马，甚至对马比对人还要好，这些马过着常人难以想象的优越生活。它们各方面都非常考究，住的是豪华的马厩，披的是锦缎，吃的是枣肉，甚至还有一大批的奴才侍奉着马匹。

这些马养尊处优习惯了，根本不愿出去运动，其中有一匹马因为吃得太多而撑死了。这一下，楚庄王十分伤心难过，特意为这匹马举行了隆重的葬礼。不仅如此，他还让所有的大臣向死马默哀，用最好的棺椁安葬死去的这匹马。大臣们纷纷劝阻楚庄王不要这么做，但是楚庄王依旧我行我素，还非常气愤地下达命令："谁要是再来劝阻我葬马，一律格杀勿论！"

优孟是宫廷内的艺人，幽默诙谐，也是一个非常善辩的人。当他听说这件事的时候，径直闯进了皇宫，见到楚庄王，就大哭了起来。楚庄王对他的举动感到非常吃惊："你为什么哭得这么伤心？"

优孟说："大王心爱的马死了，让我忍不住泪下沾襟。这匹马可是大王心爱的马啊！怎么可以用大夫的葬礼来安葬呢？这简直是对马匹的侮辱，应该用国君的葬礼才对啊！"

楚庄王一听感到非常欣喜，好像找到了真正的知音，就问优孟："那你说，我应该怎么做呢？"

优孟回答说："我看，应该用美玉做马的棺材，然后发动所有的百姓为此马建造最华丽的坟墓，让所有的兵士为马匹保驾护航。等到出丧那天，让齐国和赵国的使节在前面开路，让韩国和魏国的使节护送灵柩。最后，还要追封死去的马为万户侯，为它建造祠庙，让每个百姓都供奉这匹马，让它的灵魂得到安息。这样一来，天下的人都会知道，大王爱马胜过爱自己。"

楚庄王马上明白过来了，顿时感到非常惭愧："我难道真是这么重马轻人的吗？我的错还真不小啊,那你说我今后该怎么做呢?"

优孟见楚庄王有所悔悟,自己的谏言取得了圆满成功,就诙谐幽默地说:"那就太好办了,我说,应该用炉灶为椁,铜锅为棺,然后放进花椒大料等佐料,把火烧得旺旺的,把马肉煮得香香的。最后,填进大家肚子里就对了。"

一席话把楚庄王逗得哈哈大笑起来。从此,楚庄王改变了原来的爱马方式,把那些养在厅堂里的马解放了出来,全都交给了将士们使用。让那些马在沙场上得到锻炼,让它们经历风雨,变得更加矫健。

楚庄王要为亡马举行隆重的葬礼,并下令说有劝阻者一律格杀勿论。优孟见到楚庄王后不但没有劝阻,反而大哭着请求用国君的葬礼厚葬马匹,消减了楚庄王的戒备心,让其走入自己的思维中,赢得了对方的欢心。接着,优孟委婉地讲明厚葬马匹的害处,让楚庄王意识到其中的利害关系,改变了原来的爱马方式。

"胡萝卜加大棒"也是一种劝谏方式。在劝别人之前,先用其他触类旁通的事情做个铺垫,博得对方的欢心,然后再用轻松幽默的方式提出自己的看法。也就是说,先要让对方愿意听你讲话,让你把话讲下去,这样别人接受起后面的意见来才会比较容易,而且也不伤人。

◆ 史道智慧 ◆

先取得对方欢心,再进谏,这是口才艺术中的迂回术,就是用委婉的方式讲明利害,让听者慢慢走近自己的思维中。等到他明白其中的利弊,再说出解决办法,这样就更容易被听者接受。这种劝诚方式比直言更有力度,更让人钦佩。

需要注意的是,这种进谏的关键在于正确把握对方的所思所想,从中意识到利害关系。然后从细节剖析,让对方知道自己的错误所在。在运用的时候一定要注意委婉的尺度,不要泛泛而谈、长篇大论,让人不知所云。

直接谏言,贵在真诚

——唐太宗接受魏征直言相劝

劝谏是为了表达我们内心的思想,获得别人的认可,而不是要挑出别人的缺点。所以,我们与其绕圈子、打掩护,叫人疑心,倒不如用真诚的态度去和对方交流。

真诚是一种态度，是社会品德最根本的体现，是人际交往中的出发点。在沟通交流或谏言献策时，真诚地表达自己的观点、看法，自然就很容易得到对方的理解；彼此的沟通没有了障碍，自然也就会获得出乎意料的进谏效果。

唐朝时期，魏征身为大夫，他受到唐太宗李世民的重用，却遭到了很多人的反对。有人在李世民面前诋毁魏征说："魏征身为臣子，待人接物却不注重仪容和礼貌，不避嫌疑，影响非常不好。"李世民就派温彦博责备魏征，要魏征一定要改变这种不修边幅的毛病。

过了几天，魏征求见李世民，他说："微臣听说，身为臣子的人们应该上下一心、团结一致，这样国家才能兴旺。如果做什么事都苛求仪容礼貌，那就说明君主和臣子之间有隔阂。这样下去，国家的命运也就不能预测了。所以，陛下责备臣下，微臣不敢从命。"

李世民忙说："我知道这样责备你是错的。"

魏征叩头接着说："皇上能这么说，微臣感到很高兴。微臣能侍奉陛下感到非常荣幸，但愿皇上能让微臣做一个良臣，而不要做一个忠臣。"

李世民就非常疑惑，问："良臣和忠臣有什么区别？"

魏征接着说："所谓忠臣，就是能向君主提出很多好的建议，忠心耿耿为君主办事，但是却不能被君主采纳，以致招来杀身之祸，陷君主以非常大的罪恶之中，国家将会受到损失，而他却享有忠臣的名声；良臣就是不但能向君主提出很多好的建议，并且能被君主采纳，从而，君主和臣子上下齐心，使得国家更加繁荣富强。这就是忠臣和良臣的不同之处。"

听了魏征的解释，李世民感到非常高兴："你讲得非常好！那么，什么是明君，什么是昏君呢？"

魏征说："兼听则明，偏听则暗。"接着，魏征又举了秦二世、梁武帝和隋炀帝的例子，指出他们灭亡的一个最主要原因就是偏信奸臣，被奸臣所蒙蔽，终其一生也不知道真实情况。魏征继续说："身为君主，只有多听意见、广开言路、察纳雅言，才能让自己的缺点暴露出来，然后加以完善。这样，才不会被奸佞之人所蒙骗。"

李世民说："昏君总是护着自己的缺点，不让这些缺点暴露出来，这样反而会一天比一天糊涂；明君却是不断暴露自己的缺点，然后加以改正，使之更加聪明。我要经常接受你和其他大臣的劝谏，努力做一个明君。你也要大胆提出意见，努力做一个良臣。"

李世民和魏征成为了明君和良臣的典范，流传千古。

魏征对于良臣和忠臣的辩辞，体现了他对古往今来为官之道的深刻感悟。身为臣子，就应该食君之禄，为君分忧，真诚相待；身为君王，就要宽容待人，虚心地接受建议。但魏征并非不讲究进言艺术，他以文才雅兴、暗喻讽劝的"技巧"，推心置腹地开导太宗，最终使其更好地理解了自己的意思,从而接受意见,省悟改过。

对于那种开明又有贤能的人,若要指出他们做事的不当之处,不妨直言不讳。但前提条件是你的直言是出于真诚的。与人交往,不但要用心,还得用脑;也就是说,要让对方感觉到你的真诚所在。如此,才能达到畅所欲言的良好效果。

◆ 史道智慧 ◆

做人要有一颗真诚的心。真诚的态度,不仅能够把话说明白,更能得到别人的尊重。虚伪的土地上永远开不出鲜艳的花朵,只有真诚之土才会孕育出五颜六色的鲜花。所以说,待人以诚,必然会收获真诚。真诚的态度是一种良好的道德修养,可以陶冶一个人的情操,使之成为一个高尚的人。

真诚是发自内心的。我们不是演员,无论多少次排练,谎话里面的真诚是装不出来的。当你敞开心扉坦诚对人时,很自然地就会打动周围的人,并赢得对方的信任,走进他人的心灵。

只有用真诚的态度去和别人交流,才能结交到更多的朋友。朋友多了,自己未来的路才会更好走;相反,如果在交往中以谎言待人,必然得不到朋友,还会树立越来越多的敌人,这样就得不偿失了。

灵活进谏,事半功倍

——卫士以"螳螂捕蝉,黄雀在后"劝吴王

如果别人不愿意听你说话的时候,或者无论你怎么讲对方都听不明白的时候,你最好就不要再一味地向他灌输自己的意见和主张了。这时不妨及时改变说话的方法,随机应变,灵活处理。

灵活是一种巧妙劝谏的智慧。灵活机敏的语言,能够拉近彼此的距离,让双方的隔阂渐渐消失;能够坐下来,像老朋友一样把事情轻松地说清楚,在最短的时间内达到让对方茅塞顿开、口服心服的目的。

春秋时期,吴王阖闾想出兵攻打楚国。他庄重地向各位大臣说明了自己的想法:"我想现在攻打楚国,你们觉得如何?"

大臣们纷纷表示反对,他们认为楚国正处于强盛时期,现在攻打,虽然吴国取胜的希望很

大，但同时也会冒很大的风险，希望吴王要三思而后行。

吴王有些气愤地说："这又怎么了？以我们现在的实力，一定能取胜！况且，打败了楚国，我们就可以多一些地盘。"

一个大臣站出来，说："大王，在攻打楚国期间，我们的兵力将会全部集中在楚国身上。这时如果其他诸侯乘虚而入，我们自然难以抵抗，从而导致难以料想的灾祸！所以……"

还未等大臣说完，一心想称霸的吴王便怒气冲冲地打断了他的话，拔出寒光闪闪的宝剑厉声说："我已经决心进攻楚国，谁敢来劝阻我，我就处死他！"吓得大臣们再不敢开口，只好垂头丧气地走了。

在路上，大臣们的谈话被一位侍奉吴王的卫士听见了，他认为这次出兵不是正义之战，很想劝阻吴王。可是得知吴王已经下了死命令，不免犯难起来：自己又怎么敢面对吴王直谏？

卫士想了好几天，终于想出了一个办法。这几天，他一清早就走进王宫的后花园。手里拿着一把弹弓，转到东，转到西，连衣服被露水打湿了也毫不在乎。就这样，他在那里转了三天，终于被吴王发现了。

吴王觉得很奇怪，就把卫士叫到跟前，问："你为什么每天早晨在花园里走来走去，看你的衣裳都被露水打湿啦！"

卫士恭恭敬敬地说："禀报大王，我在打鸟儿。"

吴王问："那你打着鸟儿了吗？"

"我没有打着鸟儿，却见到了一件挺有意思的事情！"卫士有些兴奋地说。

"哦！什么有趣的事情？"吴王脸上泛起了微笑，好奇地问道。

"大王，你看花园的那棵树上有只蝉，它在树的高处悠闲地叫着，自由自在地喝着露水。却不知道有只螳螂在它的身后，举着前爪，准备扑上去捉它呢。可是那只螳螂，也完全没有料到，在它的身后有一只伸长脖子的黄雀呢！"

吴王夸奖道："你看得真仔细！那黄雀要捉螳螂吗？"

卫士笑笑说："是的，黄雀正要啄食螳螂，但它却不知道我正拿着弹弓瞄准它呢！"

吴王笑道："确实很有趣。"

卫士继续说："尊敬的大王，蝉、螳螂、黄雀，它们都一心想得到眼前的利益，却没考虑到自己身后正隐伏着的危险啊！"

吴王沉默了一会，恍然大悟：原来卫士在用"螳螂捕蝉，黄雀在后"这样一个巧妙的比喻，表达了攻打楚国，其他诸侯会乘虚而入的道理，真是用心良苦啊！半晌，吴王才开口笑笑说："你讲得太有道理了！螳螂捕蝉，黄雀在后。我真是太糊涂了，差点铸成了大错。"于是，取消了攻打楚国的计划，并重赏了卫士。

当吴王不肯听别人的规劝时，这名卫士灵活地改变了劝谏方式，通过"螳螂捕蝉，黄雀在后"的生动事例来启发吴王，巧妙地使吴王理解了攻打楚国，其他诸侯会乘虚而入的道理，最终取消了攻楚计划。

事例中的卫士不愧是一个聪明之人。试想，如果他只是用直白的语言毫无顾忌地向吴王进行劝诫，那么不仅达不到目的，而且还会将自己的性命赔上，吴国的历史或许也就要改写了。

◆ 史道智慧 ◆

一个人通晓事理，再加上灵活的劝谏技巧，可以说是其人格魅力最好的彰显了。巧妙的灵活劝谏是一种智慧，它能使一些事端从剑拔弩张走向缓和，让听者轻松愉快地接受说者的建议。

无论在什么样的场合，该说什么话，采用什么样的方式说，都关系到事情最终的结果。除了事先摆明自己的立场外，也要注意灵活地运用措辞。善于灵活劝谏的人无疑会占据先机，达到进谏的目的。

正话反说谏言更委婉

——敬新磨指桑骂槐救县令

清代诗人袁枚《随园诗话》说得好："作人贵直，作诗文贵曲。""正话反说"便是"作诗文贵曲"的一种方式。何谓"正话反说"？就是本意是要表现正面的意图，如歌颂、肯定等，但言语表面的意思则恰恰相反，或否定正面，或肯定反面。

在进行游说时，若正面开导与说服不能使之振奋、顺从时，不妨有意识地正话反说。它重在反衬，比直接劝谏显得更加幽默，更有力度。如果运用得当，往往能收到良好的游说效果，并让人回味无穷。

五代时期，后唐的开国皇帝是庄宗，名叫李存勖。他以武力推翻后梁政权后，建立了后唐政

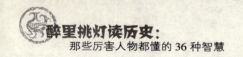

权。这时候天下太平，这位好战的皇帝感到英雄无用武之地，非常无聊、非常寂寞。

过了一段时间，百无聊赖的李存勖终于找到了一个打发时间的办法，那就是打猎。打猎虽然没有打仗的那种沙场气势，但是骑马弯弓射箭，以及马匹纵跃后荡起的尘土，让他有了一种沙场征战的感觉，别有一番滋味在心头。

一次，李存勖的兴致上来了，骑马打猎，一打就到了中牟县。他纵马驰骋，马匹践踏了很多百姓的庄稼，但是李存勖根本不在乎。中牟县的百姓们倒了大霉，却都是敢怒不敢言，只好找到县令。

中牟县县令为民请命，拦住了李存勖的马，想要劝阻。没想到，县令刚一开口，就被李存勖下令要将其斩首示众。随行大臣一个个战战兢兢，没有一个人敢再来劝阻。

过了不久，有一个叫敬新磨的伶人，从李存勖后面转到马的前面，并且立即率人追回要被砍头的县令，押到李存勖面前，假装愤怒地指责县令道："你身为一个小小的县官，难道还不知道我们的天子喜欢打猎吗？为什么要让老百姓种庄稼来交纳国家的赋税呢？为什么不让老百姓空着田地饿肚子呢？为什么不让这些土地空着来让天子打猎取乐呢？你真是罪不可赦啊！"

发泄完怒火之后，敬新磨大声请李存勖对中牟县令行刑，其他伶人也随声附和。李存勖明白了敬新磨的用意，也意识到了自己的过错。于是哈哈一笑便纵马回宫了，并免了中牟县令的罪责，让他回府去了。

敬新磨对庄宗李存勖的这一段谏言可谓奇特，正话反说、指东说西。本来表面上说的是县令的罪责，实际矛头指的都是李存勖的过失。这样一来，李存勖也明白了敬新磨的苦心，非常高兴地接受了他的意见，免除了县令的刑罚。

对于身份比较重要或者显赫的人，在指责他们错误的时候，要善于变通自己的说话方式。正说不行，不妨逆道而行，从反面巧妙地指出他们的错，这样，才能让问题得以解决，达到你说话的最终目的。

◆ 史道智慧 ◆

在现实生活中，不免有一些人高傲或固执，他们不愿意接受别人的意见或批评。此时如果使用激烈的言辞单刀直入地进谏，往往会引起对方的反感，更别说接受你的意见了。

而正话反说作为一种委婉的劝谏方法，虽不言明，却能起到一种影射的效果，让对方慢慢领悟，思考怎么做才是对的，然后心平气和地接受意见。在人际关系复杂的现代社会中，我们更需要这种智慧，从而达到最佳的劝谏效果。

第 **4** 辑

地低成海，人低成王

活用历史之"谦"智慧

《易经·谦卦》："谦谦君子,卑以自牧也。"谦虚是一种生存的智慧,不仅要时时提醒自己保持"谦谦之态",更要从一而终。这样才不会遇上"危险"。地低成海,人低成王。如果把自己比做高山,则难免要经受风吹雨打;如果把自己比做洼地,则能够左右逢源。

精明的人是不断获取的人,只有把自己放在比较低的位置,才能不断有所收获。这样,"成王"就是早晚的事儿了。

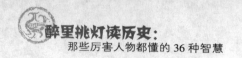
谦让卑微不相像

——苏世长谦而不屈得高赏

无论是与什么人交往，都要做到谦和有礼。既不自卑、低声下气，又不自大狂傲、放肆嚣张。谦和有礼是一种优秀的处世态度。明朝诗人朱之瑜曾云："圣贤自有中正之道，不亢不卑，不骄不谄，何得如此也！"

"贫贱不能移，威武不能屈，富贵不能淫，此之谓大丈夫也。"所谓谦和而有礼，一定要掌握好分寸。不但不能过傲，而且更不能过卑。遇事淡定，有主见的同时不能顽固不化，谦虚的同时不能有低人一等的自卑；坚持自己为人处世的标准，做到不随波逐流。

人们都喜欢在彼此尊重的状态下交往，如果一个人不懂得尊重自己、尊重他人，不仅会丧失自己的人格尊严，而且也会伤害别人，甚至形成人际交往的鸿沟。如此，便很难得到别人的尊重，也很难有所作为。

隋朝后期，天下动乱。苏世长原来是江都郡丞王世充的手下，但是后来王世充兵败，苏世长就投靠了高祖李渊，被封为玉山屯监。

有一次，李渊在玄武门见到了苏世长，就问他："你说，你是属于喜欢阿谀逢迎的人？还是正直不阿的人？"

苏世长回答说："我是特别愚蠢又特别正直的人。"

李渊又问他："你如果像自己所说的那样正直，那为什么还要背叛王世充而归顺于我？"

苏世长回答说："现在洛阳已经平定，天下一统。微臣智穷力短，这样才归顺陛下。如果王世充还在，微臣占据汉南，那么，还是一个非常强大的敌人。"

李渊曾和苏世长开玩笑道："名长意短，言行不一。你对郑国放弃忠诚，对我却是背信弃义。"

苏世长回答说："我承认名长意短，的确是像陛下所说；但言行不一，我却不敢认同。以前，大将窦融率领河西投降汉朝，从而十代封侯；而臣率领山南归顺唐朝，却只得到屯监的职位。"

原来，苏世长是嫌封赐的官职太小。于是，李渊当天便下令，提升苏世长为谏议大夫。

还有一次，苏世长在披香殿陪同李渊喝酒时，发现殿堂修建的奢侈堂皇，苏世长就劝谏说：

"这殿堂如此富丽堂皇,一定是隋炀帝建造的。"

李渊生气地说:"你实在是狡诈,明明知道这殿堂是我造的,为什么反而说是隋炀帝呢?"

苏世长回答说:"臣实在不知道,只不过看到这里如此奢华,实在不像受天之命的帝王爱民节用的行为。如果宫殿是陛下建造的,确实不应该。臣过去看过陛下的房屋,能够遮风挡雨就足够了。如今天下一统,陛下理应居安思危,不忘节约。"李渊听后,觉得苏世长的话也有几分道理,就虚心接受了他的建议。

苏世长是降将,地位比较特殊。在面对李渊提问的时候,他既没有表示出对李渊的过分尊重,也没有表示出过分的谦卑,而是从容自若,淡定如水。正是因为苏世长在这两者之间掌握好了分寸,才得到了高祖的赏识。

在同一起跑线上,谦和做事的人,会给自己带来更好的机遇。因为在这种人的认知里,不骄不躁、从容淡定便是最好的处世原则。而这个原则的前提是,一定要领悟到为人之"谦"的智慧。

◆ 史道智慧 ◆

一个人能否做到为人处世谦和有礼,取决于他的志向、见识和人格。志向高远、见识广博,并且有独立人格的人,不会以学问多少和地位高低来论高卑贵贱。无论面对什么人,无论他的身份或"高"或"低",都要一视同仁,既不卑屈,也不高傲。

苏东坡曾说:"吾上可陪玉皇大帝,下可陪卑田院乞儿。"玉皇大帝之位虽然尊贵,但是在苏东坡眼中并不高傲;孤儿虽然身份卑微,但是在苏东坡眼中却并不低下。这才是不卑不亢的态度,也体现出何为谦而不卑、让而不纵的礼节。

过于显山露水酿大祸

——杨修狂妄自傲把命丧

说到"才"这个东西,无外乎是指一个人有学、有才识,这并没有什么不好。但是,如果一个人因为这个"才"字而冲昏了头,无端地傲慢起来,就极有可能会"聪明反被聪明误",自吞苦果。

就像唐朝诗人李白"斗酒诗百篇",让权贵们研墨、提鞋,其结局是被小人进谗言而不被皇

上重用；三国时期的祢衡，把曹操、刘表和黄祖营中勇不可当的武将、深谋远虑的谋士，一个个贬得一文不值，最后做了个无头狂鬼。

恃才傲物的人看待世事时，就好像戴着一副有色或变形眼镜，所看到的人与事都失去了原来的样子。这样的人看到的总是他人的不足，而不是别人的优点；总把自己放在天上，而把别人看得非常低。

其实自己有无本事，本事究竟有多大，别人都看得很清楚，不用自吹。正所谓："天不言自高，地不言自厚。"没有多少人愿意结交一个恃才傲物的人，更没有人愿意结交言过其实的人。

杨修是东汉末年的文学家，才思敏捷、灵巧机智，可谓一代舌辩之士。由此，他当上了曹操的谋士，官居主簿，典领文书，办理事务。但他却因恃才傲物、无所顾忌，数犯曹操之忌而招来了杀身之祸。

一次，曹操欲建造花园，动工前审阅设计图纸时，在园门上写了一个"活"字。本是有意和工匠们斗智。工匠们不解其意，就去请教杨修。杨修一看便讥笑工匠们愚笨，并对他们说："门内添活字，乃阔字也。丞相是嫌你们把园门造得太宽大了。"工匠们恍然大悟，于是重新建造园门，完工后再请曹操验收。操大喜，问道："谁领会了我的意思？"左右回答："多亏杨主簿赐教！"曹操暗自埋怨杨修不识趣。

又一次，塞北有人给曹操送来一盒奶酪，曹操为了考考周围文臣武将的才智，就让使臣送给文武大臣。大臣们面对这盒酥，对曹操的用意百思不得其解。而杨修却把曹操的"一盒酥"给大臣们分吃了，还从容地回答："盒上明明写着'一人一口酥'，我等岂敢违丞相之命乎？"曹操虽然喜笑，而心头却已经对杨修之才有妒忌之意。

为了防范有人夜间行刺，曹操常吩咐左右说："我梦中好杀人，凡我睡着的时候，你们切勿近前！"有一天，曹操在帐中睡觉，故意落被于地，一近侍慌取被为他覆盖。曹操即刻跳起来拔剑把他杀了，上床复睡。睡了半天起来的时候，佯惊问："何人杀我近侍？"大家以实情相告，曹操痛哭，命厚葬近侍。但没有想到的是，临葬时杨修指着近侍尸体一针见血地说："丞相非在梦中，君乃试探耳！"杨修虽出于正义，但其极不策略的指责招致曹操加重了对他的厌恶。

后来，曹操平汉中时连吃败仗。欲进兵，怕马超拒守；欲收兵，又恐蜀兵耻笑，心中犹豫不决。适逢庖官进鸡汤，他就随口说了一句"鸡肋"。士兵们都不知道是什么意思，只有杨修开始马上收拾行李，并对别人说，"鸡肋要吃无肉，丢掉可惜。现在的战局也正是这样，进不能胜，退恐人笑，不如早归。我料定魏王来日必要班师，所以先收拾行装，免得临行时慌乱。"夏侯惇听了觉得有道理，于是也收拾起来。

曹操见杨修又猜透了自己的心事，顿时恼羞成怒，命人将杨修抓起来说："你怎敢胡造谣言，乱我军心！"，随后以"乱我军心"论罪，将杨修处斩了。

君王喜欢有人辅佐，却不喜欢被人超过。杨修虽然颇有才华，但却恃才傲物、狂妄轻率，好耍小聪明。须知，这样高高在上的态度，在虚伪残诈、老谋深算的曹操面前，是不会有好下场的。

被别人比下去本来就是件很令人恼恨的事情，所以，要是你的上司被你超过，这对你来说不仅是蠢事，甚至会产生致命的后果。恃才傲物是做人之大忌，不论是庄子、老子，还是孔子，儒道两家都劝人要以谦让为上，不可自作聪明地显示、夸耀自己的才能和实力。

◆ 史道智慧 ◆

法国哲学家罗西法古有句名言："如果你要得到仇人，就表现得比你的朋友优越吧；如果你要得到朋友，就让你的朋友表现得比你优越。"

很多人在生活中自信过了头，凭借自己的年轻气盛，想要在社会上大展拳脚。没想到，正是因为自己有意显出强于别人，显出恃才傲物的态度，无形中便得罪了很多人，最后走向了一条死路，不得不接受失败的命运。

由此可见，戒除恃才傲物的不良个性，及时回头，谦让为礼，才是做人的上上策。要除掉这种不良的习惯，就要树立良好的心态，以一种平静的姿态待人处世，从心智、知识、经验等各方面不断修炼为人的"内功"。

谦和相交受人赏
——陈平装病让丞相

人生在世，谁不希望自己建功立业？不一定要功勋盖世，至少能留下立德、立功、立言的"三不朽"事业。这种希望有功于社会乡里的心理倒是可以理解，但可惜的是，很多人本来建立了功劳，让人崇敬，但最后反而却因功获罪。

比如，满清时候的鳌拜前半生军功赫赫，号称"满洲第一勇士"，结果因居功自傲被少年康熙所不容，身死禁所。汉初"功高无二，略不世出"的大军事家韩信邀功请赏，向汉高祖要求封代

理齐王，因此埋下了杀身之祸。

因此，一个人如果缺少了"谦"的美德，习惯以功臣自居、邀功请赏，那么无论他有多么渊博的知识，多么杰出的能力，多么高超的水平，都不能称之为一个完善的人。做人做事谦逊低调，不刻意表现自己，这才是高妙的处世智慧和人生境界。

汉朝时期，周勃与陈平同朝为官，二人联合同谋，诛灭吕氏一族后，把名不见经传的刘恒扶上皇位，即汉文帝。汉文帝继位后，请求与父亲一起打下江山的丞相陈平和太尉周勃两位开国功臣辅佐自己，一起振兴大汉王朝。

这天上早朝的时候，汉文帝想找陈平诉说他的想法。可满朝文武齐齐立于殿下，唯独没有见到陈平，于是就问道："为何不见丞相呢？"

站在一旁的内侍回答道："丞相告病不来了，请皇上见谅。"

退朝以后，汉文帝觉得陈平是开国重臣，必须要亲自去陈平家慰问。于是，就让人准备车马，前往探望。

谁知，汉文帝到了陈平家之后，发现陈平正坐在椅子上津津有味地读书。汉文帝的突然驾临让陈平先是一愣，然后马上起身要下跪行礼。汉文帝赶忙把他扶起来，说道："丞相有病在身，就不必行此大礼了。"接着又说："丞相现在感觉如何？朕马上派人请御医过来，为你诊治。您年纪大了，千万不能再耽搁了。"

陈平原本是谎称生病，现在见汉文帝如此体恤自己，心里非常感动。觉得自己托病不上朝，内心有愧，就小心翼翼地对汉文帝说："陛下如此关心臣下，让臣下自愧不已，臣犯了死罪啊！"

汉文帝感到非常奇怪，就问陈平："丞相为人廉明公正、热爱百姓，对汉室一直忠心耿耿，怎么会犯下死罪呢？"

陈平坦言道："臣犯了欺君之罪，臣并没有得病，却故意托病不上早朝。"

他见汉文帝没有责怪自己的意思，接着说："其实，这次能够顺利铲除诸吕，最大的功臣并非是我陈平，而是太尉周勃。如果没有周太尉，就不可能一举诛灭吕氏。现在皇上继位，必定会论功行赏，丞相之位只会在我和周勃之间选出来。我自认功劳不如周勃，可是又怕周勃不愿意接受，便假称有病，不能上朝，那样他就没有拒绝丞相之位的理由了。先皇在世时，周勃的功劳不如我；诛灭诸吕时，我的功劳不如他。所以周勃担任丞相一职是众望所归，请皇上恩准。"

汉文帝听了陈平的话，明白了他托病不上朝的原因，心里十分佩服陈平深明大义、谦让宰相之位的做法。次日早朝上，汉文帝颁布旨意，任周勃为右丞相，位居第一；任陈平为左丞相，位居第二。

因为心怀谦逊之德，陈平故意装病不上早朝，将丞相之位推让给周勃。这种"欺君之举"，不但没有招来大祸，反而获得了汉文帝的谅解和尊重，并为自己带来了"左丞相"的荣誉。

有品格的人信守承诺，懂谦让的人知道荣辱。所谓的谦谦君子，就是知道推功揽过，在功名利禄面前还能让贤，做出正确的选择。而这些，才是表现一个人"谦"智慧的最好方式。

◆ 史道智慧 ◆

对上级谦逊，是一种本分；对平级谦逊，是一种和善；对下级谦逊，是一种高贵；对所有的人谦逊，是一种安全。谦逊是一种美德，可以感化一个人，更可以感动一个人，让他们跟随自己，走上一条和谐的道路。

所以，大家一定要懂得谦和相交之道。谙熟哪些话不能说，哪些话要抓住时机地说，绝不能在众人、尤其是上司面前表现出居高自傲、邀功请赏之态。否则会使他人对你产生很浮躁、不持重的看法。一旦上司听出你的弦外之音，对你产生不信任，你人生发展的"滑铁卢"也就不远了。

谦益满损莫自傲

——刘邦自愧不如赢拥护

谦虚使人进步，骄傲使人落后。谦虚谨慎不仅是一种学习的态度，更是一种为人处世的态度。一个人的成名与成功不是偶然的，除了他自己的奋斗、拼搏外，也与他虚心好学是分不开的。

古往今来，许多名人志士都具有谦虚的美德。他们虚怀若谷、不耻下问，因而在事业上取得了巨大的成就。周公论谦虚、孔子谈破满、晏婴谦躬、车夫改错等，这一段段生动而形象的事例无一不在揭示谦虚处世的真谛。

谦虚是人的思想修养，能让一个人更好地认清自己。其核心是善于发现自己的短处和别人的长处，乐于以彼之长补己之短，从而不断完善自己。唐代大诗人白居易每写好一首诗，首先是念给牧童和老妇人听，然后再反复修改，直到他们听了拍手称快才算好。正因为此，他的诗歌通

俗易懂，广为流传。

公元前 202 年 1 月，刘邦率领韩信、刘贾、彭越、英布等各路汉军约计 70 万人，与 10 万久战疲劳的楚军于垓下(今安徽灵璧县南)展开决战。楚军大败，项羽自刎于乌江(今安徽省和县境)，为期 4 年的楚汉战争终于结束了。

刘邦兑现了先前的诺言，封韩信为楚王，彭越为越王。受封的韩信和彭越联合原来的燕王臧荼、赵王张敖以及长沙王吴芮共同上书刘邦，请他即位称帝。2 月 28 日，刘邦在山东定陶汜水之阳举行登基大典，定国号为汉。

同年 6 月，刘邦在洛阳的南宫开庆功宴，招待群臣，和大家总结汉军取胜的经验和楚军失败的教训。

谋士高起、王陵说："陛下派人攻城略地，所招降攻占的地方就分给原来的守城之将，能与天下人利益相共；而项羽嫉贤妒能，有功的加以陷害，贤能的受到怀疑，打了胜仗不论功行赏，取了土地不与分利，这就是他失去了天下的原因。"

刘邦说："你们只知其一不知其二。朕一介草民，起事时仅区区一驿亭亭长，多次濒临于灭亡。之所以能获取天下、立朝建国，并不是我有什么超人的本领，更不是有什么神灵保佑，其实最大的功劳是你们，尤其是子房、萧何和韩信三人。"

"此话怎讲?"高起问道。

刘邦回答："在帷帐中运筹策划，决胜千里之外，我不如子房；镇守国家、安抚百姓、供给军粮、畅通粮道，我不如萧何；率兵百万，战必胜、攻必克，我不如韩信。这三个人都是人中俊杰，我能任用他们，处处礼待像张良、萧何、韩信这般能人，信任他们，充分发挥他们的才能，所以才得了天下。"

顿了顿，刘邦又说道："而项羽却相反，他认为自己了不起，看不见别人的才能。其实他手下也有许多有才能的人，由于他容不得人，有的跑到我这里来了，有的销声匿迹了。连范增这样有本事的人都不予使用，所以就失去了天下。"

刘邦不把建立政权的功劳记在自己身上，而是充分肯定"三杰"的重大作用。这种"三不如"的谦虚求实的精神，不仅彰显了他胸襟之宽阔、气度之轩昂、识见之深刻，而且教育了文武百官不应只求虚名，更应该明白"谦受益，满招损"的深刻含义。只有谦虚，才能受到百姓的爱戴。

谦虚表现的不光是一个人做事的态度，对于管理者来说，那更是一种管理的智慧。人都是感性动物,都喜欢那种做事谦虚、知道推功揽过的人,与这样的人共事会有一种成就感。但实际上,往往这样的人才是最聪明的,因为他们凭着自己谦虚的态度而赢得了世人的尊重和爱戴,从而更宽泛地笼络了人心。

◆ 史道智慧 ◆

谦虚是一种务实的精神,更注重的是脚踏实地地做事。人只有保持谦虚谨慎的态度,才能更好地融入到人群中去,才能获得别人的认可和尊重,从而以威信取得成功。

谦虚的人,因为看得透,所以不躁;因为想得远,所以不妄;因为站得高,所以不傲;因为行得正,所以不惧。无论在生活还是工作中,我们都要有谦虚的精神,脚踏实地地去做每一件事。

第5辑

与人为善，以礼待人

活用历史之"礼"智慧

孔子说："礼之用，和为贵。先王之道，斯为美。小大由之，有所不行。知和而和，不以礼节之，亦不可行也。"

"礼"是处世的必要条件，是发于心、形于外的道德品质，是衡量一个人道德涵养的标杆。以礼待人，也会受到他人的尊重。古代的关系、现在的人脉，都离不开一个"礼"字。

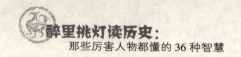

明礼修身助成才

——晋周以谦逊有礼荣登君位

古人说:"不学礼,无以立。"意思就是你不学"礼",就无法在这个社会上立足生存。那么,什么是礼? 简单地说,礼就是律己、敬人的一种行为规范,是表示对他人理解和尊重的一个形式和过程。

"礼"是儒学创始的中心思想,孔子一生都在推崇"礼"。于丹在她的《论语心得》里这样解释:孔子很重视日常生活中的礼节,他尊礼、守礼、行礼,并不是做给别人看,而是一种自我修养。孔子曾说"为国以礼",意思就是说治理一个国家的核心点就是要用礼。而以礼去治理一个国家,首先你的内心是要温良恭俭让的,这是一个起点。而孔子一生的成就与他的修为是分不开的,能达到那样一个境界,足以说明"明礼修身"的重要性。

修身齐家治国平天下,这都与"礼"是紧密相连的,明礼的人才会懂得修身。在这样的一个过程当中,除了学习文化知识,更重要的还有学习做人的道理。只有不断地完善自己,才能使品德变得高尚;只有不断自省,虚心向身边的人求教,才能在为人处世上让自己更完美。只有这样,才会得到上天的眷顾。

故事的主人公晋周就是一个懂得明礼修身的典型人物,他正是拥有了这种优良的品质,才赢得了大家的尊重,最终成就了自己的一番伟业。

晋周是春秋时期晋国国君晋襄公的曾孙,他的爷爷是晋襄公的小儿子桓叔公,父亲是惠伯公孙谈。

晋周生不逢时,当时,晋国国君晋献公宠信骊姬,晋国很多公子都遭到了残酷的迫害。晋周虽然没有争立太子的条件,更没有继位的希望,但也没能幸免。为了保全性命,晋周一家离开了晋国来到周国。

当时的晋国是大国,而晋周又是以晋公子的身份来到周国的,所以受到了格外的礼遇。以前晋国的公子在周朝由于自许高贵、目中无人,所以名声一直不好。但是晋周却不同,他的行为举止完全不像贵公子,并时时虚心地向单襄公学习请教。

单襄公是周国有名的大夫，学问渊博、待人宽厚，是周天子和各国诸侯王公都很敬重的人物。每当单襄公与天子王公相会议论朝政时，晋周总是毕恭毕敬地跟在他的后面。有时一站就是几个小时，从来没有一丝倦意。没有问他的话，他从不多嘴多舌；即便他人询问也是谦虚谨慎地回答。所以王公大臣们都夸奖晋周站有站相、坐有坐相，谦虚有礼，是一个少见的谦谦君子。

晋周之所以修得这么好的品行，都是因为他经常虚心向单襄公请教，学习为人处世之道的结果。

当时晋国连年战乱，朝野动荡不宁。晋周虽然身在周国，但仍然时刻关心着晋国的情况。一听到不好的消息，他就为晋国担忧流泪；一听到好消息，就兴高采烈。如此一来，也招致很多人的不解和质疑。对此，晋周解释说："晋国是我的祖国，虽然有人容不下我，却不是祖国对不起我。我是晋国的公子，晋国就像是我的母亲，我怎么能不关心呢？"

晋周在周国数年，一直注重自己的言行举止，无时不刻不是一副谦逊有礼的君子之态。在他身上从来没有不合礼数的事情发生，所以周朝的大臣都很爱戴他。

在单襄公临终的时候，对他儿子说："要好好对待晋周，晋周举止谦逊有礼，今后一定是晋国国君。"

后来，因为晋国国君晋厉公骄奢淫逸，自以为不可一世，遭到群臣不满。特别是中军元帅栾书，他建议由远在周国的晋周做晋国国君，理由是晋周明礼谦逊、德贤出众。这一建议得到了群臣的一致认可。就这样，晋周成为了历史上的晋悼公。

晋悼公凭借自己的优良品行当了国君之后，依然保持着谦逊有礼的做人处世方式，把国家治理得井井有条。受到他的影响，所有大臣都学着谦逊礼让，发生在晋悼公时期的"集体谦虚"事件最能说明这一点。

根据《左传》的记载，公元前 560 年的绵上阅军，此次将帅调整最大的亮点就是赵武获得了上军主将的位置，在"六正"中位列第三，而栾黡依然是下军将。起初，晋悼公本来想让韩起为上将军，但韩起推荐赵武；又让栾黡干，栾黡也谦让了，不过口气相当有意思："臣的本事还不如韩起呢。既然韩起愿意让赵武干，还是按他的意见办吧！"于是赵武顺利跳跃晋升。

《左传》记载，由于这次集体谦让事迹，晋国的民众关系变得非常和谐，各国诸侯之间也变得十分和睦。

晋周的谦逊有礼是中国传统美德的继承，他用自己的实际行动践行了这一做人准则，从而赢得了人心，受到了尊重，取得了别人的信任，最终荣登了君位。这一切足以说明了，只有不断修炼自己品行的人，才能为自身创造更多的机会，从而达到事业的顶峰。

类似周晋这样因谦逊有礼而成才的案例，在中国历史上还有很多，比如晋朝的周处，他以自己的实际行动留下了"周处除三害"的千古美谈。当他得知自己为非作歹、鱼肉百姓，已成为当地人们的一害时，内心很是惭愧。最终他使出浑身解数射杀了一害老虎，困住了二害蛟龙。而他对自己也开始严格要求，明礼修身，以礼待人，还专门学习礼仪知识，最终赢得了大家的称赞和尊重，成了一个有用的人才。

正所谓"以礼治国"，这种"礼"就是为了维护上层的统治：在统治者内部，礼可以防止和调节矛盾；而对下层人民来说，礼既有慑服之威，又有收罗人心之用。而"明礼成才"中的"礼"则是讲既要学习还要实践，把它运用到实际生活中去，用理论联系实际才会做得更好。也就是说，不光要以理服人，更要以"礼"待人，这是我们做人的标准和成长的尺度。

所以，学习礼仪不仅可以内强个人素质，外塑人格魅力，更能润滑和改善人际关系，最终帮助自己走向成功。

◆ 史道智慧 ◆

礼貌，是为人处世的基本道德规范。一个人能取得多大的成就，完全能从他的一言一行中体现出来。待人以礼、谦虚谨慎的人，总是能逢凶化吉，遇难成祥，往往为自己的发展加分；反之，如果一个人无德无能、举动不专，必然会自食恶果，成为人人唾弃的对象。

一个人时刻注意修身明礼，注意自己的品行，不仅会让身边的人喜欢你，更能为自己留下后路。当遇到困难的时候，肯定会有很多人愿意伸出援助之手，慷慨解囊，让你平安顺利地渡过难关。可以说，谦逊有礼就是广结善缘的基本条件。它不仅能让你善有善报，而且更能让今后的道路越走越宽，直至走向最后的成功。

以礼待人表真诚

——刘备以礼取益州

"礼"之所以是我们中华民族传统美德中的一颗璀璨明珠，是因为它是几千年文化积累与沉淀的结晶。早在古代的时候就有"五礼"之说，即：吉礼、嘉礼、宾礼、军礼，凶礼；直到《仪礼》、

《礼记》、《周礼》"三礼"的出现,才标志着我国礼仪发展到了成熟阶段。

后来,礼仪开始与封建伦理道德说教相融合,即礼仪与礼教相杂,成为实施礼教的得力工具之一。行礼为劝德服务,繁文缛节极尽其能。逐渐地,"礼"成了人们的一种行事工具。延续下来的如"礼多人不怪"、"礼尚往来"、"以礼待人"等谚语已经成了做人的基本准则。

实践证明,"礼"在人们的日常生活和商业交往中确实发挥着不可替代的作用。在我们中国有一条传统的居家礼仪:来者都是客。无论亲朋邻居、熟人陌客,来到自己家里,都要以礼相待,给来者以温暖舒适的感觉,在客气和谐的气氛中了解来者的造访的意图。在不清楚来者的意图之前,切不可傲慢无礼,导致自己"损失"惨重。三国时期的刘备,就是因为对待来客以礼相待,竟没有费一兵一卒就占取了益州,得到了意想不到的收获。

东汉兴平元年(公元194年),益州牧刘焉得重病去世,朝廷下诏书,刘璋继位。刘璋性格软弱,没有主见,只是人云亦云、随波逐流。

驻守在汉中地区的张鲁对刘璋非常不满意,不肯依附刘璋。一怒之下,刘璋杀了张鲁的母亲和弟弟,从此和张鲁结下了仇恨。

接下来,刘璋几次派人攻打张鲁,都是大败而归。祸不单行,刘璋内部又发生了兵变,局势非常复杂。

当时曹操正在征讨荆州,平定汉中,刘璋就想借助曹操讨伐张鲁。这天,刘璋得到消息,张鲁要领兵夺取西川。刘璋心中非常着急,就召集众谋臣商量对策。有人毛遂自荐说:"主公放心。我去求见曹操,请曹操出兵对付张鲁,定叫张鲁不敢发兵征讨西川。"说话的人是益州别驾张松。

于是,刘璋命张松为大使,带上金银珠宝、锦缎丝绸等贵重物品,去拜见曹操。谁也没有想到,张松是另有打算:他私下里画了一张西川的地图藏在身上,然后便赶往许都。

张松到许都后,每天都到相府去求见曹操。但曹操却不把张松当成客人,更没有以"来者都是客"的热情款待张松。直到第三天,才随意地接见了张松。

酒桌上,曹操也没让张松吃饭,就带有敌意地问道:"刘璋为什么好几年都不来进贡?"本来因为没有及时接见而气愤不已的张松又听到曹操这么说,气更是不打一处来,只好说:"路途非常艰险,沿途贼寇猖狂,根本无法前来。"

曹操一听火了,桌子一拍大声训斥道:"我已经扫清中原了,还会有什么盗贼?"

张松一看曹操生气了,不紧不慢地说:"还有张鲁、孙权、刘备,他们每人都有兵士十多万人,怎么能说天下太平呢?"

曹操见张松有意气自己,又见张松长相平平,五短身材,便更加生气。一挥衣袖,就走进了

后堂,这时,曹操的手下都责备张松,并且让他马上离开。

张松本来是想向曹操献地图的,但看到曹操这般态度,一点礼貌也没有,只好改变了主意。

翌日,曹操为了示威,让张松来到西校场。曹操点兵五万,兵强马壮,旗帜鲜明。一会儿,曹操走了过来,故意问张松:"你们西川有这样的军队吗?"

张松说:"我们西川虽然没有这样的兵士和武器,但我们讲究的是仁义道德。"曹操听了脸色大变。

交谈之中,张松故意揭露曹操的短处,那些都是曹操一生中最不得意的事情。曹操大怒,让人把张松打了出去。

张松回到住处,本想当晚就收拾行装回西川,但是想到荆州的刘备待人仁义,不如去他那里试试。抱着试探的想法,张松去见了刘备。

张松骑马刚到荆州附近,就有一名将领前来迎接。经了解,正是刘备的大将赵云,特意前来迎接。赵云将张松领到事先安排好的客店,酒宴招待。

张松心里一阵惊喜,暗自说道:"刘备为人仁义,我这次前来,定不会空手而归。"

第二天早上,赵云陪同张松上马继续前进,刚走出四五里路程,只见来了一队人马。原来是刘备带着诸葛亮等亲自前来迎接张松,这使张松更加受宠若惊。

张松赶忙下马拜见,刘备毕恭毕敬,如见贵宾一般说道:"久闻先生大名,今日得见,幸何如之!"

张松随刘备入住荆州城,刘备设宴款待。在宴席间,张松问:"皇叔除了占守荆州,还有几个郡?"

诸葛亮说:"荆州是借东吴的,早晚都要归还。"

张松非常疑惑:"东吴已经占据六郡八十一州,难道还不知足吗?"

刘备自谦了几句。张松继续说:"您是汉室宗族,仁义四海皆知。不说占据州郡,即便代替皇帝治国也不过分。"

刘备赶忙连连推手说:"您太过奖了,我怎么敢当啊!"宴席间气氛融洽,各抒己见,都没有提到西川的事情。就这样,刘备每天宴请张松,以贵宾之礼相待。

三天之后,张松准备启程回蜀,向刘备告辞。刘备在十里长亭设宴送行,只见他举起酒杯敬张松:"承蒙您不把我当做外人,畅谈了三天。今天分别,不知道什么时候才能再听到您的教诲啊!"说罢,竟然泣不成声。

张松非常感动,对刘备说:"您如此诚心待我,我也应该知恩图报。目前形势,荆州东面有孙权,背面有曹操,此处不是久留之地啊!"

刘备说:"我明白,但是没有别的安身之处,也是无可奈何啊!"

张松接着说："益州土地辽阔、国富民强，智谋之士也仰慕您的为人。假若您带领荆州军民长驱西川，不仅可以大业告成，还可以兴复汉室。如果您真有意夺取西川，我张松愿效犬马之劳，不知您作何想？"

刘备谦让称谢："我非常感谢您对我的厚爱，但是刘璋与我同一宗室，假若攻打他，恐怕天下人都要唾骂我！"

张松说："大丈夫活在天地间，应该首先考虑建功立业之大事。你若不取，必为他人所夺，后悔就晚了。"

刘备叹气说："我听说蜀道非常艰难，车马都不容易通过，想要夺取也没有好的计策啊！"

于是，张松把西川地图拿了出来，递给刘备说："皇叔开明仁义，而我也并非卖主求荣。能遇到您这位英明之主，我不得不说：刘璋虽然有益州，但他天性懦弱，不能善用贤人，且背面张鲁时刻想进攻侵犯，导致益州人心不齐，希望能遇到贤明的主公。而曹操傲慢自负，更不能礼贤下士。只有皇叔您以礼相待，我愿献西川地图，辅佐皇叔，共谋天下大事。"

刘备和诸葛亮展开地图查看，地图上详细写明了行程路线，险要峡谷、官府重地以及仓库钱粮都做了明显的标注。刘备和诸葛亮觉得时机已经成熟，向张松连连道谢："青山不老，绿水长存。来日事成，定将厚报。"

张松说："遇到明主，还能如此礼遇我，哪需要什么报答啊！"说完就告别启程了。刘备、诸葛亮又让赵云等人亲自护送张松离开，直送到十里之外才返回。

刘备按照张松提供的情况，并依靠张松的内应，顺利地占据了益州，才算真正地立稳了脚跟。从此，迈出了三分天下的一大步。

无论你的身份尊卑、地位高低，待人都要真诚以礼。交朋友的方式有很多，但交心才是待人的最高境界。与人相交能把心交出来，这样的情谊不是用语言就能形容的。

刘备之所以取得成功，正是因为在面对张松时，不仅派车马相接，更是亲自在门口相迎。礼仪至此，让张松觉得如此礼貌仁义之人定能给天下百姓带来福音，更会知人善任成大事，所以甘心为刘备所用。再看曹操，不仅傲慢无礼，更是目中无人，将张松的一片好意白白错过，从而与西川失之交臂。如果曹操能有刘备懂得用"礼"之道的一半，益州的归属恐怕还要重新考虑了。

古今中外成大事者，无一不是懂得礼貌、态度谦和之人。只有真正地礼遇他人，才有可能得到他人的"回礼"。以"礼"服人，不论在什么时候都不会过时。只有处处以礼待人，收获的才有可能比付出的更多。

在当今社会的人际交往中，无论是亲朋好友还是熟人陌客，既然对方亲自登门拜访，无论

出于何种目的而来,作为"主家",我们都要以礼待人。尽地主之谊,倒杯茶、吃顿饭,表示我们的一份诚意。

礼遇有加地对待客人,不仅可以提升自己的人格魅力,还能给对方以充分的信任感和诚服感。这样当自己遇到困难的时候,才会有人倾力相助,赢得更多的机遇。

◆ 史道智慧 ◆

真正的君子应该具有天下本是一家的胸怀,用这样的心与人交往,也是最得人心的。当你能以有礼、诚恳的姿态影响并且打动别人时,自然也就能够有效改变对方的心态和行为。我们不仅要懂得礼遇他人,更要懂得应用以"礼"来服人,以达到双赢的目的。

待人以礼,待人以诚。这样才能得到别人的认可,从而在纷繁复杂的社会中占据属于自己的一席之地。没有良好道德修养的人,只会遭到别人的唾弃,根本无法得到真正的朋友,更不会有所作为。

小不恭定会失大礼

——韩信出口不逊断前程

我们为人处世,首先要懂得尊重别人,这样才能赢得别人的尊重和恭敬。但尊重别人往往都表现在细节上,比如自己的言行举止要适当,说话要委婉,方式要慎重,充分考虑对方的感受。否则就容易得罪他人,从而让自己处处树敌,失去朋友。特别是在与领导交往时,更要学会毕恭毕敬,不能有半点疏忽大意。就算领导有缺点,也要委婉地指出来,不能口无遮拦,乱说一气。

只有时刻注意自己的言行细节,才能让自己成为别人效仿的对象,获得他人的认可,成为社会高尚道德情操的良好典范。历史上赫赫有名的韩信就是一个自高自傲的人,不注意说话表达方式。在与刘邦的沟通上不拘小节,最终以自己的出口不逊为本来光明的前程埋了单。

汉高祖刘邦争夺天下时,韩信是汉朝的第一功臣。他熟读兵法,不但懂得以少胜多、以弱敌强,更懂得适时出击、占据有利,为后世留下了如明修栈道、暗渡陈仓等大量的军事典故。他为刘邦打下了半壁江山,率兵出陈仓、定三秦、破代、灭赵、降燕、伐齐,直至垓下全歼楚军,从来没有过一次败仗。被刘邦称为人杰,又被明茅坤称为兵仙。所以司马迁曾说,汉朝的天下,有三分之二是韩信打下来的。

然而,就是这样一位奇才良将,却因功高盖主,不懂内敛和礼让,说话直来直去,而犯了兵家大忌,为自己带来了灭顶之灾。

有一次,刘邦问韩信:"你说我能带多少兵?"

韩信不屑地说:"陛下带兵最多也不能超过十万。"

刘邦又问:"那你呢?"韩信为了彰显能力,自豪地说:"我带兵,那是多多益善。"

这样的君臣对答,让刘邦很没面子,下不了台。于是,刘邦和韩信之间的隔膜就此产生了。对这件事,刘邦一直耿耿于怀。

所以,楚汉之争结束后,功高震主的韩信马上成了刘邦的一块心病。项羽一死,刘邦马上便夺了韩信的兵权。在公元前 201 年,刘邦又以谋反为名将韩信诱捕。被抓时,韩信仰天长叹:兔死狗烹,鸟尽弓藏。但是刘邦此时并没有杀他,只是把他贬为淮阴侯。在公元前 196 年,被刘邦的妻子吕后诱杀于长乐宫钟室。

也许韩信真有刘邦所不能及的卓越军事才能,但这样的明目张胆地显露,不给刘邦以丝毫余地,无疑会让刘邦感到这是对自己权威的挑衅。韩信不懂得推功揽过,还在刘邦面前自吹自擂,让其有苦说不出。可以说,韩信是被自己一步一步逼上绝路的。

曾经,韩信能虚心地向左车求教,但是在刘邦面前却像是换了一个人,出言不逊,最终让自己落得个身首异处的结局。如果韩信能保持谦虚谨慎的态度,那么,他的命运很有可能就会被改写。

可以说,韩信不是死于建功,而是死于邀功,死于他的不尊"礼数"上。在刘邦看来,韩信本不过是一个"官不过郎中,位不过执戟,言不听,画不用"的小卒,仅仅凭借萧何的一面之词,刘邦用之为大将。那时,韩信于刘邦既无微细之亲,也无尺寸之功。刘邦冒着被故旧责难等诸多政治风险提拔韩信,以刘邦的眼光,可谓对得起韩信了。没有刘邦的越级使用,韩信怎么会有"戴震主之威,挟不赏之功而名高天下"呢?然而,几次在刘邦陷于歧路时,韩信的表现并不是异常的积极,从自立齐王到固陵邀击,几乎是在刘邦一再妥协的情况下才不得不给面子。韩信虽被封为齐王,可是和刘邦的君臣之分已经内定。自古以来,君与臣之间的关系与礼数始终是无法逾越的,不管是在朝堂上还是私下里,都要注意说话的方式,"凡言之,礼先行"。

另一方面,假若有朝一日功成名就,那就更要保持平常和低调。如果像韩信一样目中无人,

只会让自己的能力变成别人眼中的错误。做人不要恃才傲物，当取得成绩时，要感谢他人，与人分享，为人谦卑，这样才能给他人留下谦和有度的印象。时时、处处从小做起，从细而行，不失小节才能成就大业。

◆ 史道智慧 ◆

在生活工作中，人人都想给领导留下好印象，所以，总是处处表现自己。但是，如果掌握不好其中的分寸，把功劳大包大揽、目中无人，就很容易冒犯上司，留下不恭不敬的印象。所以，在与上司交往时，无论与对方有多么熟悉，自己做过多大贡献，都不要轻易表露出来，也不要因略有寸功而小看领导。不给上司表现的机会，忽视领导的存在，否则就会弄巧成拙，因小失大。

推而广之，在所有的人际交往中，真正有智之人都会时时处处考虑对方的感受，甚至有意显得毕恭毕敬。这种礼仪方式总能收获到实惠的硕果，从而为自己的发展之路奠定更坚实的基础。

第 6 辑

以柔克刚，以弱胜强

活用历史之"柔"智慧

　　柔，不是懦弱，而是不鲁莽的精明。敢于示弱，以柔克刚，四两拨千斤，这些都是怀柔的智慧。无论是顺境还是逆境，都以柔对之，把逆境转换为顺境。懂得在强者面前示之以弱，用怀柔的战术来应付。

　　面对问题，不能一味地直面攻克它，不妨暂时把问题搁置下来，等待时机。一旦时机到来，问题就会迎刃而解。

刚柔相济见奇效

——孙休明软暗谋灭孙綝

我们为人处世，或刚或柔其实都没有错，只是要根据周围的环境来决定用哪种方式更适宜。也就是说，要看刚在什么地方，柔在什么地方。刚和柔的尺度和分寸掌握得如何，是直接决定事情发展结果的重要因素。若是在做人上仅仅偏向一面，或太柔或太刚，都会因极端导致败落。太柔会让一个人没有骨气，太刚则会显得不知变通。只知刚，不知变，经常碰壁，一事难成；只知柔，多灵活，却是没有主见的墙头草。因此，这两种方法都不能走极端。

社会在发展，人与人之间的关系也在不断地发生着变化，我们更应该遵守圆滑处世的原则，学会用"柔道"战胜对手。如果对方为人处世非常刚猛强硬，我们就应该避其锋芒。刚性的东西太坚硬，反而容易折断；而柔软的东西能屈能伸，往往不易断裂。

其实早在中国古代时，哲人就懂得了"刚柔相济"的道理，正所谓"一张一弛"。在他们看来，任何事物都有刚性和弹性，而且正因二者不可分离、相互作用，才形成了事物的运动变化，即所谓"一张一弛，文武之道也"。

三国时期，东吴国君孙权刚刚去世，为了争夺皇位，吴国上下乱成一团。当时孙峻把持朝政，遭到了很多人的反对。孙峻是东吴的权臣，是孙坚的弟弟孙静（孙权的叔叔）的曾孙，此人不仅"素无重名，骄矜险害，多所刑杀"，而且还"奸乱宫人，与公主鲁班私通"。在持政三年之后就去世了，其从弟孙綝代理朝政。

刚刚 24 岁的孙綝年纪轻轻，又没有功绩，同样遭到当朝许多大臣的反对。特别是吕据和滕胤，亲自率大军讨伐孙綝。不料却被人钻了空子，大败而死。

这时，孙綝就想趁势清理反对自己的人，首先便拿王惇和孙虑开了刀。王惇在当时是大将军，和当朝的丞相王导是同族兄弟。而孙虑则是孙权次子，敏惠而有才艺，遵奉法度，敬师爱友，不孚众望。被封为建昌侯，镇军大将军、假节开府。由于二人声名远播，孙綝的铲除异己引来吴国上下一片骂声。孙綝自知理亏，就称病不上朝了。把所有的兵权分给了孙据、孙恩、孙干、孙闿四个弟弟。他这样做无非是怕大臣叛变，更怕孙权之子孙亮诛杀他。

刚刚年满16岁的孙亮早对孙綝不满，就和公主鲁班、太常全尚、将军刘承商量计策，准备杀死孙綝。没想到，消息却被自己的一位妃子提前告诉了孙綝，这女子恰好是孙綝的从外甥女。于是，孙綝先发制人，废了孙亮的帝位，把他流放到了会稽。

废黜孙亮之后的孙綝急切地想登基称帝，但又怕大臣不服，只得拥立孙休为帝。孙休知道孙綝有权有势，便故意降旨，给孙綝加官进爵。

事实上，孙休对孙綝非常不满，他也不想一直受孙綝牵制。但是相比之下，自己实力不济。随着二人矛盾的加剧，孙休觉得，自己再不采取措施，就会重蹈孙亮的覆辙。

有一次，孙休拒绝了孙綝敬的酒，孙綝非常生气，就对身边的张布说："当初废立少主的时候，很多人都劝我登基为帝。但是我认为孙休更贤明，就让他做了皇帝。现在看他也跟普通人没什么区别，我看是该换皇帝的时候了。"

张布赶忙向孙休汇报了情况，没想到孙休听完之后反而对孙綝进行封赏，使其掉以轻心。不仅如此，他还提升孙恩的职位，分散孙綝的权力。当有人告发说孙綝谋反，孙休却故意不治孙綝的罪，反而把举报者交给孙綝处理。

孙綝感觉孙休不好对付，表示要出兵武昌，把精兵和武器全都带往武昌。朝中大臣见状都非常担心，但他们不知道，事实上，孙休已经和张布、丁奉等人制定了除掉孙綝的计策。

公元259年，东吴举办腊会，孙綝似乎预感到了什么，就称病不来赴会。但是耐不住孙休的坚持，孙綝只得前往。但老奸巨猾的孙綝提前吩咐手下，等到他入宫之后，就在府中放火，这样他就可以借故尽快离开皇宫。

孙綝入宫不久，他的府中就传来起火的消息，孙綝马上请求回府。

孙休却说："外面这么多士兵呢，不用劳烦丞相。"听了这话，孙綝还是要强行离去。这时，张布、丁奉等人就冲上前去，把他绑了起来。孙綝马上跪地求饶说："我愿意流放交州。"

孙休说："现在你来求我了，当初你怎么不把吕据、滕胤流放到交州呢？"

孙綝无法辩解，最后只能接受惨死的结局，并被灭了三族。

孙休的成功，在于他一直懂得为人处世要"刚柔相济"的道理。反观孙綝却是光芒四射，恨不得要让全天下都知道他要造反了。最后，柔能克刚，孙綝不懂内敛，被自己所害；孙休一直隐忍，甚至连身边的很多大臣都不知道他要诛杀孙綝。一人在明，一人在暗，以至于孙休取得了最后的胜利。这就像古代的铜钱一样，"边缘"圆活，能随机而变，这是做人的柔；但"内心"守得住，有自己的目的和原则，这是做人的刚。

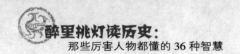

中国古代关于做人的一句话颇有见地,是说"做人要刚柔并济"。这刚和柔看似矛盾,实则统一。坚持自己要办的事不动摇,是为方刚;同时在方式方法上圆柔推进。如此,既有利于自己,又有利于他人;既达到了目的,又使别人说不出什么不满。像孙綝那种太过刚硬的人,如果与其硬碰硬的话,以孙休当时的实力肯定是不行的,所以孙休选择了以柔克刚的方法达到了自己的目的,这才是懂得柔之大智的人。有句俗语说:"黑脸开戏,必定会红脸收场。"所以,要想成就一方霸业,必须要能刚能柔,两者并用,这样才能达到怀柔战术的目的。

◆ 史道智慧 ◆

曾国藩一生不断教育子女,做人应该刚柔互用,不可独取其一。太柔就会容易软弱,太刚就会容易折断。懂得进退,才是成功的道理。刚柔相济才是最好的处事方法,二者相辅相成,才能使自己迈向成功。

柔中带刚,刚中带柔,这是"柔道"的最高境界。迂回作战,懂得隐忍,让对手掉以轻心,才能让自己突施冷剑,让对手惨败。为人处世就要这样内刚外柔,刚柔相济之理才是智慧与通达的成功之道。

柔中藏刚才能壮大自己
——刘秀以宽柔拢人心得天下

人生在世,一定要有一套自己的为人处世之法。而大凡智者做事,必能既恰当又到位。其中最重要的一条黄金定律便是:柔中藏刚。

往往,"柔道"比"刚道"更具有弹性,更加行之有效,能让当事者事半功倍地解决问题,从而达到柔能克刚的目的。"柔"并不是软弱,而是处事能方能圆,善于变通,能够从细微之处发现并解决问题,最终实现自己的目的。"柔"是一种处世技巧,更是有发展眼光的人特别看重的一条原则。让自己方圆并用,逢山开路,遇水搭桥。这样对症下药,才能药到病除,也才能更好地体现出"柔道"精髓之所在。

君子就要柔中有刚。在指出利弊得失的同时,要做到厚而无形,柔中藏刚。这样,才能不让对方发现自己的优势,从而养精蓄锐,壮大自己。

汉高祖刘邦的九世孙刘秀出生于公元前 6 年,他父亲刘钦是南顿县令。在刘秀 9 岁的时候,刘钦就病故了。

此后,刘秀一直被叔叔收养。刘秀思虑谨密、言语不苟,与人相交也不记小怨,喜怒哀乐均不形于色。

刘秀 28 岁时,王莽执政推行的"新政"不得人心,再加上天灾人祸,各地的农民纷纷起义。在当时,最浩大的起义军要属绿林、赤眉两支了。在这种局势下,刘秀也不甘人后,与兄刘縯谋划起义,很快就召集到了七八千人。

刘秀起义后,和其他起义军汇合,并入了绿林。

公元 23 年 2 月,绿林军为了号召天下,立刘秀的族兄刘玄为首领。而刘玄恰恰与刘秀的哥哥刘縯不合,不久便在一次聚会中刺死了刘縯。刘秀当时正在别处守城,听到哥哥被杀,非常伤心,大哭了一场,然后立即动身来到宛城。见了刘玄,刘秀并不多言,只说自己的过失。刘玄问起宛城的守城情况,刘秀把功劳都推给了其他将领,一点儿也不自夸自傲。回到住处遇到别人问话,也绝口不提哥哥被杀之事。不仅不穿孝,而且还照常吃饭,与平时一样,毫无改变。刘玄见他如此,反觉得有些惭愧,从此更加信任刘秀,并拜为破虏大将军,封他为武信侯。

其实,刘秀因为兄长被杀十分伤心,这事过去很多年后每每想起还会涕泪交流。但他明白,当时的自己还没有能力和其他起义军抗衡,只能委曲求全,以宽柔的态度掩盖自己的愤怒,隐忍不发。正是如此,让刘秀赢得了大家的信任和尊重,为以后成就大业创造了条件。

刘秀认为"柔能制刚,弱能制强",所以他多以宽柔的政策去收揽军心,很少用刑罚。这一点,在收编铜马起义军将士时表现得最为突出。

当时,铜马起义军投降了刘秀,刘秀就封他们为诸侯。但刘秀的手下对起义军很不放心,认为他们不会真正归顺。铜马起义军的将士心中也很不安,害怕不能得到汉军的信任而被杀。

在这种情况下,刘秀竟令汉军各自归营,自己一个人骑马来到铜马军营,帮他们操练军士。铜马将士议论说:"萧王(刘秀)如此推心置腹地相信我们,我们怎能不为他效命呢?"直到把军士操练好,刘秀才把他们分到各营。铜马起义军受到刘秀的如此信任,都亲切地称他为"铜马帝"。

公元 25 年,刘秀势力十分强大,独树一帜。应诸将的请求,刘秀称帝,年号建武。称帝之后,便和原来的农民起义军争夺天下。此时,他仍贯彻以柔道治天下的思想,这对他迅速取得胜利

起到了很大的作用。

可以说，有刚有柔，能忍能容是对刘秀最好的形容。刘秀的柔术运用得非常好，张弛有度，令天下归心。他深知刑罚只会让兵士产生逆反心理，根本不会做到真正的心服口服。

刘秀称帝之后实行重赏轻罚，减少苛捐杂税，刑罚能不施行就尽量不施行，施行也是尽量从轻。在中国的历史上，很多时候都是"飞鸟尽，良弓藏；狡兔死，良狗烹；敌国灭，谋臣亡"。但是刘秀却是善待开国功臣，单从这一点来看，就足以说明刘秀"柔道"治国的可取性。少杀多仁，正是刘秀"柔道"的精髓所在。

他的管理原则就像在打太极，太极拳的练习第一步就是要去僵求柔，等练就到一定时候，就会去柔存刚、韧劲十足了。刘秀起初也是收起自己的刚强，表现出为人柔和的一面，为自己日后的成功打下了坚实的基础。"一张一弛"、"柔中藏刚"既是治国理政的原则，也是做好日常工作乃至修身养性的重要方法。

◆ 史道智慧 ◆

生活中，我们常常能看到有人因为言语过激而拳脚相向，其实，越是这样就越无法解决问题。以暴制暴，只会让问题变得更加复杂，更加难以解决。这时候，我们要选择"柔软"的方法暂时缓解斗争。所谓的"柔中藏刚"既是对事物客观规律性的揭示，是一种世界观，同时又是一种分析和处理问题的手段和方法论。

"柔"情似网，网罗人脉好办事。但是也要懂得"柔"而不屈，柔中藏刚，先退后进才好做人。"柔道"有一种水的精神，水善利万物而不争。"柔道"也是如此，用迂回的方式得到人心，让所有人归附。大千世界，各种各样的人都有；只有善用柔术，才能左右逢源，才会得到真心。

柔而不屈胜刚韧

——韩信百忍成钢助刘邦

柔是对事物性质或状态的一种描述，它表示柔软而富有韧性。在中国文化中，有许多的物体以其形状和特点而成为柔的象征，如溪流、暖风、细雨等等，从来就是文人墨客吟咏的对象。

柔不仅是一种表面特征，更是一种从内到外散发出的坚韧精神。人活天地间，总会遇到顺境和逆境，只有能屈能伸的人，才能让自己顺利地渡过难关，把逆境转换为顺境。要懂得在强者面前示之以弱，用柔道的战术把敌人打败，四两拨千斤。这样不仅省力，而且效果明显。

能屈能伸不是简单的逆来顺受，不求上进，更不是要你放弃自己的做人原则。而是要学会在困难面前，在人生低潮期委曲求全，忍辱负重，为自己下一步的发展积蓄力量。这样，才能等到机会来临时先发制人，从而一举成功。

中国古代史上杰出的军事家、汉朝的开国功臣韩信在刚开始的时候并没有展露出多大的才华，隐忍不发，因而一直没有得到刘邦的重用。后来经过萧何的推举，刘邦才发现了这个人才，重用了韩信，从而走上了开创大汉王朝的璀璨之路。

汉朝大将韩信在成名之前非常穷苦，经常没有饭吃，甚至要靠别人的接济才能生存。

韩信有一个亭长朋友，在南昌亭当差，平时的工作就是抓捕强盗，也喜欢舞刀弄棒。此人和韩信关系非常好，一来二去，两人就成了无话不谈的朋友。韩信闲来无事，就去帮助亭长抓捕强盗。而亭长为了表达感谢，就把韩信带到家里吃饭。但是一天两天还可以，时间一长，亭长的妻子就看不下去了，觉得自己家平白无故多了一张嘴，感到非常别扭。

有一天，亭长和他的妻子早早起床，做完早饭径自吃上了。等到韩信来了之后，发现已经没有饭了。韩信当时并没有表现出任何的不满，只是默默地走开了。自此之后，韩信就和亭长断绝了往来。

从此，韩信开始了四下流浪的生活。一次，淮阴城下面有一个洗衣服的妇女见韩信可怜，就把自己手中的食物分一半给他吃。

韩信非常感动，对这位好心人说："等我以后发达了，会用百倍钱财回报你！"

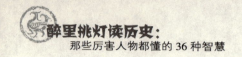

好心妇女却说："我帮助你，难道就是为了你的回报吗？你这么说，就太瞧不起我了！"但是韩信却一直记得这位曾在困难时帮助过他的妇女。

有一天，韩信在集市中闲逛，一群不良少年拦住了韩信。其中一个少年想要和韩信比试武功，如果韩信不敢的话，可以从少年的胯下钻过去并且还要学两声狗叫；否则他们是不会放过韩信的。

看到这个少年比自己高出一头，而且四肢非常发达，韩信认真权衡了一下：如果比武，自己肯定会失败；但如果执意不答应而把对方惹急了，自己肯定也没命活下去了。

考虑再三，韩信决定认输，并且当着所有人的面学着狗叫，从少年的胯下钻了过去。最后，这帮不良少年大笑着离开了。

可谁也没想到，就是这样一个能忍得了胯下之辱的人，日后竟成为了一代王朝的开国功臣，极享尊荣显贵。公元前 202 年，汉朝建立，刘邦因韩信在追随自己南征北战时屡建奇功而封他为楚王。

如果韩信没有学会忍耐和柔滑，而是在侮辱面前选择强硬地以死相抵，那么也就不可能有日后刘邦的重用，以及他个人的辉煌人生。

一个人要想有所作为，就要学会能屈能伸，能软能硬。这样，当他身处顺境时就会扬长避短，有所为而有所不为；而处于低潮时，则会收敛起自己的锋芒，委曲求全，等待时机，以图东山再起。

韩信的成功就在于他遇事能柔能忍，用时下的话说，他有很强的"逆商"。面对苦难的时候，韩信会保持清醒的头脑，如果和强势对立，有百害而无一益。不如等到机会来临的时候，把积蓄的力量再爆发出来，从而展现出自己的卓越才能，用真才实学把握住自己的命运。

◆ 史道智慧 ◆

苦难是生命的试金石。人生在世，每个人都难免会马失前蹄，遭遇苦难。这时，就要把一切的困苦看做是黎明前的黑暗，要适时调整自己，不慌不乱，分析自己的处境。然后，采取最有效的解决办法。对敌人示之以弱，屈软一时，未尝不是一种聪明的选择。这样可以麻痹敌人的神经，然后等待机会的出现，从而一举成功。

君子之心，可大可小；丈夫之志，能屈能伸。在能够显露的机会面前，要懂得及时把握，把才华毫无保留地展现出来。这样才能被伯乐看中，人尽其才，从而获得最终的成功。

第 7 辑

仁爱处世，报之以仁

活用历史之"仁"智慧

仁者，人心之本。仁义是道，智慧是本。上善若水，水善利万物而不争。这就是一种仁爱的精神和仁义的智慧。不计利害得失，着眼于大局，完成真正意义上的人生蜕变。

成就大事者，从不会计较小的得失，而放眼于大局；以仁爱之心处世，别人也会报之以仁。以仁为处世之根本，才是智者的选择。

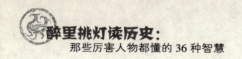
多施善行，永葆仁爱之心

——仁爱让子皋死里逃生

爱人者，人恒爱之。在现实生活中，我们更应该拥有仁爱之心，因为我们每个人都是社会大家庭的成员，在社会交往中须用一颗仁爱之心来维护这个和谐的社会。如果一个人失去了爱的概念，他的人生也会变得非常黯淡。这不仅仅是一个人的悲惨命运，更会给身边的人带来无形的压力和沉痛。

人生在世，要懂得多施善行，多做善事，有一颗善良的仁爱之心。仁爱之心不仅会给人带来温暖，也能抚慰人的心灵。做人就应该始终拥有一颗仁爱之心，这样不仅能让自己充满温暖，更能让别人体会到你的浓浓爱意，大大增加自身的人格魅力。往往，你在细微之处的仁爱之举就能无形中得到人们的喜爱，为你带来不可估量的价值。

拥有仁爱之心，说起来是非常简单，但是做到位却是相当困难的。在历史长河中，孔子的弟子子皋因为自己拥有一颗仁爱之心，在危险的时候使自己的性命得到了挽救；他还能以己度人，用仁爱去影响和感化他人，让更多的人也懂得以仁爱之心去帮助以及包容身边人。

春秋时期，孔子是卫国的宰相。他的弟子子皋是一个监狱的监狱长。子皋勤奋敬业、恪尽职守、爱民如子；同时执法如山，从不徇私舞弊，是一个清正廉洁的好官。最可贵的是，在执法公正公平的同时，还常怀有一颗仁爱之心，也因此经常受到老师孔子的嘉奖，更能得到民众的赞扬和拥戴。

有一次，一个人犯了法，根据当时的法律，子皋要将犯人的左脚砍掉。在执法行刑的时候，子皋非常痛苦，脸上流露出怜悯、悲伤的表情。

俗话说，这个世界上有多少君子，就有多少奸佞小人。孔子按照自己的意愿来治理国家，这样的做法不免就会得罪一些小人。于是，这些人就联合起来在卫国国君面前诋毁孔子，说："孔丘有治国平天下的抱负和能力，他的弟子也都个个不凡。但是他功高盖主，根本不把主公放在眼里，主公可不能不防啊！"

卫君听信了这些奸佞小人的谗言，马上下令逮捕孔子。

幸亏孔子事前得到了消息，收拾东西，急忙逃走了。与此同时，他连忙派人通知了他的弟子，弟子们也都陆续逃走了。

可惜子皋是最晚得到消息的人,当时已经来不及逃走了,追捕的人已经把他的住处团团包围。就在这个危急时刻,那个被子皋砍掉左脚的人出现在子皋面前,他现在已经是把守城门的守门人。子皋心里正想着:这下自己肯定是逃不出去了,等死吧。出乎子皋意料之外的是,这个人不但没有落井下石,记恨子皋,反而要解救他。只见这个失去了左脚的守门人把子皋藏在了一个地下室里面。官兵们四处搜索,都没有找到子皋,于是就向守门人打听。守门人朝东边指了指,告诉他们子皋向那个方向逃走了。官兵们信以为真,急忙朝东边追去了.

到了半夜,守门人还送饭给子皋吃,子皋被守门人的行为深深地感动了。但是怎么也想不通守门人为什么会救他,就好奇地问他:"之前,我按照国家的法令把你的左脚砍掉了,现在正是你报仇的大好时机,可你为什么还要冒这么大的险来救我呢?"

守门人真诚地回答道:"您当时虽然砍了我的脚,但当时您是按照国家的法律在公正地执行。我知道,您在给我定罪的时候,反复权衡了法律条文,希望能对我减轻处罚,我很清楚这一点。当行刑的时候,我从您的脸色可以看出,您的内心很痛苦,这一点我也是知道的。我救您,不是因为别的,而是因为您有一颗仁爱之心,是一个为百姓着想的好官,这就是我救您的理由。"

正是因为子皋具有一颗"广施博爱,不计回报"的仁爱之心,从而潜移默化地影响了守门人。在他最危险的时候,守门人挺身而出,也用自己的仁爱之心救了子皋一命。可见,仁爱的力量是不可估量的,它能减轻他人带给自己的伤害,泯去仇恨,从而化险为夷。

仁爱之心是可以学习的,就像我们需要一个好的榜样,然后照着榜样去做,从而改变自己和影响更多的人。人都是有感情的动物,只要有一个人在助人为乐,就会有很多人受到影响,使整个社会都笼罩在这种大爱的氛围之中。

◆ 史道智慧 ◆

上善若水,水善利万物而不争,这是说一种不求回报的仁爱精神。佛教中说,救人一命,胜造七级浮屠。所以说,一个人可以一无所有,但唯独不能缺少仁爱之心。每个人总希望得到别人的关爱,但我们首先要从自身做起,先让自己拥有一颗仁爱之心,无私地去帮助他人。只有这样才能让仁爱在更宽更广的范围里传播开来。

有时候,一个毫不起眼的小善行就会一传十、十传百,铸成大爱的人生舞台。一个充满爱心的人往往比别人得到的幸福多得多。自己对别人施善换来的幸福,不仅可以让他人变得更加快乐,也能让自己以高尚的品格立于不败之地。

仁者施恩终回报

——冯谖报恩助尝君"狡兔三窟"

"仁乎远哉?我欲仁,斯仁至矣!"中国教育家孔子说,仁爱离我们很远,真是这样吗?其实只要我们想要仁爱,那么仁爱就会在我们身边。因为帮助他人,就等于是在帮助自己。在现实生活中,我们会常常看到一些温馨的场面,小到公交车上的让座,大到危难之中的挺身而出。知恩图报是中国人的优良传统,只要不计得失、甘愿付出,就会收获到更多的幸福和快乐。

我们常说,人活着,就要懂得饮水思源,要时刻提醒,自己的成就是恩人所给予的。无论在什么时候,都不能忘记帮助过自己的人。要把知恩图报这种精神牢牢记住,定性为一种根深蒂固的思想,是每个人都应该放在心底的一道道德底线。只有知恩图报的人,在他面临危难的时候才会有更多的人愿意伸出援助之手,助他走出困境。

在战国时期,收养门客成为当时的一种风尚,各种有智之士和有一技之长的人往往会投奔权贵,在他们的门下寄食。这些权贵们就借助门客的力量来提高自己的声望和地位,从而巩固自己的势力。

在收养门客的权贵中,最为著名的就是"战国四公子":齐国的孟尝君、魏国的信陵君、楚国的春申君和赵国的平原君。他们所养"食客"非常之多,最多的时候竟然达到三千多人,所以孟尝君曾号称自己门下有"食客三千"。孟尝君有各行各业的门客,可谓三教九流无所不容。他视门客为兄弟,开诚布公;相对的,门客们对他也十分忠诚。

孟尝君当上齐国的相国后,门客越来越多。到最后实在是养不起了,就把门客分为三等。一等门客吃饭有鱼肉,出门有车马;二等门客吃饭有鱼肉,但出门无车马;三等门客只吃粗茶淡饭而已。

在三等门客中,有一个叫冯谖的人,不按套路出牌。刚来没有几天,就弹剑而歌:"我的长剑啊,回你的剑鞘里去吧,咱们吃饭没有鱼肉啊!"孟尝君知道后,就升他为二等门客。

没过几天,他又弹着长剑唱了起来:"长剑啊,咱们还是回去吧,出门没有车马啊!"孟尝君得知后,就又把他升为了一等门客。孟尝君觉得,这回你没什么可唱了吧!谁知道没过几天,有人向孟尝君报告说："冯谖又唱了，说是家中老母没有人养活。"孟尝君就派人把他的老母安顿好。从这以后，冯谖就不再弹剑而歌了。

有一次，孟尝君要找人去薛地收债，就想起了冯谖。他把冯谖叫来说："先生会些什么呢？"冯谖知他要收债，就回答说："只会算算账。"孟尝君就淡淡地说："那先生就替我去薛地收一下账吧。"

冯谖问道："收账回来干什么用呢？"孟尝君不耐烦地说："先生看看我家里缺什么就买点什么吧！"孟尝君的三千食客都是靠薛地的租税来养活的，所以百姓的负担很重。

冯谖到了那里，欠债的百姓都闭门不出。冯谖就买了大量酒肉，真诚地招待薛地百姓，把债户们都找了来。他把债券收集上来，查问清楚后，把能够偿还和不能偿还的债券分成两堆，然后对大家说："孟尝君爱民如子，哪里是想借高利贷给你们，无非是想借此来帮助你们罢了。他这次派我来，就是专门看望大家的。有能力还债的，就慢慢地还；无力偿还的，现在就把债券烧了，永远不用再还了。"说着，就把收来的那些债券烧掉了。薛地的百姓感动得泣不成声，从此一心一意地拥戴孟尝君。

孟尝君看到冯谖两手空空地回来了，就有些讥讽地问他："先生替我买来了什么呢？"冯谖不慌不忙地回答说："您让我看看您家里缺什么就买什么，我看您家里什么都不缺，只缺少'义'，我就替您把'义'买回来了。"接着向孟尝君报告了要债的经过，并解释为什么要买"义"："那些能还债的自然会还，那些不能还债的就算把他们逼死也还不了，只会把他们逼跑，那又何必呢？"

孟尝君哼了一声，没有说话。在此之后，孟尝君的名声越来越大，秦王十分生气，就派人到处散布谣言说："天下只知有孟尝君，不知有齐王，孟尝君不久就要当国君了。"不仅如此，秦王还联合楚王制造出了一些孟尝君造反的假象。齐王昏庸无能，听了这些谣言就起了疑心，罢免了孟尝君的相国职务。

孟尝君得势时可谓门庭若市，现在倒霉了，门前不免就显得有些冷清。众多门客中，只有冯谖还和他形影不离，替他赶车到薛地去。百姓一听孟尝君来了，都提着食物，带着菜肴酒水夹道欢迎。孟尝君感动地说："这都是先生买来的情义，我总算有一个安身的地方了。"

冯谖则回答道："这还不算什么，人要未雨绸缪。您现在才有一个安身的地方，还远远不够。请您给我一辆马车，我去秦国走一趟，让秦王重用您。等到了那时，您的封地薛城、齐国的都城临淄、秦国的都城咸阳都将是您安身的地方。"

冯谖来到咸阳,对秦王说:"现在天下有才能的人,不是投奔齐国就是投奔秦国,哪个国家得到的人才多,哪个国家就会强大。可见,现在的天下,非齐国和秦国莫属。齐国能有今天的成就,全都倚仗着孟尝君礼贤下士,治国有方。如今齐王听信了谣言,嫉贤妒能,竟然罢免了孟尝君的相国之职。您如果能把孟尝君请到秦国来,以礼相待,使他能为秦国效力。到那时,秦国还用怕齐国吗?您如果现在犹豫不决,错过了好时机,齐王一旦反悔,重新起用孟尝君,到时候就为时已晚了。"

秦王正在寻找人才,听冯谖这么一说,很愿意去请孟尝君来。于是,秦王立即派遣使者带着黄金、车马,用迎接丞相的仪式去迎接孟尝君。

冯谖一看计谋奏效,马上返回齐国,来不及报告孟尝君,就直奔临淄求见齐王,他对齐王说:"齐、秦两国争霸的关键,主要就是看人才的多少,谁得到了人才,谁就可以赢得天下。我在来临淄的路上听说秦王已秘密派人带十辆车马、百两黄金准备迎接孟尝君去秦国当丞相,如果真的是这样,齐国岂不是很危险了吗?"

齐王一听非常着急,忙问冯谖该怎么办,冯谖说:"大王如果能恢复孟尝君的相国职位,再多赏他一些田地财物,他一定会感激您,就肯定不会再去秦国为相了。大王如果犹豫不决,恐怕就来不及了。"

刚开始的时候,齐王还有些不太相信,就派人前去打听。恰巧秦国的车马迎面而来,齐王派去的人连夜赶回临淄,向齐王报告。齐王一听情况属实,马上下令恢复孟尝君的相国职务,又多赏了一千户的土地,并马上接他回齐国居住。就这样,孟尝君的政治"三窟"已营造完毕,从此可以高枕无忧了。

人有恩于我不可忘,而怨不可不忘,有仁爱之心的人是无敌于天下的。虽然孟尝君开始的时候有一点轻看冯谖,但是看到冯谖弹剑而歌的时候,孟尝君以一颗仁爱之心提高了冯谖的待遇,最后还将冯谖的老母亲也安顿好。这些事对于孟尝君来讲都是不足挂齿的,但是对于冯谖来讲,这又是多么高的恩惠!所以,冯谖一直铭记在心,抱着"滴水之恩,涌泉相报"的态度,不仅为孟尝君赢得百姓的人心,还在危难的时候不离不弃,更为孟尝君的事业而奔波,以报孟尝君从前对他的恩惠。而冯谖的"知恩图报"也是在用自己的实际行动来诠释仁爱与回报的紧密联系以及真正含义。

仁义之道,守之而不失。用仁爱之心对待他人,才能使人与人之间和谐相处。

◆ 史道智慧 ◆

　　仁爱是社会稳定的基础，仁爱是联结社会的金链。怀慈悲心，做慈悲事，则心中太平。广施仁爱，就能在关键时刻收获仁爱。当你散发爱心的时候，你不仅仅是在付出，更是在为自己的未来积累无形的财富。因为只要你拥有仁爱之心，就算你不求回报，别人也会还你更多的仁爱。这与"赠人玫瑰，手有余香"是一个道理。

　　贾谊的《过秦论》最后有一段著名的论断，秦国的灭亡最主要的就是"仁义不施，而攻守之势异也"。如今同样如此，如果不实施仁爱，变成一个冷血无情动物，眼中看到的世界只能是苍白的而没有生机的，更不要谈一丝温暖了；反之，如果广施仁爱，生活中的每一天都是激情澎湃的春天，感动和温馨常伴左右。所以说，拥有仁爱才是社会进步的标志，也是和谐的社会风气最好的体现。

仁恕有道天地宽

——娄师德宽容交往受尊重

　　人活世上，难免会出现各种各样的问题。有些人就会不管三七二十一，直接把问题推到别人身上了事。其实最好的解决办法就是从自身发现问题，先做自我批评，严于律己，让自己永远保持一颗仁爱宽恕的心。只有这样，才能让问题迎刃而解，同时也能赢得别人的尊重。

　　做人一定要有胸怀，要有容人之量，这样才能更好地发挥仁爱之道，大事化小，小事化了。遇到问题，不要一味地指责别人，这样只会让矛盾扩大化，而问题却得不到解决。为人处世，我们应该把目光放长远一点，常怀一颗包容宽恕之心，多看到别人的优点，多发现自己的缺点，这样才能把问题解决得更圆满，使自己的交际圈子越来越宽广。

　　唐朝武则天时期，娄师德高居宰辅之位。他是一个严于律己、有包容心的人。他弟弟要去出任代州刺史，临走前，娄师德对弟弟说："我现在担任宰相，而你又要去出任代州刺史，咱们从皇上那里得到了太多恩惠。对此，很多人难免就会嫉妒，你有什么好的解决办法吗？"

　　娄师德的弟弟跪下说道："从今以后，就算有人朝我脸上吐口水，我也只是轻轻擦掉，不会记恨，不会让兄长为我担心的。"

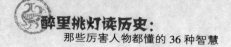
娄师德正色道："这也正是我所担心的。别人向你吐口水，是因为他们心有怨恨。如果你在当时就把口水擦掉，恰恰违反了他们的意愿，如此一来，就会加重了他们的怨恨。所以，如果真有这样的情况发生，千万不要去擦掉它，而是微笑着接受，然后等待口水自然风干。"

娄师德的这番话听起来不免有些窝囊，然而事实上，这正是他为人处世宽容的表现，是真正的君子所为。

娄师德不仅教育弟弟要宽容，更是这样严格要求自己。当有人得罪他时，他也是采取宽容退让的态度，进行自我反省，而神情却没有多大变化。

有一次，娄师德和当朝宰相李昭德一起出门。因为娄师德身体肥胖，所以走路速度比较慢，李昭德嫌娄师德走得太慢，就非常生气地说："哎，我被耕田的汉子给耽搁了。"娄师德听出他是在讥讽自己，但是却毫不生气，反而笑着对李昭德说："要是我不做耕田的汉子，那谁还愿意去做呢？"

娄师德这样一说，李绍德反倒觉得自己很不好意思了。

有人说这是娄师德懦弱无能的表现，或者说他是个惺惺作态的伪君子。其实不然，这正是娄师德的过人之处，是他仁爱宽容之心的最好表现。在当时武则天统治的朝代，有多少忠正贤能之士，或罢贬，或流放，或死罪及诛全族，连狄仁杰这样的忠义之臣也差点丧命。而娄师德却能在宰相之位得以善终，这不正是他仁爱有道的真实体现吗？

在当今人际关系日趋复杂的社会，我们就更应该学习娄师德的仁爱宽容之法，不计他人小过。这样，才能让自己的事业之道越拓越宽，人生之路越走越稳。

◆ 史道智慧 ◆

儒家重视修身，讲仁爱，孔子曰："仁者，爱人。"他的学生曾参也曾说："夫子之道，忠恕而已。"墨家倡导兼爱，道家则主张无争，老子就说过："夫唯不争，故天下莫能与之争。"佛家更是讲究慈悲为怀，以德报怨。儒释道教义不同，但在仁爱宽恕这一点上却有惊人的相似，这不能不让人深思。

西学东渐之后，博爱、自由、平等这样的词汇就直抵心灵。在《圣经》上，我们还读到"如果有人打你的左脸，那么就把右脸也伸过去"这样震撼人心的句子，这不正是中文版的"唾面自干"吗？中西方文化差异如此之大，在这一点上，却趋近到无以复加的程度。由此看来，仁爱宽恕的做人原则具有一种普适性价值，是生而为人就应有的道义和智慧。

第 8 辑

顾全大局,左右权衡

活用历史之"衡"智慧

智慧取决于衡量。如果一个人想要取得一番成就,就必须要懂得衡量,不仅要衡量自己,更要懂得权衡自己和别人之间的差距。懂得衡量的人,才会懂得自我反省,这样才能不断自我完善。

在尘世中多思考,多了解事态的发展,权衡利弊,才能做出最准确的判断。为人处世多衡量,才是发达之道。

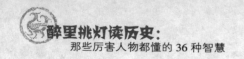
知己知彼，方能百战百胜

——孙膑权衡利弊智灭魏军

如果想要掌握命运，首先要有掌握命运的勇气，其次就要知己知彼，只有这样，才能所向披靡。在生活中，要善于衡量自己，衡量对手，这样才能让自己永远立于不败之地。如果不了解敌人，不了解自己，盲目较量，最后的结果只能是一败涂地，根本无法取胜。

为人处世，还要有大局观，要善于权衡双方的优势与劣势，然后再采取行动。谋定而后动，才是王道；纸上谈兵，只能让自己灭亡得更快。权衡之时，要做到事无巨细鞭辟入里，对整个局面了解得越多越清楚，取胜的可能性也就越大。

春秋战国时期，群雄并起，各方诸侯划地为界，逐鹿中原。在四百年的金戈铁马的征战中，权术计谋的应用散发着迷人的光芒。

孙膑就是春秋战国时一位机智果敢、善于统揽全局的有志之士，他与当时魏军的统帅庞涓是同门学生。当年，孙膑曾投奔过魏惠王，为魏国效力。但是被庞涓诋毁，说他私通齐国。为此，孙膑双脚膝盖骨被剜掉，后来侥幸逃到了齐国。

公元前 445 年，魏国开始迅速发展，并且很快发展成为战国初期最为强盛的国家之一。魏惠王看到国家越来越强大，就不断发动战事来向外扩张。就这样，魏国和秦国、赵国、齐国相互之间起了争端，春秋之战慢慢拉开帷幕。

公元前 354 年，魏国大将庞涓亲自率兵攻打赵国。魏国的军队很快把赵国的都城邯郸围了个水泄不通。情急无奈之下，赵国国君急忙派人去向齐国求救。齐威王马上召集谋臣们开会，但是大家的意见却没能达到统一。丞相邹忌极力反对出兵，相反，大将段干朋则主张出兵救赵。他说："如果我们不去救赵国，就会失信于赵国，等到我们今后有危难的时候，就没有人愿意救我们了。所以，我们只能出兵救赵国。"

段干朋同时建议说："如果我们马上出兵去救邯郸，赵国不会受到多少损失，魏军也不会消耗多少实力，这样做对我们也没什么好处。最好的办法是，我们先派少量兵力去攻打襄陵，用来牵制魏国。等到魏国和赵国两败俱伤的时候，我们再正面出击。这样既可以向赵国表示了援助的姿态,又能削弱魏国和赵国,这才是上策!"

齐威王听完之后非常高兴,采纳了这一建议。于是,齐威王派一些军士联合宋国、卫国向襄陵发动进攻,主力部队则按兵不动,静观其变。

这样的僵持局面持续了一年多。赵国、魏国都被这场战争拖得疲惫不堪。看到时机成熟,齐威王就命田忌任主将,孙膑为军师,统率齐军主力去救援赵国。

田忌打算亲率大军直接进发邯郸,与魏军主力进行决战,但却遭到了孙膑的反对。孙膑不赞成这种硬碰硬的战术,仔细分析说:"现在魏国的精锐部队都在赵国,而国内却只有一些老弱残兵。所以,我们应该攻打魏国的都城大梁,切断魏军的后勤补给。这样一来,魏军必然被迫回师自救。到那时,我们不仅解了赵国之围,更能大力打击魏国。"

孙膑这一番话让田忌茅塞顿开,于是,他二人率领齐军主力向魏国国都大梁挺进。魏军得知都城告急,不得不马上派大队人马回国救援,只留下少量兵力控制刚刚打下来的邯郸。

孙膑的兵马早已等候多时,就等着庞涓带领队伍回国救援了。而魏国的部队由于长期作战,再加上长途奔袭,士兵们都已经疲惫不堪;而齐军却是气势如虹。中了埋伏的魏军很快陷入了被动的局面。此次战斗,魏国不但损失惨痛,而且原已占领的邯郸等地也都被赵国趁机一一收复了。

在解决问题之前,我们要像孙膑这样一分为二地进行分析,全面地审视问题,要学会在对立中把握统一,在统一中看清对立。孙膑的取胜之道,就是在于他全面分析了敌我双方的优势和劣势,然后避其锋芒,找到对方的劣势,迂回作战,从大局着手,最后大获全胜。权衡敌我双方的利弊是一种战术,要对整体局势心知肚明,然后采取行动,才能百战不殆。

孙膑权衡利弊的做事风格,和孔子在《论语》中说的颇有异曲同工之意,即做事要"三思而后行"。这并不是说"三思而后行"就是胆小怕事、瞻前顾后,而是成熟负责、深谋远虑的表现。无疑,这才是最有智慧的!

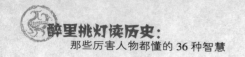
◆ 史道智慧 ◆

　　所谓登高望远，只有对当前形势了解透彻的人，才能站在更高的起点，瞭望得更远，从而决胜千里了。了解敌我双方形势，实实在在地分析优势和劣势，然后统观全局，找出最合理的解决方法。只有真正做到胸有成竹，然后才能一举击中。

　　看待问题切勿以偏概全，知己知彼，才能百战百胜。凡事要考虑周全，要从不同的角度看问题，从而找出解决问题的最佳方案。对待自己的劣势，要有则改之，无则加勉；看到别人的劣势，要主动出击，直接进攻，这就是权衡的智慧！权衡之下才能找到对方薄弱的环节，从而抢占先机，一举击中。所以，只有及时地了解外部世界，结合自身情况予以衡量，才能审时度势地采取行动，取得最后的胜利。

认清自我，分清强弱

——宋襄公自不量力兵败泓水

　　我们总会遇到这样的人，在看待问题的时候，觉得自己的所有决定都是正确的，既不根据事实分析情况，也不采纳他人的任何意见，结果导致损失惨重。这样的人并非是完全的痴愚，只是被顽固不化的自我所害。不根据遇到的难题来分析当时的环境和自己的情况，总要到损失以后，才知道自己有多么离谱儿。

　　如果你真有才华、真有能力，就应该分析客观事实，接纳他人的意见，衡量具体情况，再慎重下决定，从而解决问题。不要一意孤行，认不清事实真相就鲁莽行事。在生活中，我们更应该懂得权衡，哪些话应该说，哪些事应该做。懂得合理分析，采纳他人意见，综合衡量之后再做出决定，避免造成无法挽回的损失。

　　春秋初期，宋、楚两国争霸中原，楚军击败宋军于泓水（今河南柘城县西北）的战役，就是历史上非常典型的因没有认清敌强我弱而最终导致惨败的例子。

　　齐桓公死后，中原地区出现霸权真空。宋襄公欲代齐称霸，便乘齐国内乱之机，联合卫、曹、邾等国伐齐获胜。遂自以为力量强大，公然逞霸主威风。而早已觊觎中原的楚国，正力图北进，不容宋襄公所为，联合鲁、陈、蔡、郑、齐等国，形成与宋对立的集团，并设计使宋襄公在盂地之会中被俘受辱。

即使这样，宋襄公仍不自量力，与楚抗衡，于周襄王十四年（公元前 638）夏，联合卫、许、滕三国出兵进攻臣服于楚的郑国。郑向楚求救，楚成王发兵攻宋以救郑。宋大司马公孙固（一说子鱼）鉴于宋弱楚强之势，力谏襄公不可与楚争锋。襄公不听，由郑地撤军回宋境迎战楚军。

十一月初一，宋、楚两军分别进抵泓水两岸。宋军兵力虽处劣势，但已在泓水北岸布阵，有天然水障可用，占据先制之利。楚军渡河时，协助襄公指挥作战的公孙固建议：楚军人多，我军人少，可乘其渡河之际进行攻击，必能以少胜众。宋襄公认为，仁义之师，"不推人于险，不迫人于阨"（《韩非子·外储说左上》）。若乘楚半渡而击，将是危害仁义之举。乃拒绝公孙固的建议，静待楚军渡河而不出击。当楚军渡河而尚未列阵处于混乱之时，公孙固再一次请襄公下令攻击。襄公认为，"不鼓不成列"（《左传·僖公二十二年》）是古时打仗的成法，宋虽是亡国（指商朝）之后，亦当遵古训行事。故再拒公孙固之请，直等楚军布好阵势，才发令进攻。结果，宋军在强大的楚军面前大败溃逃，死伤甚众，襄公的亲兵尽数被歼，自身亦受重伤。

泓水之战，宋襄公不自量力而行，已是战略失误；既处战场有利态势，又拘于前制，循于往古，不知趋利避害、因势而行，从而坐失了制胜良机，以致兵败国衰。

像宋襄公这样做事光有胆识却不懂得权衡的人，再多的智慧也是不会取胜的。如果宋襄公能够审时度势，全面衡量一下利与弊，不在敌强我弱的时候一意孤行，听取宋大司马公孙固的意见，就不会发生兵败亡国的事情了。

在形势未明的情况下，理应全面考虑各种因素，切忌分不清敌我强弱。更不可以忽视当时环境下做事情的目的，一味地逞强，盲目地追求其他结果。总而言之，要想成功地实现最初的目标，就须要谨慎而综合地考虑，认清孰重孰轻，权衡利弊，谋定而后动。

◆ 史道智慧 ◆

善于分析自己，学会听取他人意见，更要能认清形势，衡量做事情的目的和利弊，才能少受损失，取得成功。如此，也才能在社会中明白自己需要什么，追求的目的是什么，从而按照计划让自己更好地生活下去。

不仅行事如此，做人也同样不能盲目自大，踌躇于小的利益里不能自拔，而忽视了最重要的目的。学会权衡，学会分析，再谨慎决定，就能避免走向失败的深渊，就能更好地为人处世，寻求更稳固的发展。

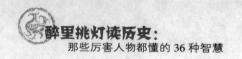

行事贵在适可而止

——沈万三得寸进尺遭杀身

人生是一门艺术，其中最为精要之处便在于，行事做人要懂得适可而止。知衡量，明界限。自己做自己的事，涉及到他人利益时，千万不要去插手。越俎代庖只会遭受别人的忌恨。别人会认为你是在炫耀，像是在有意告诉对方，我比你会得多。这样只会让自己在人际交往中处处碰壁，遭到朋友的弃离。

所以说，在人际交往中一定要把握好一个度，切勿越界或者提出过分的要求。那样的话，就会引起对方的反感，甚至遭到他人的唾弃，最终落得个搬起石头砸自己脚的下场。

公元 1368 年，一介草民朱元璋一统天下，建立了大明王朝，被世人称为明太祖。

明朝初期时，朱元璋想要修建首都南京城的城墙。由于刚刚建朝，国库资金有限。正在为建款发愁的时候，江南有位叫沈万三的巨富主动提出要报效朝廷，提供资金，将三分之一修整城墙的费用全部承担下来。同时还进献给朱元璋一大批黄金白银，并且花巨资在南京城内修建了豪华大酒楼以及长廊等。朱元璋作为回报，就给沈万三的两个儿子都封了大官。

在修完城墙之后，沈万三突然觉得还是有点不满意，又主动找到朱元璋，要求陛下犒赏三军。朱元璋听了非常地生气，愤怒地说到："一个乡野匹夫，就因为修筑城墙之事而邀功，竟然还想犒劳天下的军队，这不是想要乱民造反吗？"朱元璋马上下令，要将沈万三斩首示众，以儆效尤。

幸亏马皇后及时劝谏，她对朱元璋说："沈万三这样的不祥之民，自然会有上天来惩罚他，何必脏了陛下的手呢！"朱元璋余怒未消，但碍于皇后情面，就把沈万三发配到了云南，将他的第二个女婿也流放到了潮州。

但是事情并没有就此终止。在洪武十九年，沈万三的两个孙子沈至、沈庄又因为田地税赋而坐了牢，沈庄当年就在牢中死去。接着，在洪武三十一年，沈万三的女婿顾学文又被牵扯到了蓝玉谋反一案中，被抓捕审讯。顾学文一家及沈家六口，包括沈万三的曾孙沈德全，近八十多人全都被凌迟处死，田地也被朱元璋全数没收。

就这样，曾被称为"财神爷"的一代商贾沈万三，短短几年的时间就一败涂地、穷途末路了。

凡事讲求一个度，要适可而止，过分了，就会走向反面。纵观沈万三的没落史我们就会发现，正因为他不懂得衡量与节制，越俎代庖，做了得寸进尺的事，才落得个家破人亡的结果。在君主制度的社会里，沈万三不明白君王的地位是不可威胁的。作为子民，有幸承担修筑城墙的费用已是皇家的恩赏，虽然立了大功，却不应该向君王要求犒赏军队。但沈万三却兴奋过了头，自以为有了很大的功劳，就越俎代庖，企图行使只有君王才拥有的权利。做了他不该干的事情，还能期望有什么样好的结局呢？

很多事情不能仅凭主观意识去判断，要懂得结合外部的客观环境去权衡，适可而止。即使你帮助了别人也不应该一直"恃宠而骄"，什么都会有达到极限的时候。要衡量自己的行为是否侵害到他人的利益，得到了回报之后，就不要得寸进尺而越过他人的底线，去强求更多的东西。否则失去的不只是朋友，或许还有更多。

◆ 史道智慧 ◆

很多人往往会出于好心，在没有征得别人同意的情况下就帮别人做了一些事，但是等到最后，不但没有得到别人的夸奖，反而受到了一通斥责。这就是越俎代庖的结果。越过了自己的职责，越过了自己的工作范围，在没有权衡利弊的情况下就下手去做，即使做成了，也是受累又遭骂。

在涉及到他人事情的时候，我们更应该学会分析、学会权衡。不能盲目地去做本来就不属于自己的事。这样只会遭人反感，让自己的人际关系逐渐紧张，少了很多朋友。更不要把自己看得有多么重要，以为帮助过他人就应该得到对方无限制的包容。无论做人还是做事，都要时刻衡量自己的行为是否过度，谨记适可而止的道理。

第 9 辑

人心难测,知人最难

活用历史之"驭"智慧

"驭人",也就是管理之道,在于相处之道。与人相处并非简单,正所谓人心难测,知人最难。

欲知人心,就要会察言观色。接着,知人性后再辅以相应的方法:或远离,或深交,相处之道不尽相同。最后才是管理,方法也是各异:每个人都有不同的长处,每个人都能对你有不同的帮助,这就是管理之道。

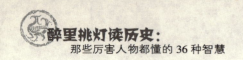
以身作则统奇兵
——曹彬甘当罪责树军威

学会驾驭人生，会让我们减少很多痛苦，从而收获到更多的快乐。学会驾驭手下，可以使个人能力发挥到极致，从而让团队业绩大增。

管理手下，首先要对他们关爱备至，勇于承担责任，这样才能互相信任，上下一心，让手下更尽心尽力地为自己工作，创造良好的工作环境。

人性中最本质的需求是渴望得到别人的关爱和理解。而身为上司，就要懂得关爱下属，感化下属，这样做不仅能帮助他们改正错误，还能让其更加效忠自己。如果不懂得管理之术，最后只能让团队一盘散沙，下属既不忠于领导，也不热衷于工作。

俗话说：没有规矩，不成方圆。如果没有什么规矩，结果可想而知。一个领导所定的规章制度，只有以身作则，才能凭借榜样的力量收服部下，达到共赢。在面对旁人对自己的下属发出责难的时候，不要立即将责任推卸给他人。作为领导，必须勇于承担责任，并且接受批评。等回到内部时，寻找合适时机再追究其责任。赏罚分明，让下属心悦诚服地服从自己的领导。

宋朝初期，赵匡胤的丞相曹彬便是这样一位以身作则的将领。

有一次，被任命为平蜀战役监军的曹彬率大军挺进四川，想要平定大小金川。那个地方是少数民族的聚居地，风俗习惯和中原不同。汉军因不甚了解情况，所以和当地的少数民族发生了一些摩擦，引起了当地群众的不满。这时，少数民族就派出一名老者前来向曹彬告状，说他手下的将军王文武对老百姓严刑拷打，还常常逼迫群众。

曹彬当即把所有的责任都揽在了自己身上，对告状的人说："老人家，您不要责怪王将军，他只是听命于我，这些都是我的责任。是我没有把命令和他讲明白，让王将军误会了我的意思，才出现了这种情况。我的责任，我就应该受到惩罚。"于是，就命令属下的行刑手们当着少数民族群众的面，打了自己二十军棍，以此来惩罚自己的失误。

看到曹彬的举动，告状的老人非常受感动，也就原谅了王文武士兵的若干暴行。

王文武听闻这件事后非常内疚，他主动去找曹彬请罪，还要求曹彬下令罚他四十军棍，达到警示他人的作用。

王文武受完拷打之后，被抬回了军帐。那几个真正做错事的下级军官和士兵就一起来到王文武的军帐里。几个人无不叩头请罪，承担一切罪责，并坚决要求给他们以严惩。

王文武说："军纪不严，是我职责缺失，和你们没有关系。统帅（指曹彬）也已替你们在告状人面前受过军棍处罚了，我也在统帅面前加倍偿还了统帅所受的责罚，没你们什么事了，都回去吧。"

这些人个个羞愧难当，为了报答长官的恩情，纷纷在沙场上冲锋陷阵，后来全都成为了遵守军纪的典范。最后，曹彬所率部队出色地完成了平息大小金川的任务。

虽然曹彬在这件事情上没有义正严辞地责罚王文武将军，但是他以身作则，将过错揽到自己身上的行为却使将士们非常震惊，并树立了军威，让众人觉得这样的领导非常令人佩服，心甘情愿地为其效命。曹彬深知只有勇于承担，不逃避责任的领导，才能换得属下的真心拥戴。用自己的实际行动来表达对下属的爱护和信任，比说教更有说服力。

只有让下属深刻体会到领导的仁爱之心，让他们知道领导愿意为他们承担责任，才能真正地获得下属的臣服，以至誓死效忠。曹彬这种无形树军威的管理之策，不仅将他自己的人格魅力体现得淋漓尽致，更显示了他管理有方的统领能力。

可以说，这种管理之智是值得每一个管理者学习的。领导者要真正做到站在下属的位置和角度，设身处地地考虑问题，这样才能让员工团结一致，共同发展，创造美好的未来。

◆ 史道智慧 ◆

管理下属是一门学问，要学会把握好火候。体贴关爱而不溺爱，勇于承担责任，站在他们的角度去思考问题，这样才能使整个队伍更加团结。善于感化的方式方法，不仅能让下属体会到领导的温暖，更能让他们认识到自己所犯的错误，在今后不但不会重犯，更能自愿服从上司的领导。

水能载舟，亦能覆舟。不懂管理，不敢为下属承担责任和风险，就会被下属看不起，失去威信。只有广施仁爱、以身作则，才能赢得下属的心。如此，团结的力量才能让整个队伍变得更加坚固。

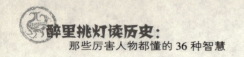
慧眼识才得天下

——汉文帝视察三军识亚夫

纵观我国古代历史，帝王互相较量争夺天下的方式除了血与火，最主要的还有发现人才、运用人才的本领。强者得天下为帝王，弱者失天下为贼寇，而这强与弱最关键的一点就在于用人。得人才者得天下，这是一个永恒的真理。

换言之，领导拼的是知人善任。而任用人，又贵在选人，所以要有一双发现人才的眼睛，然后再去经过考验委以重任。同时，也只有经得起考验、经得起"刁难"的人，最终才会从茫茫人海中脱颖而出。

汉朝时期，汉文帝刚刚登基就决定跟匈奴继续采取和亲的政策。自此之后，双方没有再发生大规模的战争。可没想到好景不长，后来匈奴单于听信了奸佞的谗言，跟汉朝绝交了。

公元前 158 年，匈奴单于起兵六万，分两路入侵上郡(今陕西榆林东南)和云中(今内蒙古托克托东北)。先头部队直逼太原郡，烧杀掳掠，无恶不作。边境的烽火台都点起了烽火报警，火光耀眼夺目，连长安都看得见。

为了阻止匈奴继续南下，汉文帝连忙派三位将军率领兵士前去抵抗。他还另外派了三名将军来保卫长安，带兵驻扎在长安附近：将军刘礼驻扎在灞上，徐厉驻扎在棘门(今陕西咸阳市东北)，周亚夫驻扎在细柳(今咸阳市西南)。

汉文帝是中国历史上少有的一位谦虚谨慎的皇帝。为了慎重起见，他亲自到灞上和棘门视察。所到之处，军中全都倾营出动，恭迎天子。汉文帝看到他们如此疏于戒备，不禁非常忧虑。唯独到了周亚夫的军中，情况有所不同。

且说汉文帝来到细柳后，周亚夫军营的岗哨看见远远有一队人马过来，就立刻报告周亚夫。将士们披盔带甲，取出弓箭和刀剑，完全是一副准备战斗的样子。

汉文帝的先遣队到达了营门，守营的岗哨立刻拦住，不让进去。先遣队官员大喝一声，说："皇上马上驾到！"守营的岗哨毫不慌张地回答说："军中只听将军的军令，将军没有下令，就不能放你们进去。"官员正要再次争执，这时汉文帝的车驾已经到了，守营的兵将依旧把他们拦住。

汉文帝命令侍从拿出皇帝的符节，派人给周亚夫传话说："天子要进营来察看军营。"周亚夫听闻后，仔细查看了皇帝的符节，这才下令打开营门，让汉文帝的车驾进来。护送文帝的人马一进营门，守营的官员又说："军中有规定，军营内不许车马进来奔驰。"官员们都很生气，汉文帝却吩咐大家缓步前进。

到了中营，只见周亚夫披盔带甲，拿着兵器，拱手作揖，说："臣披甲在身，不能下拜，请允许臣按照军礼朝见。"汉文帝听了，大受触动，扶着车前的横木欠了欠身，向周亚夫回礼。接着，又派人向全军将士传达了他的慰问。

在回长安的路上，汉文帝随从的官员都非常生气。周亚夫虽是为国治军，没有越轨的地方，但他对皇帝却有些傲慢无礼，不如其他军营的将领那么恭敬。谁知汉文帝却称赞不已："这才是真正的将军！先前看到的在灞上和棘门的驻军，与周亚夫的细柳营一比，真是形同虚设。如果敌人来偷袭，肯定会大败而归。像周亚夫这样治军，敌人怎么敢来侵犯呢？"

过了一个多月，汉军的先锋部队攻到了北方，匈奴退了兵，防卫长安的三路汉军也撤了回来。汉文帝在这一次视察中认为周亚夫是个军事人才，就提升他为中尉。

第二年，汉文帝得了重病。临死前，他把太子叫到跟前，叮嘱说："如果将来国家发生动乱，一定要让周亚夫带领，必定能马到功成。"

汉文帝病逝后，太子继位，是为汉景帝。不久，就发生了七国之乱，汉景帝牢记先皇的遗言，命周亚夫率军平叛。而周亚夫也果然不负众望，领兵一举拿下了叛军。

汉文帝在位二十多年，大风大浪见得多了，曾经一纸书信就让南越王率其数十万兵马俯首称臣。周亚夫在细柳这块弹丸小营里摆摆排场，就能让文帝感到有所震慑吗？实际上，汉文帝擅长的，绝非普通管理，而是黄老之学的要诀，即绵里藏针、翻云覆雨、降龙伏虎的帝王管理；这也才是善用管理智慧的表现。

军队最注重的就是军纪严明，只有这样的队伍才能所向披靡。汉文帝是中国少见的贤明之主，在当时的环境下对于汉文帝来说，是人才就培养，是良才必重用，善用管理方能稳得天下。正当匈奴犯边的用人之际，他深知军纪严明的重要性，不但不在意周亚夫冒犯自己的权威，而且还重点提拔了周亚夫这个不可多得的将才。也正是因为遇到了汉文帝这个伯乐，周亚夫才有了后来平定七国之乱的功绩。

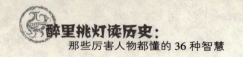

◆ 史道智慧 ◆

　　古往今来，几乎所有的朝代更替都是因为人才的流失所致。春秋战国时期，王室衰微，诸侯兼并，列国争雄，从初期开始的 140 多个诸侯国到了后期的齐、楚、燕、赵、韩、魏、秦七国。"战国七雄"虎视眈眈，都想统一天下。然而，原来落后弱小的秦国最后却灭了六国而一统天下，其关键原因就是重视人才，起用英杰。

　　领导者，只有注重培养发现人才的智慧眼光，才能不让任何一匹千里马骈死于槽枥之中。管理下属不仅要从实际行动中着手，更应该权衡对方的心理，从而发现每个人不同的优势与劣势，然后为己所用。只有善于发现人才、管理好人才，才能用他们的双手和智慧为自己创造更多的成就。

适当激将甚于点将
——诸葛亮巧激子龙见奇效

　　激将法，主要是通过各种隐藏手段，让对方进入愤怒、羞耻等状态，激发其不屈、求胜的意志。在人际交往中，必须想方设法调动对方感情的力量，来激发人的积极性和热情。

　　身为领导，如果手下不尽心尽力为你做事，你应该怎么办？苦口婆心地求他？这样只会适得其反，让对方觉得自己高高在上、不可一世，反而更没有心思为你工作了。这时最好的办法就是用激将法，唤醒他的斗志，让他全心全意地为你效劳。请将不如激将，想要管好下属，就应该在适当的时候使用这种激将法，方能一举奏效。

　　三国时期的诸葛亮是智慧的代表人物，他之所以能够在平南之战中旗开得胜，就是因为巧妙地运用了激将法。

　　当时，诸葛亮率大军压境而来，"蛮王"孟获派了三位大将率兵迎敌。诸葛亮知三路兵马即刻就到，便马上召集兵家诸将，发布号令："现在，蛮兵三路而来，我想派子龙、魏延前去迎敌。但他们不是川人，不知道这里的地形，所以……"说着，诸葛亮拿起令牌，分别派遣王平、马忠等前去迎敌，独独不派赵云、魏延二人。

赵云、魏延二人见诸葛亮不用他们，心里非常生气，就去找诸葛亮理论。

诸葛亮解释说："不是我不想用你们二人，只是怕你们不熟悉地形，身处险地，被蛮人俘虏。倘若真到那时，我们全军上下就没有斗志了。"

赵云说："如果我们知道这里的地形，又怎么样？"诸葛亮说："你们两个只能小心行事，不能轻举妄动。"

两个人回去，赵云把魏延叫到自己寨内商议说："军师叫人做先锋，却因为我们不熟悉地形，反而派了一些黄口小儿前去应战，这不是让我们脸上难看吗？"

于是，两个人决定先悄悄到敌寨附近生擒几名南兵，用酒食款待他们，等到探听到敌方虚实之后，再采取行动。

等到了深夜，赵云和魏延二人偷袭了金环三结元帅大寨，取了他的首级后，又分兵取其他二寨。魏延杀到董荼那元帅寨时，王平军早到寨前前后夹攻。南兵大败，董荼那元帅夺路逃走了。赵云杀到阿会喃元帅寨时，马忠已杀到寨前。两下夹攻，南兵大败，阿会喃在乱中也走脱了。于是，全部收军，回来拜见诸葛亮。

赵云和魏延把金环三结首级献功，接着说："董荼那、阿会喃都弃马奔岭逃走了，我们追赶不上。"

诸葛亮大笑说："他们两人我已擒下了。"赵云、魏延和其他将领都不相信。过了不久，张嶷押着董荼那，张翼押着阿会喃来到帐前。

所有人都非常惊讶。诸葛亮说："我观察情况，已经知道他们扎下了营寨，因此激起子龙和魏延的斗志，让他们深入敌人腹地，先破了金环大军，然后再派兵从左右寨后抄出，让王平、马忠来接应你们。这件事非子龙、文长不可当此重任。我才想董荼那和阿会喃必会往山上逃窜，于是，就派张嶷、张翼率先埋伏下来，把这两个人生擒下来。"

赵云、魏延都是蜀国的五虎上将，诸葛亮想要委以重任，让他们深入敌后，偷袭敌方营寨，但不熟悉地形，如果盲目进军，势必会导致不可想象的结果，因此诸葛亮先冷落他们，不派其出战，并以他们二人对地形不熟为由。这实际上就是告诉他们二人要先熟悉地形，然后才能深入敌后。这么一激，果然激起了二人斗志，赵云和魏延主动了解敌情，摸清了地形。诸葛亮又派王平、马忠配合，一举破了孟获的三座营寨。

诸葛亮善于利用激将法，将属下的斗志激出来，这不仅仅是诸葛亮的聪明，更是因为诸葛亮了解他们的个性。只有熟悉对方性格，才可以利用这种方法去刺激。因此并不是每个人都适

合应用此法。一旦决定使用激将法，首先就要权衡对方是否会达到你要的效果。所以说，要想在用人上达到意想不到的效果，还是需要在充分了解对方性格的基础上有所选择地刺激他们，这样方能大获全胜。

◆ 史道智慧 ◆

激将法也就是古代兵书上所说的"激气"、"励气"之法和"怒而挠之"的战法。激将法是人们熟悉的计谋形式，既可用于己，也可用于友，还可用于敌。用于己的时候，目的在于调动己方将士的杀敌激情；用于盟友时，多半是由于盟友共同抗敌的决心不够坚定；用于敌人时，目的在于激怒敌人，使之丧失理智做出错误的举措，给己方以可乘之机。

对待下属适时采用激将法，可以把他们的潜能和斗志激发出来，使其考虑事情更加细致入微，达到出色完成任务的目的。但需要注意的是，激将法若用到不适当的人身上，便会让问题更加复杂化，很可能适得其反。所以，激将法要适当地使用才能收到奇效。

既往不咎收贤才

——陈琳誓死效忠曹操以表感激

领导要有容人之量，这不仅能让自己的头脑清醒，更能促使手下敢于发表不同意见。不计较员工曾经犯过的错误，更是体现了身为领导，能够不断自省，改正不足。这不仅会受到员工的爱戴，还会促使更多的员工心甘情愿地为你效忠。

反之，如果领导气量狭窄，动不动就责难员工，只能让双方的矛盾更加僵化，从而阻碍工作的进程。所以说，只有善待员工，以宽广的胸怀包容员工所犯的错误，这样才能吸纳更多的人才，让他们死心塌地地服从你的领导，为你出谋划策。

东汉末年，袁绍向曹操发动了大规模的进攻，并令手下谋士陈琳写了三篇檄文，对曹操大加指责。

陈琳才思敏捷、言辞犀利。在檄文中，不但把曹操本人骂得体无完肤，甚至连曹氏宗族也没能幸免。听闻后的曹操当时简直是义愤填膺，恨不得把陈琳生吞活剥了，方能消解心头之恨。

可是没过多久，袁绍兵败，陈琳落到了曹操的手中。陈琳想，这下子自己是必死无疑了。

其他人也以为曹操要开始报复，陈琳必死无疑。然而，出乎所有人意料的是，曹操因仰慕陈琳的才华，不但没有对他进行任何责罚，反而委以重任。这让陈琳非常感动，从此为曹操出谋划策，誓死效忠。

对此，曹操有很多下属不解，纷纷发问："大人为什么不杀陈琳反而重用他，难道您忘了当初他是怎么侮辱您的吗？他这么侮辱您，您还要重用他，这不是让天下人心寒吗？"

曹操哈哈大笑，说："我和陈琳远日无怨、近日无仇，他之所以侮辱我，是因为当时我们各为其主，不得已而为之，这一点正说明了他对主人非常忠诚。我怎么能杀害一个对主人忠诚的人呢？况且现在正是用人之际，我怎么能乱杀有才之士？那样做的话，天下人不是更加嘲笑我了？现在这样做就是让天下人都知道，对待侮辱我的人我尚且都能够包容。如此一来，何愁天下有才之士不来投我呢？"

下属们听完这席话，不由茅塞顿开，对曹操宽宏的胸襟佩服之至。

曹操对陈琳的既往不咎，与其说是曹操有宽广的胸怀，不如说曹操懂得如何管理人才。不过也需要有一定的容人之量，才可以像曹操这样启用陈琳。我们可以想象，经过这次的宽恕，陈琳以后对曹操必定是哪怕肝脑涂地也在所不惜。这就是曹操的高明之处，不但吸纳到了一个忠心的陈琳，更利用了这一事件招纳到更多的有志之士。这不仅为曹操的霸业打下了基础，更是体现了一个领导者容人的胸襟。从曹操的故事中我们可以看出，作为一个领导，不但要展现自己的人格魅力和个人智慧，更要学会如何去管理人才。

曹操的容人之量让他招揽了很多有志之士，逐渐开辟了魏国的基业。作为领导，就应该大度、宽容。能容别人所不能容的事，才会得到更多有才能的人，不断壮大自己的队伍。

◆ 史道智慧 ◆

海纳百川，有容乃大。这是每位英明君主应该做到的，而容人不能只挂在口头上，更要记在心里，落实在实际中。

下属一旦得到宽容和激励，就会激发他们的创造才能，提高对领导的忠诚度。"将军头上能跑马，宰相肚里能撑船"，这是一个领导者容人的最高境界。一个人度量的大小，根本原因在于他是否志存高远。有远大抱负、胸怀宽广的人是不会计较眼前得失或个人荣辱的，也只有这样的人，才能受到别人的尊敬和爱戴。

虚心听谏能让天下安

——武则天听劝还位美名扬

如果想要招揽到人才，不仅要身体力行，更要攻心为上，善于揣摩对方的心理，从而让对方更好地为自己做事。不要认为别人为你死心塌地做事是理所应当的，你更要懂得关爱，并为下属付出，让他们看到你招揽他们的决心，才会收获到最好的效果。

管理是需要智慧的，"威严"作风和实际"姿态"是要很好地协调的。要想成为一个让员工心悦诚服的上级，必须从能够放下架子、低低姿态，虚心听取建议入手，才有可能擦出和谐的"火花"。善于听取别人不同的意见，把监督看成是对自己的一面镜子，这才是管理的最高境界。

中国唯一一位女皇帝武则天当政时，想把自己的亲人武三思立为太子。对此，朝廷上下都非常不满，但是却没有人敢站出来说话。只有宰相狄仁杰上前一步拱手说道："臣夜观天象，发现上天并没有厌弃唐朝。当匈奴率兵压境时，陛下派梁王武三思在市口招募兵士，一个多月的时间招到的只有不到一千人。而庐陵王李显取代梁王武三思后，不到十天时间就招到了五万人。现在能继承皇位的只有庐陵王李显，请陛下三思。"武则天大怒，停止了议事，随即拂袖而去。

过了不久，武则天又传召狄仁杰等人问："朕几次梦见双陆不胜，这是什么意思？"

这时，狄仁杰和王方庆都在，二人回答说："双陆不胜就是无子的意思，上天的意思是让陛下提高警惕。太子本来是天下的根本，如果根本一动摇，那么天下就危险了。先帝卧病在龙榻的时候，曾下令让陛下监国。自那时算起，陛下高居帝位已经十多年了，一直想让武三思继承王位。但是依天下百姓看来，姑侄与母子相比较，哪一个更为亲近？陛下如果立庐陵王李显为太子，那么千秋万代之后能永远享受宗庙的待遇；反之，如果立武三思为太子，就肯定不会享受到宗庙的待遇。"

武则天听完后也有所感悟，当天就派遣徐彦伯把房州庐陵王李显迎接回来。李显回到宫中后，武则天把他藏匿在帐中，然后召见狄仁杰谈起李显的事情。狄仁杰慷慨陈词，边说边泪流不止。

随后，武则天让李显从帐中出来，说："还你太子！"

狄仁杰忙跪拜磕头，又进一步说："现在人心惶惶，没有人知道太子归来，怎么能够让众人相信呢？"

武则天认为狄仁杰的话有道理，便再一次听从了建议，下令太子住在龙门，自己亲自备礼迎回。一时间，举国上下，万民欢腾。

表面看来，武则天的改变是因为狄仁杰在规劝武则天复唐嗣时不仅晓之以理，更动之以情，最终让武则天回心转意，把这天下一统的江山归还给唐嗣血脉，然而细究起来便会发现，武则天才是深谙管理的智者。

武则天之所以那样做，是因为她知道其中的利害关系：如果不归还唐姓帝位，早晚有一天自己会落败，那时必会遭天下人唾骂；归还了帝位，不但受到世人景仰，而且还俘获了人们的忠诚，这才是一个成熟的管理者的表现。

◆ 史道智慧 ◆

明智的人们信奉这样一句格言：在事物抛弃你之前先抛弃它们。生活中，经常会遇到劝阻别人时被对方无情拒绝的情况，人与人之间的关系也就渐渐走向了死胡同。这时，我们不妨换一个角度，动之以情，触动人与人之间最为细微、最为敏感的地方。这样一来，问题往往就会迎刃而解。

明智的人知道什么时候该让一匹赛马退役，他们不会坐等它在比赛的中途颓然倒下，成为众人的笑柄。管理者的用人魄力就表现在不拘一格用人才上，宁可重用有缺点的人才，也不可重用"无缺点"的庸才；而管理的魄力，则表现在敢于用持有不同意见的人才，甚至是反对过自己的人才。

第10辑

伏鸾隐鹄，含明隐迹

活用历史之"藏"智慧

大音希声，大象无形。真正的智慧在于守藏，真正的才华在于沉默。聪明的人不是经常说话的人，而说话的时候，必定是一语中的。

深藏不露是一种智慧，这样就可以收敛锋芒、掩饰力量，免遭他人嫉妒，以招致不必要的麻烦。保持低调，静待机会；一旦时机成熟，就会一鸣惊人。

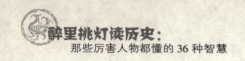

深藏不露静候良机

——陈平装疯卖傻除吕氏

有些东西应该显露,不仅要让人看见,而且要大张旗鼓高举旗帜,引起别人的注意,而有些东西则应该是深藏不露的,平时将实力隐藏起来,在适当的时候,给人以致命的反击,要出现就一鸣而惊人,正所谓厚积而薄发。

深藏不露也是一种迂回的战略战术。有时候,往往会因为坚持原则、坚守正义而遭到他人的指责和误会。这时最重要的便是收起锋芒,不要霸王硬上弓,和对方硬碰硬。要知道,此时的据理力争只能让你再次受伤。最好的策略便是迂回作战,先顺从对方的意思,隐藏自己的想法,等到一切准备充分后再反戈一击,直获成功。这种藏而不露的迂回战术用隐忍不发的假象给对方致命的绝地反攻,从而挽救以前遭遇的损失,正所谓藏而待机。

西汉时期,陈平曾以自己惊人的谋略辅佐刘邦建立了西汉王朝,因此被刘邦封为曲逆侯。

汉惠帝刘盈死后,吕后开始专权。这时担任丞相的陈平对吕后肆意专权非常不满,他知道吕后忌恨有才能的大臣,而自己的文韬武略又远在其他大臣之上,这就让他成为吕后眼中最大的祸患。陈平觉得自己应该躲避吕后的锋芒,以保住丞相地位,等待时机成熟后再削弱吕氏的权力。

从此,陈平假装放荡自己,整天沉溺于美酒女色之中。等到上朝的时候,他也总是支吾不言,从不明确发表意见,表现出一副很愚蠢的样子,以免引起吕后的厌烦。陈平虽然位高权重,却摆出一副什么事都不管的姿态。

后来,专制的吕后打算将吕姓的人纷立为王,征求陈平等人的意见。生性爽朗的王陵就说:"高祖曾经杀白马订立盟约,盟约规定凡是不姓刘的人当王时,天下的人应该联合起来讨伐他。现在立吕姓的人为王,是违背先帝的誓约。"吕后听了以后非常生气。

然而,审时度势的陈平却未加阻拦,吕后对陈平更加信任了。

吕后对王陵怀恨在心,没多久便罢免了他的丞相大权,降职为太傅。王陵心灰意冷,请求返回故乡,以生病为由辞去官职,在家里闭门不出,直至老死。

陈平则受到吕后的重用。吕后的妹妹对此十分不满，不断在吕后面前诋毁陈平："当丞相不做事，白天喝好酒，晚上玩女人。"

陈平知道此事后，心中对自己以假乱真的演技暗喜。而吕后也越发对陈平没有戒心，竟对他说："俗话说，女人小孩的话是不能相信的。我们这样的君臣关系，你完全不要害怕我妹妹的谗言。"陈平就这样一直继续表演下去，吕后也日益欣赏他的"忠厚"，对他渐失防范之心。

终于，等到吕后一死，陈平便与周勃共同策划，铲除吕氏势力，诛杀吕产、吕禄等人，平定了诸吕叛乱。随后，陈平和周勃又拥立刘恒为帝，恢复了刘氏天下。后来登基的汉文帝也随之任命他们两人为丞相。

陈平的装疯卖傻看似是无意为之，实则却是高明之举，而王陵因意气用事，与吕后硬碰硬，最后成为了吕后前进路上的绊脚石，卸官归田，老死家中。作为真正有志之士，陈平懂得在遇到强大对手时首先要保全自己，留得青山在，就不怕没柴烧。最后，依靠自己的隐忍，等到成熟的时机出现，一举铲除了吕氏族人，恢复了刘氏正统。

实际上，古往今来无论何时何地，"藏"的智慧都是百试不爽的。如果没有足够的实力与之相衡，就不要轻易地暴露自己。隐藏起来并不是懦弱的表现，避其锋芒免受损，这也是一种战术。不仅能保全自己，还能一展抱负。这种大智若愚的精神值得后人学习和传承。

◆ 史道智慧 ◆

中国道家学派代表人物老子说："大直若屈，大巧若拙，大辩若讷。"说的就是一种超脱的境界。在社会中生存，就要懂得收敛自己的锋芒。必要的时候，要把自己藏起来，这样才能保存实力、伺机勃发。

人不能盲目地直来直去，如果不懂内敛，非要自己去硬碰硬，只能导致更大的失败。要学会在客观环境中不断变化自己，要学会方圆之道。在危难面前，要懂得把自己的光芒藏起来，躲避这场灾难。保存实力等待下一次的攻击，才能有机会取得最后的胜利。

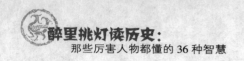

声东击西出暗箭

——康熙藏而不露擒鳌拜

对于成就大事的人来说，忍辱负重是成就事业必须具备的品质。中国儒家学派代表人物孟子说："故天将降大任于斯人也，必先苦其心志，劳其筋骨，饿其体肤，空乏其身。"能在困境中隐藏锋芒，忍受屈辱，让自己挺过最困难的时期，更是一种坚韧品格的体现。小不忍则乱大谋，很多成大事的人都深知"藏而不发"的智慧。

与人对峙的时候，先亮出自己牌的人可能会输掉，不要让别人的关注战胜你的谨慎和小心。当你的对手像山猫一样窥视你的思想时，你就要像乌贼喷墨一样掩饰住，并在暗中积蓄力量的同时等待时机，不必非等到自己完全强大起来以后再行动，而可以采用声东击西的战术，攻其不备出其不意，取得最终胜利的"奇效"。

清朝时期，14 岁的康熙举行了亲政大典。但是康熙仍然没有掌握实权，真正的大权还在鳌拜手上攥着。皇上和鳌拜矛盾的渐渐激化，终于在苏克萨哈的问题上爆发了出来。

康熙父亲顺治临终前指定苏克萨哈为顾命大臣，但是此人位高权重，很难动摇。鳌拜觉得他是自己成功路上的绊脚石，一心想要铲除。于是，鳌拜就向康熙进谗言说："苏克萨哈心怀鬼胎，想要篡权夺位，臣已经下令把他收押了起来，请皇上下令正法处治。"

康熙虽然对鳌拜不满，但是无奈大权旁落，只能暂时隐忍。就这样，鳌拜一手遮天，把苏克萨哈正法了。不仅如此，还诛杀了他的家人。

这时，康熙才觉得不铲除鳌拜实在不行，但是残酷的现实又摆在眼前。鳌拜不仅大权独揽，而且武艺高强，朝廷上下有很多是他的心腹。如果稍有偏差，恐怕连自己的身家性命都会不保。

经过一夜的深思熟虑，康熙最终定下了铲除鳌拜的计策。

第二天早朝的时候，康熙不露声色，也不提苏克萨哈的事情，只是给鳌拜加官进爵，还让他儿子承其福荫。康熙一方面表现出自己的软弱无能，让鳌拜掉以轻心；另一方面，康熙挑选了十几名小太监练习摔跤，自己也参与其中。

鳌拜上朝的时候，看见康熙像个孩子似的跟小太监们扭打在一起，更是放下心来。这样时间一长，小太监的摔跤之术已然练得非常纯熟，而鳌拜对康熙也失去了戒心。

到了康熙八年（公元 1669 年）的五月十六日，时机终于成熟了！待鳌拜进宫时，康熙一个眼神，众侍卫一拥而上，迅速擒住了他，来个五花大绑，关入监狱。鳌拜还想反抗，无奈为时已晚。他的一帮亲信随后也全被拿下，包括要臣遏必隆。

康熙对鳌拜说："鳌拜，你欺朕年幼，图谋不轨，滥杀无辜，意图篡位，罪不可恕！你的罪过真是罄竹难书！待朕查清你的所有罪行，一定严惩不贷！"

康熙的成功在于他把自己内心的真实想法藏了起来，表面上麻痹鳌拜，暗地里却是实行着自己的计策，然后一击必中，把鳌拜抓了起来。相反，鳌拜却不是一个谨小慎微的人，政治上也是刚猛有余、谋略不足。鳌拜不懂得隐忍，不懂得树大招风的道理，终究招来杀身之祸。可以说，正是康熙的步步为营、以退为进，才慢慢把鳌拜收入囊中，最终掌握了朝廷大权。

宠辱不惊，做人先要稳住心气；藏而不露，做事先要隐藏内心。康熙就是典型的"藏而不发"，"忍中有大谋"。韬光养晦必定有所作为。

◆ 史道智慧 ◆

中国著名教育家孔子在《论语·颜渊篇》中说："一朝之忿，忘其身，以及其亲，非惑软？"不懂得隐藏自己的怒气，就会受到现实的惩罚。真正君子就应该忍常人所不能忍。

真正的智者善于保护自己，甚至是把自己所有的光芒全都掩盖起来，以躲避灾祸。人的一生中总会遇到大风大浪，有时候我们更应该把自己藏起来，选择声东击西之策，才能把事情处理好。

过于张扬惹大祸

——灌夫有勇无谋空余恨

很多人在生活中不懂得内敛，过分地张扬自己，把自己置于别人箭靶的中心，成为众矢之的。最后，聪明反被聪明误，由于太过聪明，反而使自己一败涂地。

如果做不到洁身自好，那就千万要谨言慎行。一失足成千古恨，伟人们哪怕有针尖儿大的

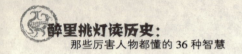
过失，也犹如日月之蚀，难逃公众的法眼。切忌将自己的短处向朋友和盘托出，如果可能，甚至也别将自己的心迹全部袒露。

在日常生活中，我们更要懂得收敛自己，做事不能盲目，不能鲁莽为人。学会沉稳，使自己更加谨慎和低调，才能赢得安全，保全自己。

汉朝，担任丞相的窦婴失去了窦太后的信任，更得不到皇上的信任，势力逐渐被削弱，宾客们也纷纷离他而去。但是只有灌夫一如既往地同窦婴来往，而窦婴也只有在接待灌夫的时候才显得非常高兴。

灌夫曾经在吴楚平定七国之乱时立了大功而声名显赫，被任用为中郎将，地位显贵，长安城中许多大人物都知道灌夫这个人。

灌夫为人刚强直爽，却酗酒成性，即使对地位比自己高的有权有势之人，只要他不喜欢，就一定会凌辱他们；另一方面，灌夫对地位在自己之下的许多人都显得非常尊重。越是贫贱，就越是敬重，因此人们倒也很推崇他。

一次，灌夫和长乐宫卫尉窦甫喝酒，醉酒后打了窦甫。窦甫是窦太后的弟弟，汉景帝怕窦太后处死灌夫，就调派他出任燕国的丞相。几年后，灌夫又由于犯法丢了官回长安闲住。就这样，因为性格的原因，灌夫失去了权势，闲在家里，达官贵人和宾客也逐渐疏远了他。这正好和失去了权势的窦婴凑成一对，两个人开始相互依靠，成为了朋友。

有一年夏天，丞相田蚡要迎娶燕王刘嘉的女儿为夫人，太后有令，所有官员都要前往祝贺。窦婴就去拜访灌夫，想要同他一起去。灌夫推辞说："我多次酒醉失礼而得罪了田丞相，他对我意见很大，就不去了。"窦婴劝他说："事情都已经过去好几个月了，没事的。"硬是把灌夫拉去参加了宴会。

宴会上觥筹交错、歌舞升平，热闹非常。大家正高兴的时候，田蚡起身向宾客敬酒祝福，客人们都离开坐席，伏在地上，接受祝福。后来窦婴也起身敬酒，只有几个人离开了席位，其他人却都不予理睬。灌夫见状很不高兴，便也起身祝酒。等到了田蚡面前，田蚡仍然双膝长跪在席上，说道："我不能喝完。"灌夫忍住心中的怒火，劝了再三，田蚡不肯，只好作罢。

灌夫继续敬酒，轮到临汝侯灌贤，灌贤却和程不识谈话，对灌夫不予理睬。灌夫的怒火终于憋不住了，就骂灌贤道："你平时把程不识说得一文不值，今天我向你敬酒祝福，你却像一个女孩子一样在那窃窃私语！"

田蚡对灌夫说："程将军和李将军（即李广）都是东西两宫的卫尉，现在您当众侮辱程将军，难道就不给李将军留一点面子吗？"灌夫大声嚷道："今天就算是砍我的头，也在所不惜了，还管得了什么程将军、李将军！"客人们看到这个架式不妙，便纷纷起身离开了。

好端端的一场婚宴一下子变得冷冷清清，田蚡好不恼火，于是下令把灌夫请进了客舍里。又叫来长史说："今天召集皇族，是有诏令的。"于是田蚡弹劾灌夫大闹宴会，侮辱诏令，犯了不敬的罪名。最后，把他拘禁在特别监狱里。紧接着，田蚡又追查灌夫以前的事情，派遣吏役抓捕所有灌家的旁支亲属，并都判以杀头示众的罪名。

窦婴觉得是自己害了灌夫，想要营救灌夫，却无可奈何。

灌夫的失败，最根本的在于他是个直人，不懂得变通，有勇无谋，又飞扬跋扈，成为了众矢之的，最后摆脱不了杀头的结果。如果灌夫能在酒宴上藏起自己心中的怒火，结局定然是两样的。

深藏不露，是一种为人的智谋；过分地张扬，就会经受更多的风吹雨打，暴露在外的椽子自然要先腐烂。一个人在社会上如果不合时宜地过分张扬、卖弄，那么不管多么优秀，都难免会遭到明枪暗箭的攻击。

枪打出头鸟，有人稍有名气就到处洋洋得意、逢人自夸，享受被他人奉承的感觉，殊不知，这些人迟早会吃亏的。所以在处于被动境地时，一定要学会藏锋敛迹、装憨卖傻，千万不要把自己变成对方射击的靶子。

◆ 史道智慧 ◆

"树大招风风撼树，人为名高名丧人"。所以说，过分张扬是生存大忌。与人交往时，就要掩饰你的情感，更重要的是掩饰缺点。人非圣贤，孰能无过，然而智者善于文过饰非，蠢汉却大吹大擂。

有的人招摇过市，逞匹夫之勇，最后只能成为别人前进路上的绊脚石，被别人轻轻松松踢开了。倒不如把自己先"藏"起来，让人无法摸清底细，以期蓄势待发。

难得糊涂才是福

——楼护侯门藏智

有一种胜利叫撤退，有一种失败叫占领。这两句话很耐人寻味。难得糊涂是一种人生境界，做聪明人难，做难得糊涂的聪明人更难。难得糊涂的人是真正的智者，他们淡泊以明志，宁静以

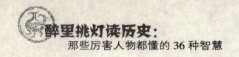

致远，一切都淡然处之。

　　有时候时机不利于自己，而硬碰硬又起不到好的效果，就只有开动脑筋，用装糊涂的办法来解决了。这是一种很明智的办法，既可以保全自己，也可以伺机而动。因此，其实很多时候，"装糊涂"要比"装聪明"显得有智慧得多。

　　西汉成帝时，外戚王家的王谭、王商、王立、王根、王逢并称为"五侯"。一时间亲贵无比，宾客满门。

　　当时，有一个长得短小精悍却才识超群的人，叫楼护，五侯遇有大事总是请他出主意。每到这个时候，楼护总是推托说："我地位卑下，怎敢妄议国家大事呢？大人抬举我，我感激不尽，不过我实不敢在大人面前高谈阔论。"

　　楼护的朋友便责怪他说："五侯地位显赫，他们请你议事，正是你显示自己才学的机会，这难道不是天大的好事吗？你怎么这么像呢？"

　　楼护摇头说道："我人微言轻，若是放言国事，稍有不慎便会落下把柄，成为他人攻击的利器。何况五侯地位尊荣，不可冒犯，我若知道他们的秘事太多，岂不犯了大忌？如果一不小心引起了他们的猜忌之心，我只怕要死无葬身之地了！我宁肯把事情想得复杂些，也不能简单从事。"

　　平阿侯王谭荐称楼护德行方正，朝廷便委任楼护为谏议大夫。为了表示感谢，楼护亲自登门，但是却根本不像别人那样携带重礼，只是简单地说："下官十分贫寒，没有厚礼献给大人。但大人的恩情，下官永生难忘，恳请大人原谅下官的失礼。"

　　王谭微笑着说："如今你官位晋升，也就不愁日后富贵了。你要如何回报我呢？"

　　楼护诚恳地说："下官当进尽忠言，使大人没有偏失。大人大富大贵，下官那些俗礼入不得大人的法眼。因此下官冒昧，就什么都没带。"王谭听了大笑，并没有怨怪楼护。

　　楼护的家人知道这件事后，不解地问："王谭是个贪财之人，他向你索取人情，你何不趁此机会送上厚礼，表示忠心呢？"

　　楼护解释说："依附权贵不能唯命是从，也不能献财献物讨取欢心，因为这都不是最可靠的保身之法。再说，王谭并不是一棵永远不倒的大树，所以我才会不卑不亢地应对他。免得和他们纠缠太深，引起不必要的猜疑。"

　　成都侯王商任大司马卫将军，他对楼护十分器重，多次找他谈论天下大事。一次，王商谈兴正浓，不想楼护忽然打断了王商的话，说道："下官对大人所谈之事并不感兴趣，大人为何不谈论些别的事呢？"

王商一怔，随即说道："你是有大才之人，当有报国之志，你这样说让我很失望。"

楼护回答说："下官职小位卑，大人所说的朝廷大事并不是我应该知道的。我只是一介书生，我的话，大人不用当真的。"听楼护这么说，王商也就不为难他了。

从王商府上出来之后，一个在座的朋友问他刚刚如此冒昧的原因。楼护回答说："朝廷局势复杂，党争残酷。我若参与其中，难保不会成为别人的替罪羊。政治是那些大人物们的游戏，像我这样的小人物如果贸然参与的话，最后一定会成为受害者啊！要知道大人物今日把你视为知己，明日便会视你为隐患。他们一日三变，谁能应付得了？我时时刻刻装糊涂，防范他们，正是为此啊！"

"糊涂"地对待朋友，朋友会更亲近你，你的才华才能长久地发挥下去；"糊涂"地去做事情，能够过滤掉那些不必要的烦恼，反而让我们更容易成功。可见，"糊涂"才是深刻理解的表现，才是真正大智若愚的福气。

◆ 史道智慧 ◆

很多人都知道郑板桥"难得糊涂"的这句名言，但是真正能做到的人却是寥寥无几。有些人总喜欢显露一下自己的小聪明，结果往往适得其反，正所谓聪明反被聪明误。

在古代，才大智高者常会被人视为威胁，极易受到当权者的猜疑和人们的打击。君子虽不怕磨难，但不能无端受辱。他们隐藏智慧，只为防患保身。所以说，真正大智者，是小事装糊涂，大事分得清，这样，才能获得长远的发展。

第11辑

谦虚谨慎，投石问路

活用历史之"慎"智慧

《明太祖宝训·卷四》中云："不虑于微，始贻大患；不防于小，终累大德。"慎微就是要防微杜渐，坚持做到"莫以恶小而为之"。

谨慎，是稳定的保障。智者一般都会谨慎行事，先进行细致的考察，然后投石问路，从整个局面上了解，再采取措施，步步为营，从而取得最后的胜利。人生要想"长胜"，就要谨慎行事，走一步，看三步，直至成功。

行敏言慎成大器

——杨炎不拘小节遭杀害

古人说："不慎而始，而祸其终。"我们想要走好人生的每一步，如果没有一个谨慎的开始，就会影响到自己今后的发展，从而遗憾终生。

21 世纪是科技迅猛发展的新时代，这就要求我们更应该敏于事而慎于言，这样才不会让自己暴露出更多的缺点。有的人说起话来滔滔不绝，表面上看来是非常健谈、能力非凡，但实际上却是言多必失、祸从口出。话说得越鲁莽，自己的缺点就会暴露得越来越多。以致于授人以柄，使自己处于被动，让今后的工作生活束手束脚，无法全力而为。

唐朝的时候，杨炎和卢杞两人同时出任宰相。杨炎善于理财，文章写得很好；而卢杞除了巧言善辩之外，别无所长。但是他嫉贤妒能，善于布局陷害别人。两个人在外表上也有很大不同，杨炎是个貌比潘安的男子，仪表堂堂；反之，卢杞脸上却有一大片蓝色的痣斑，相貌非常丑陋。

卢杞在平日里不注重衣着吃用，穿得很朴素，吃得也不讲究，可以说是粗衣粝食。人们都以为他素有祖风，继承了他祖父卢怀慎那样清廉俭朴的好传统，但却不识其心。实际上，卢杞是一个善于揣摩人意，很有心计的人；貌似恭谨，实则奸诈，容易骗取别人的信任。

同在政事堂办公，杨炎和卢杞两个人难免就要在一起吃饭。而杨炎却不愿意和卢杞同桌而食，经常找个借口在别处单独吃饭。有人就趁机对卢杞说："杨大人看不起你，不愿意跟你在一起吃饭。"卢杞听了之后便怀恨在心，准备先从杨炎的下属下手，处心积虑地挑杨炎下属官员的过错，并上奏皇帝。

杨炎得知后愤愤不平，说道："我的手下人有什么过错自有我来处理，如果我不处理，大家可以一起商量。他为什么瞒着我而暗中向皇上打小报告？"从此，两个人的隔阂越来越深，总是对着干。

当时，有一个藩镇割据势力梁崇义发动叛乱，德宗皇帝命令藩镇李希烈去讨伐。对此，杨炎不同意，说："李希烈这个人杀害了他的养父，夺得了养父职位。为人残暴无情，没有功劳却藐视朝廷，不遵守法律。如果他在平定梁崇义这件事上立了功，以后更不好控制了。"

德宗却已经下定了决心，对杨炎说："这件事你就不要管了！"杨炎不明就里，不把德宗的决定放在眼里，一再表示反对，甚至最后和皇帝僵持起来。

适逢天降大雨，李希烈一直没有出兵，卢杞看到这是陷害杨炎的好时机，便对德宗皇帝说："李希烈之所以拖延不肯出兵，就是因为听说杨炎反对他，不肯全心全意为您办事。陛下何必为了保全杨炎的面子而影响平定叛军的大事呢？不如暂时免去杨炎宰相的职位，让李希烈放心。等到叛军平定以后，再重新起用杨炎，也没有什么大不了的！"

这番话看似平静无波、不起涟漪，实际上却是陷害杨炎于无形。德宗皇帝听信了卢杞的谗言，就免去了杨炎宰相的职务。

从此卢杞独掌大权，杨炎自然也在他的掌握之中。他自然不会让杨炎东山再起，而且还找碴儿整治杨炎。杨炎在长安曲江池边为祖先建造祠庙，卢杞诬蔑说："那块地方有帝王之气，早在玄宗时代，宰相萧嵩想在那里建立过家庙，玄宗皇帝不同意，令他迁走。现在杨炎又故技重施，必定是怀有篡位的野心。"本来，这是一个完全站不住脚的理由。试想，唐王朝历代皇帝到过的地方不在少数，如果皇帝去过的地方别人再不能立庙，立庙就是有"异图"，那还了得？但对杨炎怀恨在心的德宗不听则已，一听火冒三丈。便以卢杞这番话为借口，先将杨炎贬至崖州，随即找了个借口就将他处死了。

杨炎本人并非是贪赃纳贿之人，他的悲剧只是因为自己不拘小节，说话做事不够谨慎而造成的。他把对卢杞的蔑视表现在明处，自己在明处，对手在暗处，失败便是在所难免了。由此我们可以看出，一个人可以敏于行，但一定要慎于言，这样才能避免自己更多的过失。

相比之下，郭子仪却谨慎异常。他每次会见客人的时候，都会有很多侍女陪伴在他的左右。但是只要一听说卢杞来了，郭子仪就会命令侍女全部下去回避。他的家人和下属不明白这是什么原因，郭子仪回答说："卢杞的容貌丑陋，侍女们见了没有不笑的。我要是不叫侍女回避，她们肯定忍耐不住笑出声来的。卢杞心胸狭窄，一定会记恨在心的。将来如果他得了志，我们全家人就都活不成了。"正是因为郭子仪行事谨小慎微，才最终没有为小人所害。

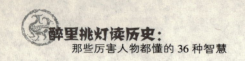
◆ 史道智慧 ◆

　　为人处世、说话办事一定要再三考虑，有时候因为不经意的一句话就会得罪对方，正所谓说者无意，听者有心。这就需要我们说话前多想一想，权衡利弊，再把话从嘴里说出来。往往，面对能力没有自己强的人，则很容易犯轻视别人的错误。所以越是和普通人交往，就越要注意自己的言行举止。只有这样严格要求自己才能在别人面前不失礼节，成为一个具有高尚品质的人。

　　总而言之，敏于事而慎于言。时刻保持机警，少言多思，这样才能少走弯路，少犯错误。

三思而后行求稳妥

——白起一言不慎酿苦果

　　清代张伯行说："一丝一粒，我之名节；一厘一毫，民之脂膏。宽一分，民受赐不止一分；取一文，我为人不值一文。"这就说明，为人处世要注意自己言行中的每一个细节，三思而后行，这样才能确保我们的名节没有缺失。

　　我们在做事之前必须要有一个合理的规划，要把事情的风险压到最低，以免在事情实施过程中出现各种各样难以避免的风险，临时抱佛脚，最后只能把事情搞砸。最好的办法就是在行动之前先把事情会产生的后果权衡清楚，考虑再三之后再迈步，这样才能收到最好的效果。

　　战国时期，秦国大将白起是行伍出身，擅长用兵。秦昭襄王十三年（公元前294年），他凭借自己的军师才能，从最底层的士兵一路升至秦国的第十级——"左庶长"。

　　当年，白起统率大军进攻韩国新城（在今河南伊川县西），由于战功卓著，第二年白起就由第十级的"左庶长"升到了第十二级的"左更"。这时，他再次出兵攻打韩、魏，并将韩魏大军全部歼灭，攻陷了五座城池，还俘虏了敌军大将公孙喜。这次大胜使白起一路升任至秦国国君之下的最高军事长官——"国尉"。之后，白起又率兵横渡黄河，攻占了韩国安邑（今山西夏县西北）以东到乾河的大片土地。

秦昭襄王十五年,白起官位升至第十六级"大良造"。同年,他再次率兵攻打魏国,占领了大小城池共六十一个。秦昭襄王四十五年,白起迎来了对他一生影响最大的战斗——长平之战。由于战功显赫,被任命为"上将军"。

然而,就是这样一路顺风顺水的大将军,却因自己的一句失言,彻底葬送了前程,最后连性命也都搭上了。

那年,秦朝派兵攻占了韩国的野王(今河南沁阳),把韩国上党通往都城新郑的道路拦腰切断。失去联系的上党郡守冯亭知道此时已经无法依附韩国了,但是秦军还在一步步逼近,如果再不采取果断措施,上党就要落入秦军手中了。

这时,秦昭王想要攻打赵国,于是就派人去请白起,没想到却遭到了白起的拒绝。白起认为,赵国在亡国的压力下,全国上下全力备战了两年,这无疑是针对秦国的,因此,现在并不是攻打赵国的最佳时机。

可秦昭王求胜心切,于是又派范雎去请,但白起依然拒绝出山。

秦昭王听了范雎的汇报,大为生气,认为白起是故意在跟自己过不去,就下令免去白起的官职,把他赶出咸阳。

白起遭到贬谪后很不高兴,忍不住发火说:"把我赶出咸阳,还不如处死我呢!"这句话传到了秦昭王耳里,他怒火更炽,下令赐白起自杀。

白起拔剑自刎时,不禁叹道:"我哪里有罪呢?"想了想,白起又叹息说:"我的确该死,长平一战,我活埋了赵军的降将几十万人,这就足够把我千刀万剐了!"

俗话说"伴君如伴虎",也许稍有不慎就会脑袋搬家。白起本可以避免成为众矢之的,可以偏安一隅,伺机而动,但就因为他的一句无心之叹,最后连身家性命都丢了。可见,慎重则必成,轻发则多败。凡事三思而后行,谨慎行事,才能让自己少犯遗恨终生的错误。

说到谨慎,首先要多观察别人,知道他们的性格和爱好,以求得与人相处投其所好的效果。在言谈举止上,一定要三思而后行,学会说话给人留余地,没有好理由时不应当面拒绝他人。做事要想后果,不能只图一时痛快。有时还要站在他人角度思考问题,吃点小亏不算什么,有失必有得。总之,三思而后行是谨慎的最好体现。

◆ 史道智慧 ◆

　　三思而后行的人，是世界上最聪明的人。所以，从古至今有不少志士名人教育后人一定要三思而后行。可以说，这是人类几千年来一条成功的做人经验。

　　每当做出决定的时候要考虑到方方面面的情况，谨慎从事，这样才能让决定尽可能地不出现纰漏。那些草率的人总会无目的地奋斗，没有确定目标，最后只能接受失败的结局。在做事过程中与其出现问题再被迫悬崖勒马，不如在事先就做好规划，把失败的系数控制到最小。

谨慎衡量辨利弊

——成王临危登基大破蒙古

　　我们常说，鱼和熊掌不可兼得。在如何取舍面前，我们都应该慎重地考虑，以免做出错误的选择使自己后悔。在生活中，更应该学会慎重地放弃，放弃并不意味着失败，也不意味着失去了斗志。慎重的放弃是为了更好的获得，如果一味只想索取，往往是希望越大，失望越大。

　　适当的放弃是一种境界，不是每个人都能做到的，但是大家都应该努力去学习、去修炼，谨慎衡量，明辨利弊，才能让今后的人生更加完美。

　　明英宗皇帝懦弱无能，又昏庸腐败，他身为皇帝，他终日不理朝政，让朝廷的军政大权落入了太监王振的手中。

　　1449 年 7 月，太监王振为了扩充自己的势力，极力怂恿明英宗出兵征讨蒙古。朝下众臣坚决反对，明英宗却是不管不顾，很坦然地就接受了王振的意见，亲自率领 50 万大军北征蒙古，留守京城的只剩下明英宗的同父异母兄弟成王朱祁钰。

　　事实上，明英宗根本不了解蒙古的情况，而他自己又妄自尊大、独断专行。果然，明英宗连战连败，导致最后退守土木堡，被蒙古军队团团围住，当场活捉，而王振也当场被杀。

　　消息传到明朝都城(现在的北京)，朝野上下陷入了极度恐慌之中，朝臣们一时间不知所措。皇太后下令由成王出来主持局面，成王马上召集众位大臣共同商讨对策，大臣们意见不一。

徐钰强烈建议迁都,于谦则极力主张保卫京城。经过慎重地权衡利弊之后,最后成王决定命于谦守城。

成王任命于谦为兵部尚书,总揽兵权。于谦首先把引起土木堡事变的祸首王振抄家灭族,并把他的亲信召集到朝廷之上当场处死,平了民愤。紧接着,又簇拥众臣把一直被拥戴的成王推上了帝位,即景泰帝,遥尊英宗为太上皇。

这样一来,蒙古这边犯难了。因为俘虏英宗的目的只是想以其作为人质,来逼迫成王投降。可是情况发展到现在,如果自己提出要求,不但会被成王拒绝,而且在还会遭到登上帝位后的成王的报复。眼看自己的想法无法得逞,蒙古王情急之下便率兵攻打北京。不堪受辱的明朝兵士奋勇抗敌,取得了北京保卫战的胜利。

蒙古王知道自己的阴谋无法得逞,被迫于第二年释放了英宗。

"小心驶得万年船","小心"的具体涵义就是细致谨慎、不浮不躁,就是多思多想、稳重认真,谨慎是降低错误的前提,是做事成功的保障。成王的成功就在于他做事懂得谨小慎微,知道如何在利与弊之间进行选择。

在土木堡之变发生后,明朝上下一片混乱,有的主张南迁,有的主张抵抗,还有的主张投降。但是,成王有一个冷静的头脑和一份谨慎做事的心智。攘外必先安内,在这千钧一发之际,他内心明白孰重孰轻。经过谨慎抉择之后,当机立断,下令整治后方,极力保卫北京,最终取得了北京保卫战的胜利,彻底粉碎了蒙古的阴谋。如果成王被众多建议干扰,不懂得放弃没用的建议,最后也就无法做出正确的判断,守护京城的胜利更是无从谈起了。

◆ 史道智慧 ◆

我们在做出每项抉择之前都须慎之又慎,要有自己的主见,要进行合理的分析。懂得在关键时刻放弃一些次要矛盾,抓住主要矛盾,从而做出正确的判断,通过实际的解决办法走向成功。

人的精力是有限的,不可能事事都顾及到。人生总会遇到各种各样的选择,这就需要你在慎重考虑后做出适当的取舍。在你做抉择的时候一定要谨小慎微,切不可轻易为之,往往,好运与厄运就取决于我们是谨慎小心还是鲁莽草率。

虚实有度,自成高格

活用历史之"实"智慧

求实者,不盲目。无论是与人交往还是反躬自省,无不如此。

在对待自己时,人贵有自知之明,要客观地认识自己;看待他人及外物时,则需擦亮眼睛,看到实处,然后行动。求实,才是发达的基础。为了求实,读万卷书,行万里路,从内心深处进行探索。如此,迈出的步伐才是最为坚实的。

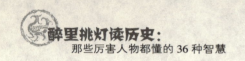
华而不实，失败的代名词

——陈婴不称王，一生也显贵

俄国著名哲学家别林斯基曾经说过："世界上有两种人，一种人虚度年华；另一种人过着有意义的生活。在第一种人眼里，生活就是一场睡眠，如果这场睡眠在他看来是睡在既柔和又温暖的床铺上，那他便十分心满意足；在第二种人眼里，可以说生活就是建立丰功伟绩，他就在这个功绩中享受到自己的幸福。"这段话充分说明，务实不求虚名，脚踏实地的人生才有意义，才有希望。

想要成就一番事业，就要懂得求真务实。一个人总能认清别人的是与非，却很难认清自己。正所谓"当局者迷，旁观者清"。所以，真正到了自己身上，一定要脚踏实地地去做事，否则就只有华而不实地虚度年华。只有正确认识自己，正确估计自己的能力，把自己摆在一个可以发挥更大作用的位置上，即使没有得到很高的名望，却也能做出非凡的业绩。

秦朝末年，秦二世不施仁义，导致天下大乱。陈胜、吴广纷纷揭竿而起，天下云集响应。一时间，反秦的战事一触即发。当时，东阳县(今安徽省天长县)有一个名叫陈婴的人，是此地的令史，做事小心谨慎，有良好的道德品质，在当地非常出名。就在各地纷纷起义的时候，陈婴却怕殃及自己，于是隐于家中，依旧当着自己的令史小职。

当地有一个外号叫李大胆的壮汉，刚刚二十多岁，脾气非常火暴，会点拳脚功夫。他向来不务正业，常常喝酒闹事。一次，他打了当地富人的儿子，被县衙兵役抓去挨了一顿板子，之后一直在家里休养。等到一个多月后，他的身体好了一些，就走出家门散心，无意间听到了全国纷纷起义的壮举。李大胆不禁欣喜若狂，当晚便操刀杀了县太爷，然后召集起了几千名不务正业的人也举起了造反的旗帜。然而，群龙无首不行，必须要找一个人带领他们。李大胆颇有自知之明，他认为自己是一介莽夫，不可担此大任。于是就想找一位有才学的人，结果就想到了陈婴。就这样，他们一伙人来到陈婴家请命。起初，陈婴并不答应，但是迫于威胁，最终只能勉强同意了。

乡里人平时受陈婴恩惠颇多，一听说他领导大家起事，就纷纷前来报名。在短短几天的时间里，就召集到了两万多人，声势浩大。众人纷纷建议陈婴称王，并很快为其取名东阳王。

面对这么大的荣誉，陈婴陷入了沉思。陈婴的母亲听说此事后，坚决反对。她说："孩子，咱们家祖上没有达官之人，而你身为一名小吏却要称王，你无法撑起这么大的伞为百姓遮挡风雨，所以你还是做点实实在在的事好。"陈婴认为母亲的话非常有道理。于是，陈婴坚决不同意称王，只是被众人推到了首领的位置上。

陈婴被推做首领后一直想着母亲的话，始终没有放弃辞掉该职位的心思。正当他日夜为此事烦恼的时候，收到项梁的一封信，邀请他一起讨伐暴秦。陈婴眼前一亮，认为机会来了，于是马上召集各位将领，说："项梁乃将门之后，项羽有万夫不当之勇，我们归附他们应该会有好前途。"众人也认为有道理，于是就去投奔了项梁、项羽的军队。至此，陈婴终于卸掉了众人要他称王的包袱。

陈婴投靠项梁后，被封为上柱国（相当于相国），一直陪侍楚怀王左右。最后，等到刘邦统一天下后，他仍然被封为堂邑侯，显贵一生。

如果陈婴起事时只为贪名图利，被当时的崇高荣誉冲昏了头脑，可能暂时会得到一个"东阳王"的称号。但他觉得自己无法在王位上发挥更大的作用，所以投奔了项羽。他就是不要虚名只求务实。另外，陈婴率领的都是一介草民，想要有一番大的作为也是非常艰难的。陈婴母子能够客观实在地分析自身的能力，所以坚决不称王。尽管如此，陈婴在项梁的手下因为求真务实仍然能显贵一生，不亚于当王称霸。

在当今社会中，我们每个人行事也都应该如此，要充分衡量自己的能力，能做的事就做，不能做的就应果断舍弃。如果只图一时虚名，承担了自己所不能承担的事情，最后只会走向失败。

◆ 史道智慧 ◆

无论做什么事情都不能意气用事，一个总是不切实际地高估自己能力的人，最终将会成为失败的代名词。无论做什么事情，都应该量力而行，充分认清自己，分析好眼前的形势，做出合理的判断，才能让自己没有阻碍地发展下去。

如果你不是猎人，却偏要去追捕猛兽，结果只有两个：一是白费力气；二就是被猛兽所伤。就像现在的很多人，不知道行业的深浅，只是看到别人做得非常好，就盲目跟风，最后只能是为别人铺路而已。知己知彼，才能百战百胜。只有认清自己，从自己实际的优势与劣势出发，不图虚名，才能做出做正确合理的判断。

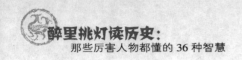
实在本分助成长

——周勃用实际行动效忠汉朝

有时候，老实做人、本分做事总会被人误解成是傻子的行为，认为这样的人不够圆滑，但是事实恰好相反，因为这些人清楚自己在做什么，默默无闻地朝自己的目标努力着。他们收敛锋芒，隐忍不发，是为了实现更远大的目标。如果只想不做，自己只会人云亦云，最后迷失了原有的方向。

所以，无论是做人还是做事，都应秉承着求真务实的态度。老实本分就是讲究实际、实事求是，这是中国农耕文化很早就形成的一种民族精神。孔子不以怪力论神，就是一种老实本分的精神。只有一步一步走，才能脚踏实地地闯出一条属于自己的路，从而迈向成功。

汉高祖刘邦起兵反抗暴秦时，周勃就以亲信侍从的身份随刘邦南征北战。周勃学识尚浅，但是打仗却极为勇敢，执行命令非常坚决，因此而逐渐得到刘邦的赏识。

由此，周勃的官职节节攀升，有些人便产生了嫉妒心理，跑去问刘邦："周勃没有才能，打仗也只知道死拼，看不出他有什么过人之处。主公为什么要如此器重他呢？"

刘邦回答说："我也没有三头六臂，为什么我能做你们的统帅？只不过我善于用人而已。阴险狡诈、见风使舵、心有不轨的人，即使有大功劳，我也不会委以重任。而周勃忠厚老实，不会怀有二心，任何时候他都不会背叛我，这就是我重用他的原因。"

后来刘邦做了汉王，又封周勃为威武侯。刘邦对周勃可以说是充满了信任，恐怕自己对他有所怠慢。

周勃也深知感恩图报，用自己的实际行动来回报刘邦。周勃不怕苦，不怕累，哪里有战事，他就主动请战。他常常对手下人说："汉王厚待我，就是希望我多建功劳。我虽然愚笨了点，但是这个道理我还是明白的。做人要讲良心，碰上这样的明主，我就应该全心全意为他效忠，哪里还能暗怀私心呢？"

刘邦去世后，周勃辅佐汉惠帝。当时吕后专权，想立吕氏为王。吕后在征求意见时，右丞相王陵极力反对说："当初高祖曾经杀白马订盟约，如果立刘氏以外的人为王，就要全力讨伐他。

现在太后要立吕氏为王,分明是违犯誓盟,是不对的。"

吕后很不高兴,接着问周勃有何看法,周勃则说:"现在是太后临朝,自是太后说了算,吕氏封王没什么不对的。"

事后王陵大怒,指着周勃说:"你追随高祖多年,想不到今日你也会背叛他!难道你不感到耻辱吗?"

周勃说:"现在事出无奈,抗争又有什么用呢?等到以后你就会明白我的苦心了。"

果然,直言顶撞的王陵被吕后免了官,而周勃却得到了吕后更加的信任。吕后死后,周勃马上发难,与陈平联手,消灭了吕氏族人,夺回了刘氏天下。

在形势不利的情况下,周勃不做无谓的抗争和牺牲,只是踏实地做着自己该做的事,向着自己的目标迈进。即使一时违背了自己的意愿,也是为了目标的实现而做出让步,不逞一时之虚名。透过现象看本质,终极目标才是最实在的。

同时,周勃本身为人敦厚老实,不心浮气躁,不为虚荣而逞能使强,这样也就容易得到信任,从而有更大的机会来发挥自己的作用。老实敦厚也是一种含而不露的力量,只有懂得隐忍的人方能成就大事。

◆ 史道智慧 ◆

也许有这样一批人,尽管他们现在是令人瞩目的焦点,但是时间持续不多久就会消失。不是因为他们没有了优点,而是他们的优点在别人眼中已不以为然,甚至优点慢慢就变成了缺点;反观一些默默无闻、踏实本分的人,他们用自己的实际行动努力着,从而离成功的距离越来越近。

老实做人,本分做事,不是一种怯懦呆傻的表现,而是一种引而不发的智慧。能够认识到自己的不足,然后再一步一步靠自己的实际行动去不断地改正,直至从千万人中脱颖而出,取得最后的成功。

第13辑

锲而不舍，持之以恒

活用历史之"专"智慧

专心，是成功的必要准备。为人处世贵在精，不在杂。杂而不精，则会让自己无所适从。人生在世，精神专一，有始有终，才会有所成就。

努力突破一点，强于胡搅蛮缠，做事的技巧也在于此。正所谓业精于专、水滴石穿，如此简单的道理也正是专心致志的最好体现。

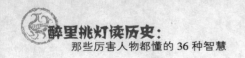

持之以恒铸辉煌

——赵武灵王扫清障碍求变革

荀子在《劝学》中说得好："蚓无爪牙之利，筋骨之强，上食埃土，下饮黄泉，用心一也。"即使底子再薄弱、力量再微小，只要专一，最终也能达到目标。只可惜现实生活中，大多数人往往学得太杂，学得不专，做事情总是三心二意，以至于最后迷失了方向。

假如经过一番深思熟虑而慎重做出的决定，却遭到身边人的极力反对，这时，我们的心里会产生多大程度的动摇？是否会怀疑自己这样做的正确性？如果遭到质疑后连坚持下去的信心都没了，那还会有坚定走下去的勇气吗？其实，漫漫人生路上，我们每一个人都会遇到这样或那样的阻力，这时最关键的就是能够坚持自己的主见，相信自己经过反复考虑所做的决定，持之以恒。如此，才不会因为外界的因素而轻易改变自己的初衷。

公元前302年，赵国的赵武灵王经过一番考虑，打算进行军事改革，学习西北游牧和半游牧民族的服饰，并要求手下兵士学习骑马射箭，史称"胡服骑射"。而赵武灵王也因此赢得了一代政治人杰的历史美誉。但实际上我们应该可以想到，在几千年前被封建传统奴役的中国，这样大胆的革新是会遭到怎样的阻力！

赵武灵王一直想让自己的国家变得强大，就对谋士楼缓说："现在，我们赵国东面有齐国、中山国，西边有秦国、韩国和楼烦部族，北边有燕国、林胡。如果我们不发奋图强，不加强训练军队，等到邻国强大了，他们肯定会偷袭过来。如果想要国家强盛，就要从根本做起。我觉得咱们穿的服装，长袍大褂宽袖口，干活儿、打仗都非常不方便，不如胡人的短衣窄袖。如果我们把衣服改成胡人的样式，就会方便很多，干活儿打仗也就更加顺手；如果脚上也穿皮靴子，行动起来就将更加方便灵活。你觉得怎么样呢？"

听了赵武灵王的话谋士楼缓非常赞成，他说："咱们换成胡人的服饰，不但有利于作战，更能学习他们作战的本领。"

赵武灵王说："你说得很对。咱们打仗全靠步兵，非常单一，而且进攻速度缓慢，就算打败了胡人，乘胜追击的时候，也很难追上他们的骑兵，只因为我们不会骑马打仗。所以说，要想学习胡人的作战本领,首先就要学习他们的骑马射箭。"

赵武灵王的改革理论不胫而走,没想到却遭到了很多大臣的反对。他们认为服饰是祖先遗传下来的,不能轻易废止,坚决不同意赵武灵王的革新。但赵武灵王却认为,服饰和装备的改革关系到国家的安危,要办大事就不能犹豫。既然知道自己做得对,就必须专一地贯彻到底。

于是,第二天上朝的时候赵武灵王首先带头,穿着胡人的服装出现在文武百官面前。大臣们见到他短衣窄袖地穿着胡服,都非常惊讶。赵武灵王把改穿胡服的设想说了一遍,底下一片议论。有的说不好看,有的说不习惯,有的说,不穿本民族的服装岂不是让国家蒙羞吗?

有一个名叫赵成的顽固派老臣,是赵武灵王的叔父,带头反对服装改革。他是赵国一位重臣,十分因循守旧。他不但语言上直接提出反对,而且还在家装病不上朝了。

赵武灵王深知,要推行军事改革,首先要通过的就是叔父赵成这关。于是,赵武灵王就亲自上门找到叔父赵成,对他反复地讲解改穿胡服骑射的好处。功夫不负有心人,赵成终于被说服了。赵武灵王趁热打铁,立即赐给他了一套新式胡服。

第二天朝会上,文官武将看见老将赵成都穿起胡服来了,顿时,一个个都没有话说了,只好应承了下来。

接着,赵武灵王训练兵士学习骑马射箭。不到一年,就训练出了一支强大的骑兵队。

第二年春天,赵武灵王便开始向邻国发起了进攻,连战连捷,开拓了大片领土,疆界几乎扩大了一倍。在此过程中,赵武灵王的胡服骑射改革也取得了比以前更大的成功。

赵武灵王的成功就在于他目标专一而不三心二意,持之以恒而不半途而废,所以能够实现自己美好的理想。在他最初进行胡服骑射改革时,遭受到了很大的阻力,但是他清楚地知道,不破不立;如果不改变,国家就不可能强盛。为了达到这一目的,他没有退缩,想办法克服阻力,一直专心致力于做这件事,从而达到了革新的胜利。

所以说,在任何时候,只要是经过全面衡量后所做出的决定,我们就应该坚定地走下去,不能墙头草随风倒。这就好比通过放大镜观察物体一样:当物体不在焦点上时,影像就不够明朗,看起来一片模糊;可是一旦对准焦点,影像就会变得十分清晰。只有坚定自己的意见,并且能够持之以恒,才能达到成功的目的。

◆ 史道智慧 ◆

　　坚持就是胜利。实践证明，做任何事，只要专一地坚持下去就会有意想不到的收获。"只要功夫深，铁杵磨成针"，凡事贵在持之以恒。

　　另一方面需要注意的是，在坚持的同时，定将招来这样或者那样的麻烦，这时就要有自己独特的见解，拿出敢于面对困难的勇气，只有这样，才能让自己从竞争激烈的社会中脱颖而出，取得最后的成功。

学而不专将一事无成

——赵襄王骑马驾车赢老师

　　城市发展越来越快，我们走在夜晚的路上，看见四下霓虹灯闪烁不停，偶尔会陷入茫然的状态。但是万家灯火中必定有一盏灯是为我们而亮：那就是我们心中的居所。所以不要因浮华的东西，而迷失在名利之间，而应该专心致志，一心一意，执著诚于自己最初的梦想。

　　时代洪流中，有些人总是迷路，然后半途而废。其实，成功是件很简单的事情，只要我们坚持做，哪怕是一辈子只做这一件事情，只要专心致志，肯定会有成功的一天；反之，朝秦暮楚、见异思迁，终究会被淘汰。

　　战国时期，赵国赵襄王非常喜欢骑马驾车，于是就向骑马大师王子期学习骑马的秘诀，王子期倾囊相授。

　　但是时间不长，赵襄王就把王子期叫了过来，要和他比赛，以证明自己非常聪明，已经能够青出于蓝而胜于蓝了。但事与愿违，三场骑马比了下来，赵襄王全部落败。

　　对此，赵襄王自然非常生气："看来你传授我骑马的知识和技巧并没有倾尽全力，还有所保留啊！"

　　王子期说："我把我所有的本事都传授给你了，骑马驾车最主要的就是把马套放在车辕里，这样才能和马保持协调，从而提升速度，取得比赛的胜利。但是你学而不精，学了没几天就想要胜过我，而且精力根本没有专注于骑马驾车的技术上，不重视调整马与车的协调，而是太在乎输赢。你怎么可能胜得了我呢?"

赵襄王听了老师的话不禁感到自惭形秽,从此开始专心致志地学习骑马驾车,不再执著于输赢了。终有一天,王子期拱手说道:"您现在的水平已经远远超过我了。"

学业专攻必结硕果,若从事重要的事务,则必得美名。赵襄王刚开始学习骑马驾车的目的不是为了掌握技术,只是单纯地想要和王子期一争高下,但听取王子期的忠告之后,他专心致志地学习,不再考虑输赢之争,最后不仅赢了王子期,更是让自己的技术日趋娴熟。

如果不专心于学习本身,而一味地考虑知识以外的因素,最终肯定会被这种功利的目的性害死。赵襄王自以为学精了,便三心二意起来,其实他只学了皮毛,又怎么能不导致失败的结局呢?其实做任何事情都是如此,只有抛弃了杂念,专心致志地、持久地学习,才能充分发挥自己的才能,从而达到良好的效果。

◆ 史道智慧 ◆

有人认为专一未免过于死板,少了变通、少了机动,其实不然,专心就是为了让自己的梦想不被中途的细枝旁节打断,不产生任何放弃的想法。这样,成功才会青睐你。若只在乎表面功夫,敷衍了事,最后难免还是会成为平庸之辈。

宝剑锋从磨砺出,梅花香自苦寒来,没有什么事是一蹴而就的。只要专心致志地去做一件事,不要分散心思,成功终究会属于你。

专心致志助非凡
——王冕专一研读成名士

很少有人将专一算做是优点,更多的人认为这是非常痴傻的,因为少了很多生活的情趣。他们更喜欢随时变动甚至放荡不羁的人,认为这样才算是具有生活情趣,懂得如何生活,更容易看到路边美丽的风景。

但实际上,持有这种观点的人不免显得有些片面。试想,如果不能专心致志地做事,又怎能探究到事物更深的层次?这样的人往往能够不断地产生新的目标、新的规划和思想,但是当要

开始实行某一计划，着手去做具体事情时，他们却很难专注下去，从而又瞄向了另一个新的目标。其实，三心二意只能说明了他们不知道真正的目标是什么，因此所有的计划都将无法实施。所以说，如果我们想要做成一件事情，就要有明确的目的性，抛弃杂念，为自己的主要梦想付出全力，最终达到成功。

元朝时，浙江诸暨县有个叫王冕的人，他非常喜欢学习，有时候为了学习和作画，竟然能忘记了时间。

因为家里非常贫困，王冕七岁的时候就去田地里放牛。但是一心痴迷于读书的他怎么会喜欢放牛呢？于是，王冕在放牛期间就偷偷地跑去学堂偷听老师讲课，一边学，一边用心记住。这样一来，放出来的牛就没人看管，开始危害乡里邻地。等到王冕回家的时候，才发现邻居把他的牛牵回家了。

原来，王冕的牛因为没人看管就踩了邻居家的田地。王冕父亲非常生气，当即责打王冕，但是依旧喜欢学习的王冕不长记性，还是每天跑去偷听老师讲课，牛自然还会踩到邻居的庄稼地。

王冕的母亲被他的坚持感动了，就对丈夫说："既然孩子这么喜欢读书，我们就让他去读书吧！别再让他放牛了！"父亲看到王冕这样喜欢学习，也就同意了。

从此以后，王冕离开家，在村里的寺庙住了下来，每天都会坚持读书。当时，尽管王冕的年纪还非常小，一旦读书入了迷，他就对周围的一切毫不在意。

后来，安阳的韩性听说王冕如此专心学习，就收他为学生。最后，经过自己的努力，最王冕最终成为了当时非常有名的学问家。

就是因为王冕对于知识的渴望、对求知的执著而成就了他，使其成为影响世人的学问家。王冕的成功，在于他一心一意、心无旁骛，全神贯注地专注于学习。滴水穿石，不是因为它的力量有多大，而是因为它不舍昼夜。

冠冕堂皇的话任何人都能说得婉转动听，但是做起来就有一定的难度了。其实不论是做学问还是做其他事情，只要我们认真执著，全身心地投入，就一定会有收获。成事贵在坚持，而坚持又体现了心平气和的专一性，所以，我们应该修炼的智慧是，在做事情的时候切忌心浮气躁、心血来潮，只有专注坚持才能有所成就。

◆史道智慧◆

　　一个人的成功是从日常坚持不懈的锻炼中发展和巩固起来的,正如宝剑越磨越快,黄金越炼越纯一样。

　　聪明出于勤奋,天才在于积累,成功缘于专一。静下心来,专注地去着手一件事情,那么人生目标就会离你越来越近。纵观历史,从千古智慧中我们学到的便是"专而不杂"。

第14辑

老骥伏枥,志在千里

活用历史之"志"智慧

有志者事竟成。志,是远大的理想,是奋斗的最终目标。有了目标,才会有奋斗的动力,才会有更大的勇气。

无志者的人生少不了迷失和茫然,因为人生从来不是一马平川。"志"的力量足以切金断玉,是挺起一个人的脊梁,是支起一股劲的气势。志存高远的力量可谓无穷无尽,永不停歇。

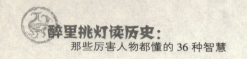
少年得志怀梦想

——项羽起兵反秦称霸王

在漫长的人生旅途中,最重要的就是要有梦想,要有为梦想不断奋斗的志向。人生最快乐的事莫过于能够朝着梦想的方向努力。只有长久保持希望,永远有奋斗激情的人才能有战胜困难的决心,才能取得最后的胜利。

有希望的人生才是有动力的,有志向的人才不会计较一时的得失。面对困难时,能够拿起勇气的利剑披荆斩棘、过关斩将,直至取得最后的胜利。因为心中有信念,才能用这星星之火形成燎原之势。面对未知的明天,因为有梦想作为动力,有信念作为勇气,我们就能为自己创造出美好的未来。

西汉末年,有一个在政治军事上叱咤风云的人物,身高八尺,力能扛鼎。他就是西楚霸王项羽。正是因为项羽从小就胸怀大志,所以才成就了他日后起兵反秦、威震天下的壮举。

项羽的祖父是楚国的大将项燕。当年秦王嬴政任命李信为大将,率领 20 万秦军攻打楚国,项燕率领楚军奋力抗击,大败秦军。李信吃了败仗以后,秦王又任命王翦为大将军,率领 60 万秦军再次攻打楚国。毕竟寡不敌众,双方僵持仅仅一年,楚国就被突围,项燕兵败自杀。

公元前 221 年,秦始皇一统天下。秦王称帝后,抓捕其余六国贵胄遗民,项燕家族就在通缉的名单中。

项羽从小就死了父亲,由他的叔叔项梁照顾。他们隐姓埋名,在吴中避难。项梁叔侄心中暗藏报仇雪恨的决心,就等时机一到,一举推翻秦朝的统治。

项羽年幼时,项梁教他书法,项羽学得很没有耐心。成年后,项梁又教他剑术,项羽学了三天又不学了。项梁见项羽不学文,也不学武,非常生气,狠狠地训斥道:"你这么不学无术,怎么能报得了国仇家恨?"

不料项羽却不以为耻,他说:"学习读书写字,能记住姓名就可以了;学习剑术,也只能和几个人作战。我要学就学习兵法,指挥千军万马。"项梁听后非常惊喜,认为项羽胸有大志。于是,项梁就悉心教导项羽学习兵法。生性粗犷急躁的项羽虽然学得仍然不是很深入,但却对排兵布阵很感兴趣，极尽全力学习战略战术，总结以智取胜的诸多兵法。

正因为项羽从小就立志要报国仇，雪家恨，再加上他性格粗犷，才力无双，吴中子弟都十分钦佩他。项羽非常喜欢武术，在吴中结交了很多和自己年纪相仿的有志青年。他们受项羽影响，都喜欢使枪弄棒。待到项梁起义时，已有一批有志之士，整编起来足足有八千人。他们自称为江东子弟，成为日后项氏打天下的中坚力量。

秦始皇统一天下以后，为了巩固政权，就在全国各地巡游，炫耀自己的功绩，镇压反抗势力。战国末期，楚国在其余六国中最强大，抗秦也最坚决。秦始皇统一天下之后，对楚地实行高压统治，对此楚地人民非常不满。当时楚地流行一首民谣，其中两句是："楚虽三户，亡秦者必楚。"

公元前210年冬，秦始皇又一次出巡，重点到江浙一带巡查。秦始皇一队人马仪仗严肃，场面十分壮观。吴中这次接待秦始皇的事宜就由项梁全权负责。当时，项羽已经22岁了，俨然一个勇武过人的青年才俊。项梁把项羽放到最紧要处，以便能够随时观察到秦始皇。站在两旁的百姓看到这威风凛凛、华丽异常的车驾奔驰而来，都呆呆地站在旁边，连大气也不敢喘。

唯独项羽站在人群里，比别人高出一头，瞪着炯炯有神的大眼，不禁脱口而出："彼可取而代也。"站在项羽身后的项梁听到这话后，惊出一身冷汗，连忙用手捂住了项羽的嘴巴，小声说："不要胡说，这是要灭族的。"项梁虽然口头上责备了项羽，但是心里却是一阵温暖。他非常惊讶项羽竟有如此的胆识和壮志，竟然敢藐视秦始皇，想要取而代之。

这一年，秦始皇在回咸阳的路上得病死了。第二年，秦二世继位后没多久，陈胜、吴广就在大泽乡起义，项梁和项羽也起兵反秦。后来，在行军打仗中，项羽骁勇善战，对秦兵视如无物，创下了一代英豪的威风。而这也正是他少年壮志延续下来的结果。

"不飞则已，一飞冲天；不鸣则已，一鸣惊人"是对项羽最好的写照。项羽成就霸业在于他远大的理想，在于他心存抱负的志向。从小，项羽就立志要报仇雪恨，那就是他要追求的目标，所以他也一直在为此而做努力。他坚持学习兵法，起义作战；正是这种斗志让项羽一直坚持了下来。到最后起义时，积蓄多年的雄心壮志终于爆发了出来。面对秦兵，项羽所向披靡，终于成就了西楚霸王的伟业。

古往今来成大事者都有一个共同的特点：他们大都致力于实现一个高出自己当时能力的目标。在有了如此强大驱动力的基础上，他们的生活便更加有了意义。所以，只要定下目标，拥有为此努力下去的斗志，我们每一个人都能取得成功。

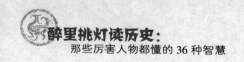
◆ 史道智慧 ◆

　　人生中的很多事情是我们无法预知的。一个没有志气的人往往会丧失掉对梦想的渴望，从而怨天尤人；始终怀揣梦想的人，总能看到远方的一点点曙光，然后坚定自己的脚步继续走下去，从而获得新的希望。

　　有志者事竟成。在艰苦的人生旅程中，为自己制定一个目标，每天给自己一点信心，锲而不舍地努力，这样才能焕发出无穷尽的斗志，从而让自己在梦想的道路上一路飞驰，实现最终的梦想。

人生当立志，无志则难成事

——范仲淹寒窗苦读磨志坚

　　当今社会中，有很多人被生活压得喘不过气来，再加上社会上物质的诱惑，很多人的志向早已经随着时间而飘散无踪。现实中，我们最需要的，还是一种坚持。只有坚持，才能把梦想握在手上，让成功不再遥远。

　　除了持之以恒的坚韧外，对于志向而言还有一点很重要的警示：志向与一时的贫富、成败无关。不要因为贫穷就缺了理性、短了志气；也不要因为失败就放弃了努力。古语说得好"山重水复疑无路，柳暗花明又一村"，这是告诉我们，挫折和迷茫都是暂时的，只要心中有信念、有志向，坚持奋斗，就一定能看到希望。也只有坚持不懈地朝着目标走下去，才能谱写出成功的篇章。

　　宋朝大文学家范仲淹年幼的时候家里十分贫困，根本没有余钱去上学。但是范仲淹不甘于平庸世俗，便决定跑到寺院僧房里去读书学习。

　　在僧房学习的时候，范仲淹经常把自己关在屋里，废寝忘食地读书。每天都是彻夜不眠，就是为了能学到更多的知识。

　　范仲淹的衣食起居非常简单，他每天晚上都用糙米熬出一碗粥，到了早上，粥凝固了，范仲淹就拿刀把粥切割成四块，早上吃两块，晚上再吃两块。即使生活如此艰苦，但依然磨灭不掉范仲淹的志向,他还是一如往常地努力读书。

范仲淹的一个同学听说他窘迫的生活现状后,就把这件事告诉了自己的父亲。同学的家人非常同情,就让儿子给范仲淹带去一些鱼肉,以使他能更好地读书。但是范仲淹却坚定地说:"我不要,吃简单的饭更能磨炼我的意志。无功不受禄,你还是拿回去吧!"

那位同学以为范仲淹不好意思才没有接受,于是,就把鱼肉放下了。

过几天,那名同学又来看望范仲淹。看到他前几天送给范仲淹的鱼肉丝毫没动,而且已经变质发霉了。于是非常生气地说:"我好心给你东西吃,你还不领情。现在东西都变坏了,这不是浪费粮食吗?"

范仲淹解释说:"我并不是想让这些东西坏掉,只是我过惯了艰苦的生活。如果我吃了这些美味佳肴,等到以后我再过回艰苦的日子就不习惯了。我感谢你和你父亲的一番好意!"

回到家中,那名同学把范仲淹的话和父亲说了,得到了老人大加称赞:"范仲淹真是一个有志气的好孩子,今后一定会大有作为!"

果然,经过刻苦的学习,范仲淹成为了我国古代著名的政治家和文学家,他人穷志坚的故事也流传至今。

范仲淹的成功就在于他对梦想的执著,在于他坚持自己的志向,不因任何困难而改变。范仲淹认为,艰苦可以磨炼他的意志,经过这样的磨炼,范仲淹能在实现梦想的道路上走得更远。范仲淹知道,成功道路上的锦衣玉食理应舍弃,因为这些东西会让自己产生惰性。奋斗铺就成功路,范仲淹正是依靠自己对志向的坚定走向了成功。

◆ 史道智慧 ◆

如果迷失了方向,不知道成功在哪里,就应该扪心自问一下,我们当初为什么要出发。实际上,就是为了实现最初的梦想,走向成功。如果我们半途而废了,那么之前所有努力和奋斗的价值,也就永远地消失了。

志向是人生的启明星,它会在你身处黑暗的时候散发出耀眼的光芒,指引你前进。成功需要指引,更需要坚持。在奋斗的路上要不以物喜,不以已悲,这样我们的脚步才能迈得坚实,道路才能走得长远。

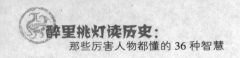
老骥伏枥志千里

——曹操老当益壮一统北方

伟大领袖毛泽东说："自信人生二百年,会当击水三千里。"无独有偶,时间和地域的相隔却没能阻挡智者对于"志向"的理解。西方著名将领拿破仑说："不想当将军的士兵,不是好士兵。"由此可见,人生志向的重要性。

可以说,通向梦想的捷径只有一条,那就是自信,就是坚持。我们要有为梦想不断奋斗的勇气,因为要想取得成功,最大的敌人就是自己。很多人正是因为不能坚持到底而倒在了奋斗的中途,他们达不到成功,只能承认失败。世上没有一蹴而就的成功,有的只是坚持不懈的努力。即使年华已老也志不减当年,这样,才能让梦想的阳光照进现实。

三国时期的建安十二年五月,曹操在官渡之战中以少胜多,大败袁绍。此后军威大振,曹操也更加雄心勃勃。

这年七月,曹操胸怀统一北方之志,统领大军出卢龙寨,日夜抄道疾进,远征乌桓。大军一到柳城即大败乌桓骑兵,杀死了单于蹋顿。袁绍的儿子袁尚、袁熙从柳城逃命至平州公孙康处。曹操手下的大将知道后,劝曹操乘胜出击,拿下平州,剿灭袁氏兄弟。曹操深知公孙康与二袁不和,如果急着去进攻平州,那么他们肯定会合伙抵抗。如果再等一段时间,等对方内部发生变动然后再伺机行动,定会收效更甚。于是,毅然力排众议,下令收兵。果然没过几天,公孙康就把袁氏兄弟的头颅送了过来。这样曹操北征乌桓、统一北方的大业算是完成了。

中秋刚过,曹操便下令班师回朝。大军经过十多天的艰难跋涉,终于走出了满目荒凉的柳城,来到了河北昌黎。这里东临碣石,西邻沧海。曹操屹立山巅,眺望大海;夕阳西下,碧海金光;远处的岛屿若隐若现,近处的海浪又滚滚向前……眼见如此壮丽的景色,曹操不禁诗兴大发,脱口吟道:"东临碣石,以观沧海。水何澹澹,山岛竦峙。树木丛生,百草丰茂。秋风萧瑟,洪波涌起。日月之行,若出其中;星汉灿烂,若出其里……"雄心壮志溢于言表。

返回军营之后,曹操仍心潮起伏,久久不能平静。他想:北方的袁绍、蹋顿虽然已经讨平,而南方的孙权、刘备却仍然各踞一方,统一的大业尚未实现。这时的曹操已是 53 岁的人了,但自感重任在身，统一大业的使命仍在召唤着他。想着想着，他激情难耐，豪情又起，大踏步跨至案前，挥笔写下："神龟虽寿，犹有竟时。腾蛇乘雾，终为土灰。老骥伏枥，志在千里。烈士暮年，壮心不已……"

好一个"老骥伏枥，志在千里"！正所谓"有志不在年高，无志空活百岁"。即使年老，但依然雄心壮志。从曹操的诗歌就可以看出他热爱自然、蔑视天命，老当益壮、志在千里的积极志向，抒发了他那变革现实、统一天下的豪情壮志。

"人老志不衰"，理想是不分年龄，不论性别的。只要有理想，怀着一颗坚定之心为此努力奋斗，不因任何外在因素而受到影响或终止，就一定能取得最后的成功。千难万难，有了志向不难；千易万易，没有决心不易。

◆ 史道智慧 ◆

胆欲大而心欲细，志欲圆而行欲方。在沙漠中生长的胡杨树，没有良好的生活环境，随时都有死亡的危险。为了能够活下去，胡杨树紧抓土地，用自己的根须深抓地下，汲取养分。

胡杨树因战胜了自然困难，它被人称为"一千年不死，死后一千年不倒，倒后一千年不朽"。雪莲生长在雪山之巅，任凭风吹雨打，它却依然洁白如初、美丽如故，在严寒的雪山上奏响了一曲生命之歌。

生命在于坚持，成功在于奋斗。为了能够取得成功，我们需要时时发挥志向的力量。想，要壮志凌云；干，要脚踏实地。

第15辑

当机立断,决胜千里

活用历史之"决"智慧

好谋而无决断,是人生中的大忌。因为时机不等人,一旦看好就要立刻行动,这样才能抓住最好的机遇。

果断让生命的价值体现得更加彻底。面对困难的时候,当断则断,凛然的气势必然能战胜一切困难。优柔寡断者,必将错过最佳的时机。为人处世,不仅要善于谋划,更要善于决断。

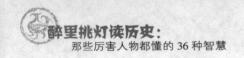
当机立断解除后患

——班超勇敢果断收西域

当今世界，机遇是随处可见的，但同时，机遇也是转瞬即逝的。面对机遇，只有果断决策，勇敢而快速地去行动，才有可能取得成功；如果一味犹豫不决、思前想后，等下定决心的时候恐怕也就只能眼看着别人成功了。让自己养成果断的习惯，抢先一步抓住机会，成功便不再遥远。

果断是指一个人能够善于明辨是非，迅速地估计情况，适时地做出决定并执行。在面对关键事情时，切忌优柔寡断，那样只会让一个人沦为问题的奴隶；只有当机立断，才能快刀斩乱麻，把复杂的问题简单化，使所有的问题都能迎刃而解。

公元 73 年，东汉假司马（官职名）班超和从事（官职名）郭恂奉命出使西域，想通过自己的游说让那里的国家都归顺于汉朝。

班超带领 36 人来到西域的鄯善国（今新疆若羌一带），此时的鄯善王也正在犹豫到底是要归附汉朝还是匈奴，可以说双方都不敢得罪。班超一行人的到来让鄯善国王自然是诚惶诚恐，礼仪接待无不尽心，三日一小宴，五日一大宴。

可是过了一段时间，等到班超准备动身离开时，班超忽然觉得鄯善王对他们不如以前热情了，供给的酒食也不如起初丰盛了。班超当即就起了疑心："这里面一定有鬼！"

班超马上与随从人员商议："鄯善王待咱们和前几天大不相同，你们没有看出来吗？"随从们面面相觑，然后连连点头："可不是嘛！我们也感觉出来有什么情况发生了，可不知是什么。"班超正色说道："我猜一定是匈奴使者到了。鄯善王因为怕得罪了匈奴，就故意冷落了咱们。"

这时，鄯善王的手下人正送来酒食。班超计上心来，装作不经意地问道："匈奴的使者来几天了？现在住在什么地方？"被班超这么一问，毫无准备的侍从吓得战战兢兢，不禁竹筒倒豆子似的说："不瞒班大人，匈奴人已经来了三天，他们住在离这有 30 里地的营房。"

班超怕走漏风声，就把这个侍从偷偷关押了起来。接着，召集 36 个随从人员喝酒。正喝得酣畅淋漓时，班超双手捧起酒碗，突然挺直了身子，大声说："我们已经身处绝境了，生死难料。我们来到西域目的是为了建功立业，没想到，匈奴使者才来到这里三天，鄯善王就开始冷淡咱们了。如果他们欺负咱们势单力薄，把咱们捆绑起来送给匈奴，那时在座的每一位肯定都会身首分离,客死异乡。你们说说,我们现在该怎么办呢?"

随从听后都非常吃惊,只得道:"生死与共,我们是死是活,全听您班大人的!"班超喝了一大口酒,声音更加高昂:"不入虎穴,焉得虎子。现在只有一个办法最好,就是我们趁着黑夜去匈奴使馆周围,一面放火,一面进攻。他们不知咱们虚实,一定非常心慌。只要杀了匈奴使者,鄯善王就不能再投靠匈奴了。这样,他们就不得不归顺咱们大汉朝。"随从们小声嘀咕:"这可是一件大事,我们先跟从事郭恂商量一下吧!"

班超双目圆睁,大声喝道:"大丈夫立大功称英雄,在此一举。郭恂只是个胆小如鼠的文官,如果让他知道,肯定会把这事泄露出去,误了大事。不必和他说了,是男子汉的,干!"话音刚落,班超端起酒碗,仰起脖子,一饮而尽。众随从纷纷端起酒碗,喝了下去。

半夜时分,班超带着36个随从向匈奴帐篷那边偷袭过去。是夜,正赶上大风刮起。班超命令10个人拿着鼓藏在帐篷后面,吩咐他们说,当看到大火烧起,就拼命敲鼓,并且大声喊叫,制造声势。另外20个随从手持弓弩到帐门两边埋伏。

等到一切准备就绪,班超就带领剩下的6个人顺着风向放火,通红的火焰冲天而起。10个人同时擂鼓、呐喊,其余的人大喊大叫着冲杀进帐篷里。匈奴兵从梦里惊醒,班超带头冲进了帐篷。手起刀落,转眼间,3个匈奴兵就被杀死了。其余随从跟着冲进帐篷,杀死了匈奴使者和三十多个随从。最后,拿着火把把所有的帐篷都点着了。火借风势,马上就形成燎原之态,一百多名匈奴兵被大火烧死,仅剩几个侥幸者逃遁而去。

天渐渐亮了,班超派人请来了鄯善王。鄯善王跨进帐篷,一眼看到汉朝人手中拎着匈奴使者的人头,不由吓得大惊失色。班超说:"从今以后,我们大汉皇朝和你们联合起来抗击匈奴,匈奴就再也不敢来侵犯你们了。"

鄯善王面如土色,表示愿意归附。为了真心示好,鄯善王还叫他儿子跟随班超赴洛阳拜见汉朝皇帝,彻底归顺了汉朝。

《论语·子路》里有句话:"言必信,行必果。"意思就是说话一定要守信用,做事一定要果断。做每件事的时候必须要说到做到,果断行事。班超成功地收复了鄯善王,其中起决定作用的就是他那敢想敢做的勇气。班超勇敢果决、当机立断,带领36名随从突袭匈奴兵,马到功成,让鄯善王只能选择归附。

有些人解决问题总是思前想后、犹犹豫豫,结果只能是什么都做不好。相反,有些人做事干脆利落,反倒能闯出一片天地。所以我们做事情不能太优柔寡断,关键时候要能够拿出勇气和魄力来,这样才能成就一番事业。

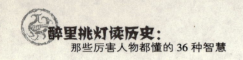
◆ 史道智慧 ◆

　　面对棘手的问题时要当机立断,这样才能化繁为简,有效地解决问题;如果犹豫不决,只会失去最佳时机。机不可失,时不再来,放弃最佳时机是非常不明智的举动。在做一件事之前,天时、地利、人和,固然都很重要,但还有一点更要切记,那就是不要犹豫。

　　另一方面,果断是建立在冷静的基础之上的,没有冷静,果断就变成了盲目,所以不管面对什么事情,都要养成冷静而果决的好习惯。有时候,问题就像弹簧,你弱它就强,你强它就弱。拥有解决问题的魄力,才能在关键时刻激发出你的能量,从而让难题迎刃而解。

抢占先机才能赢

——霍去病沙场力退匈奴兵

　　漫漫人生路,各种各样的问题层出不穷,而这些难以决断的问题正是人生中的关键。只有当断则断,才能不受问题的烦扰,才能驾驭并解决问题;只有果断抉择,才能抢占到获取胜利的先机。然而,先机的抢占却并不是每个人都能做到的,这需要丰富的经验和果决的精神。拥有这些,才能拥有明辨是非的能力,取得一击必中的成功。

　　当今社会发展日新月异,各种情况瞬息万变,各种机会也是稍纵即逝,这就要求我们在做决策时应该抓住时机、当机立断。霍去病是中国历史上最著名的少年将领,他的英勇果敢在战场上体现得是淋漓尽致。

　　公元前140年,霍去病出生在河东平阳(今山西临汾西南),是西汉时期的著名将领。他是汉朝大将军卫青的外甥,很是得汉武帝刘彻的喜爱,18岁就被汉武帝封为高官。霍去病擅长骑马射箭,跟着舅舅卫青多次与匈奴交战,屡战屡捷,战功卓著。

　　汉朝初年,匈奴成为了汉朝边境上的大敌,双方交战多年,损失都非常惨重。汉武帝执政以后,西汉王朝的国力开始日渐强盛,兵强马壮、粮食充足,在与匈奴的战争中逐渐掌握了主动权。

　　公元前123年,汉武帝展开了一场对匈奴的大规模战役,也就是历史上的"漠南之战"。当时还不满 18 岁的霍去病主动请缨要求出战，得到批准，被封为骠骑校尉，随军出征。

霍去病初生牛犊不怕虎，率领 800 名骑兵就出发了。他带着骑兵队伍在茫茫大漠里奔驰数百里，仔细地寻找匈奴人的踪迹。在此过程中，霍去病独创了"长途奔袭遭遇战"的战术，十分精绝。结果，霍去病杀死了 2000 多名匈奴兵，还把匈奴单于的两个叔叔一个杀死，一个活捉，而霍去病的军队却是毫发无损。汉武帝非常高兴，立即把霍去病封为"冠武侯"。

得到汉武帝的宠信后，霍去病更能经常带领汉军最精锐的士兵出征匈奴，而且每次都是凯旋而归。就这样，霍去病和舅舅卫青越来越得到汉武帝的信赖和支持。但树大招风，不可避免地，就有人出言诋毁他们二人。

汉武帝为了排除众议，证明自己没有看错人，就在元狩二年（公元前 121 年）的春天，任命霍去病为骠骑将军，由他独自率领精兵一万出征匈奴，拉开了河西大战的序幕。

当时只有 19 岁的霍去病年轻气盛，所向披靡，真是将军一怒，千军辟易。霍去病带领部下在茫茫大漠中疾驰奔袭，六天内转战了匈奴的五个部落，还在皋兰山与匈奴卢侯王、折兰王打了一场遭遇战。在这场战斗中，霍去病和他的部下奋勇拼杀，杀死了匈奴的卢侯王和折兰王，活捉了浑邪王子及相国、都尉。匈奴军几乎全军覆没，匈奴人祭天的神像也被汉军收缴，成了战利品。河西大战之后，汉王朝中再也没有人质疑少年霍去病的统军能力了。霍去病成为了汉军的偶像，更成了让匈奴人闻风丧胆的战神。

单于听闻河西大战结果后十分愤怒，心里动了要杀掉浑邪王的念头。浑邪王得知消息，为了能够活命，就派使臣前往汉朝国都长安，向汉武帝请降。得知这一消息，汉武帝恐怕有诈，保险起见，他决定派霍去病率领大军前去接应。

大军很快赶到浑邪王的驻地，与匈奴军队遥遥相望。匈奴兵看见汉军的大队人马，也唯恐有变，那些不愿意投降的匈奴兵纷纷逃走了。

霍去病看见匈奴兵马一片混乱，立时明白匈奴军中发生了内乱。他当机立断，带着几名亲兵直奔浑邪王大营，和浑邪王相见，告知汉武帝的意见，让他安心，还派人镇压了那八千多名要逃跑的匈奴兵将。最后，霍去病统率着浑邪王手下的十万匈奴降兵，安全地回到了都城长安。

此次受降把河西走廊正式并入了中国的版图，这也是霍去病在历史上做出的最大贡献。

霍去病年纪轻轻就取得了这么多的辉煌成就，除了他的英勇善战，果敢也是其中一个关键因素。也正因为有了霍去病的英武果敢，才有了河西大战的胜利。如果在当时危急的情境下，霍去病但凡有一点点的犹豫，那么这段历史也许就将会被重新改写了。

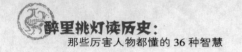
在变化万千的战场上，机会就像昙花，瞬息而逝。所以就更要当机立断、抢占先机，才能决胜关键，取得成功。只要是认定的事情，就迅速做出决策。犹豫不决固然可以避免一些做错事的可能，但也失去了成功的机遇。根据情形审时度势，快速地做出正确的抉择，这不能不说是需要我们修炼的智慧。

◆ 史道智慧 ◆

机不可失，时不再来。现实生活中的机遇稍纵即逝，如果面对机会的时候你犹豫了，它就会毫不留情地与你擦肩而过。面对转瞬即逝的机遇，一定要擦亮眼见，当机立断，才能抢占先机，才能在生活中抓住机会给你带来的价值。

很多人在生活中喜欢守株待兔，不去把握，只等到机会自己送上门来。殊不知，这样的概率可谓是微乎其微。想要把握住成功，不是"坐等"，而是"做求"。勇敢地跨出第一步，然后把机会牢牢握在手中，这样才能让机会带领你走向成功。但决策往往又是复杂的，在决策过程中一味求快，常常又会导致欲速而不达。所以，当机遇袭来时，首先要理性而客观地进行分析，然后才能在瞬间下意识地做出既正确又快速的抉择。

反应敏捷往往能免除灾害
——东方朔含蓄应对免于治罪

每个人说话都要学会讲究方式方法，对不同的人、不同的事，都需要用合理的、能让对方欣然接受的说话方式。很多人都不喜欢听直来直去的话，特别是自己忌讳的事情。

但在实际相处之中，开始我们往往又很难发现对方的忌讳之处，这时候，就需要有敏锐的察觉力，敢于果断地做出决定，改变相处的方法。要知道，言语既出就如泼出去的水，要想达到预想的交流目的和沟通效果，就应及时而恰当地改变说话方式，以获得对方欣然的接受。

西汉时期，晚年的汉武帝非常希望自己能够长生不老。有一天，他对辞赋家东方朔说："相书上说，一个人鼻子下面的'人中'越长，命就越长；'人中'长一寸，就能活百岁，不知道是真的还是假的？"

东方朔听了这话，知道皇上又开始做起了长生不老的梦了，难免露出讥笑的神情。汉武帝见东方朔面上似有讥讽之意，就有些生气地质问道："你竟然敢笑话我！"

东方朔瞬间一惊，顿时意识到了自己的失态。深知若是得罪了汉武帝，肯定会吃不了兜着走。但东方朔脑袋一转，迅速想出了办法。只见他马上改变了语气，回答说："我在笑彭祖的脸太难看了。"

汉武帝问："你为什么笑彭祖呢？"

东方朔说："臣听说彭祖活了八百岁，如果真像皇上刚才说的，人中长一寸能活一百岁，那么彭祖的人中就有八寸之长。这样的话，他的脸岂不是太大了吗？"

汉武帝一听，明明知道东方朔是在说自己，但他却能够迅速地把矛头指向了彭祖，不禁哈哈大笑起来。

东方朔是聪明的，他用借笑彭祖的办法来讥讽汉武帝的荒唐，虽然有点指桑骂槐的意思，但这种含蓄的批评却被汉武帝愉快地接受了。这种能够快速做出改变做事方式的能力充分说明了东方朔反应敏捷、果敢决断的性格。

正所谓言有尽而意无穷，其中乐趣就在于能够让人在含蓄的话语中体会到"弦外之音"。含蓄能使谈话变得生动有趣，又闪耀出智慧的光芒。东方朔无疑是这方面的专家，他自知表情已经流露出了本意，无法掩饰，幸好能够迅速地改变方式加以弥补，才避免了一场灾祸。

在当今社会的人际关系交往中，有时也会出现像东方朔一样的情况。这时就应该学习他善于转换说话方式的能力，当机立断、敏捷果敢；想好了就去做，绝不拖泥带水。

◆ 史道智慧 ◆

"兵贵神速"是军事用语，但对于语言表达也有一定的借鉴意义。表达的时候，要善于转折，见机行事，以达到言有尽而意无穷的艺术沟通效果。委婉含蓄地把话说出来，正体现出了一个人沟通的智慧。绕过针尖对麦芒的主题，选择从另一个角度切入。这样不仅能把意思说得更明确，还能兼顾到对方的心理，让自己的表达更加容易被接受。

与人交流时如果遇到了沟通阻碍，就应该学会迅速地转换沟通方式，然后果断做出新的尝试。这样不仅能让对方更容易接受，还能引起反思，从而使自己的话更有力度，更有分量。

英明决策决胜于千里

——秦王听从范雎决策助成霸业

一个有准确而坚决的判断力的人，他的发展机会要比那些犹豫不决、模棱两可的人多得多。我们处理事情时，应该提前仔细地分析思考，对事情本身和环境下一个正确的判断，然后再作出决策。而一旦决定后，就不要再有怀疑和顾虑的情绪，也不要管别人的说三道四，只须全力以赴地去做就可以了。

正确的决策不但可以帮助自己获得成功，更可以提高自身的人格魅力，从而推动我们成就一番事业。

春秋战国时期，天下纷争四起，群雄逐鹿中原。当时秦国的势力最为强大，并且在战争中胜多负少。然而，因为秦国内部大权旁落、穰侯专权、常年征乱、百姓不安，所以始终没能统一天下。

魏国的范雎来到秦国以后，有一天，他看到秦王的车马驶过来，故意视而不见。驾车的人看见范雎挡路，就大声呵斥："秦王来了，闲杂人等速速散开！"

范雎大声说："秦国只有太后和穰侯，哪里还有什么秦王？"秦王觉得范雎是一名能人义士，就让左右退去，向范雎跪下请教。范雎却不理他，如此再三，范雎才问秦王："秦国兵强马壮、幅员辽阔，但是为什么秦国没能实现对外扩张，成就一番霸业呢？"

秦王虚心地说："还请先生不吝赐教。"

范雎回答说："我听说穰侯率领大军联合越国、魏国和韩国，千里迢迢去攻打齐国，这个策略是极其错误的。齐国和秦国相距甚远，如果千里迢迢去攻打，兵马劳顿，而且还不一定能取得胜利，反而加重了秦国的负担。就算取胜了，秦国距离齐国太远，肯定会被韩国和魏国坐收渔人之利。所以对于秦国来说，这场征战是有百害而无一利的。秦国现在最应该做的是和偏远的国家结交，而攻打自己的近邻，这样才能向外扩张。到那时，自己的土地不断推广，统一大业自然也就能完成了。"

后来，秦王完全采纳了范雎"远交近攻"的策略，罢免了穰侯，任命范雎为相国，开始了自己的霸业征程,为今后秦始皇统一全国打下了良好的基础。

成功者的突出特点就是性格果敢、多谋善断。范雎能从大局入眼,分析天下形势,指出秦王的决策是舍近求远、劳民伤财,而且即使是攻陷齐国之后,也是在为别人做嫁衣。与其如此,不如远交别国,然后攻打邻近的国家。这样不仅不需要舟车劳顿,也不需要投入大批兵力进行前后夹攻,必然就能逐一战胜各个邻国。

幸好,良将遇到了明主,秦王根据范雎的建议,毫不犹豫地便做出了决策,为以后一统天下打下了良好的基础。而范雎那时对秦国外交战略的调整,在日后秦国完成霸业过程中起到了决定性的作用。

大凡成功者必须当机立断、把握时机。一旦对事情考察清楚并制定了周密的计划后,他们便不再犹豫、不再怀疑,而是勇敢果断地即刻着手去做。因此,他们对任何事情往往都能做到驾轻就熟、马到成功。

◆ 史道智慧 ◆

一个缺乏果断品质的人,遇事往往优柔寡断,做决定时常常犹豫不决,而在做出决定之后又不能坚决执行。这样缺乏迅速果敢和灵活应变能力的人,又怎能不坐失良机呢?

而一个头脑清晰、判断力强的人,一定会有自己坚定的主张。他们绝不会糊里糊涂,更不会投机取巧,更不可能永远处于徘徊当中,或是一遇挫折便赌气退出,使自己前功尽弃。拥有"决断"智慧的人,只要做出决策,对于计划好的事情,就是遭遇再大的挫折,他们也一定会勇往直前,最后能够获得胜利的人也往往只有他们。

第16辑

侧耳倾听,明辨是非

活用历史之"听"智慧

听,不但要听话,更要体会话中的真意。听过之后思考,才能够达到听的目的。话语有真有假,会听,才能听出话中真意。

善听者,听弦外之音。善听也是一种表达,是对讲话者的认可,也是对自己不断的完善。善讲者,能够通人心;善听者,能够解人意。会听,才能明辨是非,打好成就伟业的基础。

能听能辨补漏缺

——管仲献购鹿计大破楚国

　　说话是一种表达，倾听也是一种表达，后者在沟通过程中的重要性很多时候甚至要高于前者。所以，能认真倾听往往能让与他人之间的沟通收到事半功倍的成效。可以说，倾听是一把开启光明人生的智慧钥匙，渴望成功的你必须要把这串钥匙牢牢握在手上。善于倾听的人，能将他人的人生智慧转化为自身的财富，从而走向成功。

　　真正大智者，善于听取别人的意见，并且善于从中筛选出正确的建议加以消化，继而转变成自己的，从而走向成功。有的人坚决不听别人的意见，我行我素，最后只能被自己的自负所打败。生活中没有十全十美的完人，善于听取不同的声音，才能查漏补缺，从而让自己离成功越来越近。

　　春秋战国时期，诸侯争霸，齐国征讨下了很多诸侯国，终于在中原成为了一代霸主。但是当时的楚国也颇有大国之雄风，对齐国根本不放在眼里，还时时侵略别的国家，割地分财。如果齐国不能打败楚国，自己的霸主地位就不稳固。为此，齐桓公召集所有的大臣商量吞并楚国的策略。

　　齐桓公刚说完话，几员大将就纷纷请缨出战，同时又建议集结重兵，联合其他诸侯国的军队一起攻打楚国。这样一来，楚国一看到齐国的气势，肯定会被震慑住，不战而退。

　　在众人一片慷慨陈词的示威请战声中，有一个不同的声音显得尤为刺耳。当时的相国管仲说："楚国认为自己兵强马壮，国家富有，才敢为所欲为。如果我们现在出兵攻打楚国，只会两败俱伤，损失惨重。"齐桓公和所有大臣都不说话了。

　　过了一会儿，齐桓公问管仲有什么建议，管仲却笑而不语。其他大臣见状，都以为管仲是故弄玄虚，其实他也并没有什么好的办法。于是众人还是建议出兵攻打楚国，如果一味拖拉放任不管，只会让楚国更加为所欲为。

　　然而，齐桓公此时却不发一言，冷静地听着各方的发言，心中也逐渐有了自己的想法：他相信管仲有更好的意见，于是就把这件事交由管仲去处理。

　　果然，没过多久，管仲就有所行动了。他先派齐国的商人去楚国买鹿，并四下传播消息说，齐桓公喜欢鹿，愿意拿千金来买。

　　当时楚国有很多鹿，楚国人只是把鹿宰了进行食用，根本值不了多少钱。楚国商人听到四下里的传言而受到利益的驱使，纷纷出手抢购小鹿，一时间鹿的价格直线攀升。

楚成王听说这件事后就嘲笑齐桓公，说他玩物丧志，认为现在楚国可以高枕无忧了。等到齐国买鹿花掉所有的钱，楚国就可以坐收渔人之利了。为此，楚成王下令，抬高鹿的价格。

楚国人看到一头鹿的价格已经和几千斤粮食一样了，两眼都冒光了，纷纷放下了手中的工作，不种田，不纺织，纷纷上山抓鹿去了，甚至连很多官员都不上朝了，直接上山去抓鹿。

这一年，楚国的鹿都卖到了齐国，使楚国人一下子就富有起来。但是第二年，农田无人耕种，又闹了饥荒，楚国人想去别人的国家买粮食，但是管仲软硬兼施、威逼利诱，规定任何国家都不得出售粮食给楚国。

直到这时，楚成王才知道齐桓公好鹿是管仲的计策，但是为时已晚。

管仲看见楚国已经没有还手的力气了，就让齐桓公联合其他诸侯攻打楚国。一时间，大兵压境，势如破竹，楚国大败。

齐桓公之所以能够一举破了楚国大军，主要是他能够接纳和倾听别人好的建议。刚开始齐桓公隐而不露，默默倾听，是因为他发现管仲心中有计策，所以就拒绝了其他大臣立即出兵的策略。最后管仲果然没有让齐桓公失望，一招"收鹿计"使得天下群雄逐鹿，转移了敌人的视线。而这时管仲抓住时机，出其不意，攻其不备，一举拿下了楚国的城池。

在实际生活中，制定计划、部署工作时，我们不能只是单方面地发号施令，而应当广开言路、博采众议。要创造一些条件，开辟一些渠道，让大家讨论、分析，倾听多方面的意见。无论是决策者还是实施者，都不能只用自己一个人的眼睛、耳朵或头脑，而应该善用大家的智慧，博采众家之长。靠大家的眼睛来看，就会看到更多的东西；靠大家的耳朵和头脑，就能够听到更多，想到更多。

◆ 史道智慧 ◆

在生活中我们不应该独断专行，要善于倾听不同的声音，然后取其精华，去其糟粕，为己所用，这样才能聪明地把问题解决掉。如果只是一味地闭门造车，听不进任何意见，最后只能让自己走向绝路。

只有察纳雅言，善于群策群力的人，才能让问题在最短的时间内得到最彻底的解决。真正的智者永远都是善于观察、善于发现别人优点的人。不要固执己见，听得多，懂得就多，只有如此，才能在关键的问题上做出最恰切的决定。

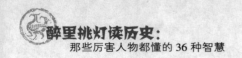
要听得懂别人的弦外之音

——楚国空口说白话蒙蔽宋国

在倾听别人说话时，不能对方说什么你就信什么。别人随口一说，你就把他说的当成圣旨一样记在心里，这是非常不明智的。有的人从嘴里说出的话，一转身的工夫，连他自己都不记得了，其实，这种话就是场面话，根本不能当真。

有句俗语讲"听话听音"，就是说要能够听得懂"弦外之音"。学会区分哪些话应该记在心里，哪些话应该左耳进、右耳出，这样，才能成为一个明智的人。

战国时期，宋君偃想自己称王，却遭到了当时霸主齐国的反对。一听说这件事，齐国就打算率领大军来攻打宋国。无奈之下，宋国只能派臧孙子到楚国求救。臧孙子心中惴惴不安，宋国弹丸之地，而齐国却是一代霸主，楚国怎么可能会为了一个小小的宋国而得罪楚国呢！

没想到见了楚王后，对方不假思索地就答应下来了。但是在回国的路上，臧孙子仍然高兴不起来，他认为这件事不会这么简单就能定下来。

看到大事已成而主人却一脸愁容，臧孙子的车夫不禁感到非常奇怪，就问他："楚国已经答应发兵援救了，您怎么还不高兴呢？"

臧孙子说："宋国是小国，而齐国和楚国都是大国。楚国怎么会为了一个小小的宋国而发兵攻打齐国呢？这件事肯定不会这么简单。我怎么能不担心呢？"

臧孙子继续说："楚国对这件事肯定别有用心，他表面上答应我们，是为了让我们坚定攻打齐国的信心。这样，或多或少都能削弱掉齐国的一些力量。到那时楚国如果再发动兵力攻打齐国就简单得多了。"

结果正如臧孙子所料，他回国之后等了好久，齐国连续攻下宋国五座城池，都不见楚国发兵。

臧孙子的猜测对了，自己没有给楚国利益，楚国怎么会轻易发兵来救呢？对于宋国这样一个小国来讲，根本没有可以让楚王动心的地方。但楚王却一反常态，答应得如此爽快，明显就是想让臧孙子快点离开而说出的一些场面话。楚王知道如果直接拒绝援救，臧孙子肯定会滔滔不绝地说服他。但正是这些场面话反而让臧孙子感到楚国只是敷衍，根本不会出兵来救。

很多时候，我们会听到别人能给自己多少好处的许诺，但往往这些只是空口白话，不能当真。涉及到双方利益的时候，要多想想自己给对方什么好处了；如果没有，那么别人又为什么要无故来帮助你呢？那时对方说的所有好话都只不过是场面话，所提供的利益也是子虚乌有的。

语言有时候会被披上美丽的外衣而呈现在众人面前。所谓听得弦外之音，就需要秀过现象看本质，也许里面只是华而不实的东西，甚至一无所有，只是一片虚空罢了。所以说，在与人交流沟通时，一定要学会区分场面话，不被一些"糖衣炮弹"所迷惑。只有以这种态度来聆听别人的意见，才能更好地挖掘出有价值的东西，再结合自己的主张，发挥个人的主观能动性全面而深入地思考、分析，从而使自己的决策臻于完善。

◆ 史道智慧 ◆

平日耳边的纷纭之声、报刊上的古今纵横之谈、街谈巷议的牢骚之言，乃至语言颇为不恭的民谣歌谚之类，往往都包含着"曲突徙薪"之策，只要留心细听、体味，认真分析，取其精而用，择其善而从，就会产生效益。

善于倾听是对心灵的一种慰藉，它可以让你看到别人的智慧，同时也能让对方感觉到你给他的温暖。与人沟通交流的过程中要想产生更多的共鸣，就需要反复斟酌对方的话，深挖内涵，听话听音儿，唯有如此，才能让倾听收获到最好的效果。

忠言逆耳利于行

——唐太宗善于听谏而国泰民安

《圣经》中说："侧耳听智慧，专心求聪明。"往往，很多智慧和善言并不会以你喜欢听的方式呈现出来，这时就需要提醒自己：忠言逆耳利于行。所谓善于倾听，就是不要仅仅站在自己的角度去考虑别人说的话，而应换位思考，客观地审视一下对方说话的初衷。只有摒弃了主观色彩，不要一听到逆耳的话就怒目变色，才能充分理解别人说话的内涵，才能使自己达到一个崭新的境界。

　　能够听得进逆耳话，这对于一个领导者或决策者来讲尤其重要。你应该能分辨出进言者的初衷，大多数都是从大局出发，为事业着想。有的是深思熟虑，有的是忧国忧民，总之，绝非是图个人一时一事的私利，这种精神是难能可贵的。甚至是群众的牢骚，同样也会包含着从正规渠道搜集不到的信息。对查找不足、寻求对策、纠偏补缺具有不可替代的价值。领导者如果都能以一代名君唐太宗的"以人为镜，可以明得失"的名言为借鉴，经常照一照、想一想，就容易去掉几分怨气、浮气、骄气和傲气，从而避免在从政之途上迷失方向。

　　唐朝时期，魏征以他直言敢谏而成为一代贤臣，又称谏议大夫。在唐太宗李世民面前，他敢于发表自己的建议，而李世民也善于倾听。君臣两个人相得益彰，从而创造了"贞观之治"的太平盛世。

　　贞观元年，濮州刺史庞相寿因贪污被捕，依照大唐的相关法令，要没收庞相寿的全部财产，并且革职查办。

　　唐太宗当即就传召了庞相寿，怒从心中起，把庞相寿大骂了一顿。

　　等到唐太宗骂完，庞相寿哭诉道："皇上，臣追随您几十年，风里来雨里去的，没有功劳也有苦劳。如今犯了罪，还请您宽恕为臣这一回。"

　　唐太宗怒不可遏，当即制止了庞相寿，不让他再说下去了。

　　等到晚上，唐太宗想起庞相寿的事，心里不由泛起了几丝涟漪。想到他白发苍苍，忽然想起他为自己立功的光辉岁月，顿时心就软了下来。于是，就找人给庞相寿传话，说不治他的罪了，还让他做刺史，只要今后不贪污就可以了。

　　魏征得知这个消息后，马上求见唐太宗："皇上，奖罚分明，就是要不考虑职务高低、地位尊卑。天子犯法，与庶民同罪。这样才能约束住天下人，才能堵住百姓的悠悠之口。如果上面有罪不加治理，必然导致上行下效，那时，天下便会动荡不安。对于这样事情的处理，还请皇上再仔细斟酌一下！"

　　唐太宗听后沉默不语，他权衡了一下利弊，知道自己的所作所为有失偏颇。于是就按照魏征的要求维持原判，不再豁免庞相寿了。

　　贞观四年，农业丰收，百姓富足，天下太平。这时，很多大臣建议唐太宗去泰山封禅，来表彰自己的功绩。唐太宗也认为应该如此，举行庆功大典是对自己几年来取得成就的最好总结。

　　但是魏征却不同意，直言上书。这不禁遭到了唐太宗的驳斥，非常生气地把魏征召来，说："现在天下太平，这么多大臣都同意封禅，为什么只有你要扫了朕的兴致？"

魏征不慌不忙地说："皇上在治理国家上是取得了一定的成就，但是百姓还没有到衣食无忧的地步；天下虽然安定，但是种种隐患仍然没有根除。现在国库空虚，封禅是大事，不仅劳民伤财，而且还会让各国使节来到这里祝贺。等到他们看到我们的现状，就会心生攻占中原之心了。"

听了魏征的劝告，唐太宗最终放弃了封禅。这样一来，为国家省了一大笔开支。

还有一次是在贞观中后期，国家呈现一片太平盛世，唐太宗早已经忘记了当初艰苦奋斗的精神。对于唐太宗渐生的奢侈作风，魏征看在眼里，急在心上。

当时正赶上唐太宗去洛阳寻访，地方官吏准备了简陋的茶具和普通的食物。唐太宗大为恼火："朕是当今皇上，你们就拿这些招待朕吗？"一怒之下，唐太宗革了那个官吏的职位。

魏征听到这个消息后，第二天就来找唐太宗了："皇上，我听说您为了官吏招待不周经常发脾气，这样很不好。"

"现在，百姓富足、天下太平。朕是一国之君，多享受一点，有什么错误吗？"唐太宗反问魏征。

魏征摇了摇头说："正是因为您是一国之君，就更应该以身作则。如果您产生奢靡的风气，文武百官、天下百姓必然会上行下效，到那时就晚了。"

唐太宗说："朕是一国之君，朕怎么做，别人谁敢效仿呢？"

魏征继续劝谏说："隋炀帝巡游的时候，每到一地，就要奢侈一番。正因为他无休止的欲望，百姓才会负担不起，从而丢掉了江山。现在，臣看皇上的表现，和隋炀帝也差不多。"

唐太宗当即惊出了一身冷汗，回想起自己的种种作为，觉得实在是犯了很多错误，当即便决定改掉自己的奢靡作风。

所以，后人评价唐太宗不但是个英明的君王，更是一个善于广开言路的贤主，他得到了世人的称颂。

唐太宗最伟大的地方就是善于总结经验，善于听取别人的意见，他从善如流，并综合归纳，及时调整战略思路，使得他几乎没有犯过同样的错误。当魏征发出逆耳的声音时，唐太宗并没有怪罪于他，而是悉心听取了有道理的意见。正所谓"兼听则明，偏信则暗"，多一种声音，就多一份不同的智慧。

倾听是一种修养，而听得逆耳之言则是一种智慧。它可以让你及时发现自己的错误，并及时改正，从而不断完善自己。忠言逆耳，一个英明的领导者应该以欣赏的态度，不计较进言者的

态度和方式，满腔热情地听取别人的意见，真心诚意地对待别人的忠告，只有这样，才能广开言路，走出越来越宽的道路。

◆ 史道智慧 ◆

　　每个人心中都应该有一汪清泉，时时洗涤自己的心灵；每个人身上都有一对耳朵，用来倾听智慧的声音。其实，在大千世界中，每个人都可以作为我们的一面镜子。只要时时倾听、客观分析，从别人的镜子里发现自己的不足，就一定能够不断完善自己。要知道，容言是大智者必备的素质，是容人、容事的基础。正所谓"人无大量，必无大成"。

　　所以，如果只习惯于好言好语，听不进刺耳逆言，说到底是气量狭小、神经过敏、缺少自信的表现，注定难以成就大事。要想真正修正自己的形象，全面提高自身素质，就必须能够敞开心胸，善于广纳雅言。这样才会听到越来越多的真话，从而便于自省，不断进步。

第17辑

遇水搭桥, 遇山开路

活用历史之"变"智慧

何谓强者, 善"变"者为之。变, 即变通、不死板。

变通, 就是指遇事能够随机应变, 选择最好的解决之道, 而不是一味地恪守教条。这是一种智慧, 正所谓"识时务者为俊杰, 通机变者为英豪"。

随机应变能让自己掌握主动, 反客为主; 能够遇山开路, 遇水搭桥, 这才是随机应变的精髓所在, 更是我们应该不断学习的方圆之道。

随机应变解百难

——刘墉随机应变化危机

识时务者为俊杰,通机变者为英豪。通往成功的道路不只一条,我们不应该在一棵树上吊死。学会变通,才能不受外界因素的束缚,发挥主观能动性,从而快速有效地解决问题。

世事莫测,常法行不通的时候就应该学会随机应变。关于这一点,曹操可以说是后世灵活变通而成大事的鼻祖和导师。遇到问题不应该拘泥于教条,要学会随机应变。当发生突发情况时,要学会具体问题具体分析,运用自己的聪明才智把问题解决掉;如果不懂变通,只是一味走别人的老路,那么问题不但得不到解决,反而有可能会更加复杂。生活不是单调的,情况总是在千变万化中运动着。为人处世亦如此,懂得方圆之道,才能解决棘手的问题。

清朝乾隆时期,内外稳定、君臣一心,一片国泰民安之象。一次闲来无事,乾隆皇帝就问宰相刘墉一个问题:"咱们北京城说大不大,说小不小。那么,你说京城共有多少人?"乾隆本想习难刘墉,让他出点丑。

没想到刘墉脱口而出:"只有两人。"乾隆非常奇怪,就问为什么。

刘墉解释说:"北京城人再怎么多,也离不开两种人,男人和女人。如此说来,整个北京城不就只有两个人吗?"

乾隆见没有难倒刘墉,于是又问他:"今年北京城里有几人出生?几人去世?"

刘墉回答:"只有一人出生,却有十二人去世。"乾隆还没有问为什么,刘墉就解释说:"今年出生的人再多,也都是一个属相;今年死去的人再多也只有十二种属相。"乾隆听完哈哈大笑,对刘墉大加赞赏。就这样,刘墉靠自己的随机应变回答了本来无从应答的问题。

乾隆提出的问题本来就是难题,回答不好就会犯了欺君之罪。可是刘墉却深谙变通之道,灵活地让思维转了一个弯,不仅回答了问题,而且还幽默十足。

在实际处理问题时,我们总是习惯性地按照常规思维去思考。但如果我们能像前人那样学会灵活变通,那么就在你走投无路的时候,往往就会发现"柳暗花明又一村"。

应变的最终目的是使自己永远处于主动地位,驾驭事态发展,以实现既定目标。从这个意义上看,我们甚至可以说,智者便是能够随机应变的人。

◆ 史道智慧 ◆

　　善于见机行事、灵活变通，是一个人在日常交际中人情操纵水平的重要表现。随机应变就是把复杂的事情简单化，从而把事情更好地解决掉。如果在问题面前不通事理，不懂变化，只会让自己钻进牛角尖儿，走上一条绝路。

　　无论是灵活变通也好，还是弹性处理也罢，和滑头性格与毫无原则是截然不同的。分明是已经改了道儿，此路不通，却还偏偏要按照旧时的方法把车开过去——这不是坚持原则，而是蛮干。正所谓因时制宜，在某种特定的环境内配合需求，设计出最好的可行方案，这才是智者应该有的变通和弹性之道。

反客为主求主动

——弦高因势而变击退秦军

　　在面对突发情况时，临危不惧、处变不惊是一种人生态度，这种对大灾大难表现出的乐观精神的确值得敬仰。但另一方面，在实际生活中，为人处世时却应该表现得更加灵活，根据所处的环境来不断改变自己，这样才能更好地去适应环境。通权达变，就是要根据客观环境而改变，反客为主，化被动为主动，从而战胜对手。通者，了解上下具体情况；变者，因时因地灵活处理。做到了这两点，才可算得上真正懂得善"变"之道。

　　公元前 627 年，晋国的晋文公和郑国的郑文公相继去世了。当时，秦国派来三位将军率领大批军马替郑国守城。这时守城将军偷偷地回到秦国，和秦穆公商量："现在，咱们的军队掌管着郑国整个北门的防御，如果大王发兵来攻打郑国，咱们里应外合，肯定能拿下郑国。"

　　秦穆公接到密报后，就跟手下的大臣商量此事。秦国的两名有经验的老臣蹇叔和百里奚都坚决反对。他们认为如果秦国出兵去攻打郑国，千里迢迢，一路上奔波劳顿，如此大张旗鼓地出兵肯定会让郑国得知，对方若奋起抵抗，秦国肯定会损失惨重。

　　秦穆公听了很是不高兴，他已经被求胜的心理冲昏了头脑。于是就派孟明视、西乞术、白乙丙三名大将和众多兵士偷偷地去攻打秦国。而蹇叔的儿子也在队伍之列，蹇叔就哭着对儿子

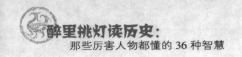
说："你这次出发就再也回不来了，我真为你伤心啊！"秦穆公认为蹇叔在扰乱军心，就把他推到一边，随即下令军队向郑国进发。

三位将军率领大军一路向东前进，来到了秦国与郑国交界处的滑国（今河南省偃师县南）。这时，突然有人拦住了去路，并且大声说道："郑国使臣弦高求见秦国将军！"

孟明视非常吃惊，怎么会有郑国使者知道秦国要来？于是马上叫人把弦高请了进来，问他来做什么。

其实，弦高并不是什么郑国的使者，只是一名普普通通贩牛的郑国商人。他在去洛阳做生意的路上，听说秦国要率兵来攻打郑国。他知道现在的郑国国内由于郑文公刚刚去世，肯定疏于防范。如果任由秦兵来袭，郑国必定不保。于是他急中生智，一方面通知传递公文的驿站，让他们回国报信。另一方面，他自己却先带着四张牛皮和十二头肥牛，迎着秦军进攻的方向而去，想要阻止秦国的这场攻击战争。

孟明视见到弦高非常惊讶，就问他来这里干什么。弦高不紧不慢地说："我们大王听说秦国大将率兵到郑国来，舟车劳顿，肯定非常辛苦，就派我当先锋，带来牛皮和肥牛来慰问你们，算是郑国对秦国将士的一点心意。"

孟明视听说郑国已经得到了消息，更加吃惊了。他收下了物品，并且谎称自己是来帮助郑国抵挡晋国进攻的。弦高又说："郑国夹在秦、晋两国中间，为了能保全自己，日夜操练。要是谁敢来侵犯，我们绝对不会给他好果子吃的。"

孟明视心中暗自权衡，遂而改口说道："我们这次是来攻打滑国的，郑国和我们关系这么好，我们是肯定不会来攻打郑国的。"孟明视又说了几句客气话，就把弦高送走了。

无奈之下，孟明视只好下令攻打滑国。西乞术、白乙丙两员大将不明白，孟明视解释说："咱们千里迢迢来到这里就是为了偷袭郑国，现在郑国得知了消息，他们是以逸待劳，我们却是舟车劳顿。相比之下，如果我们再去攻打郑国，肯定会大败而回。但是我们现在寸功未立又不能空手而归，只有把滑国灭了才好向大王交差。"之后，秦军一举灭掉了滑国。

这边，郑穆公接到了弦高的报告，就对守城的秦军下了逐客令。最后，郑国在弦高的随机应变下避免了一场危难。

弦高急中生智、将计就计，用先下手为强的制人之术骗过了敌人，使郑国改变了被动挨打的局面。他不仅有头脑，而且敢于去做。当他得知秦军大举来犯的时候，并没有袖手旁观，而是反客为主，装做已经识破了秦军的计谋，变被动为主动，打了对方一个措手不及。这次举动不仅保全了郑国，更给秦国一种威慑力，让他们不敢再次来犯。虽然只是一个贩牛商人，弦高却能够观其机变，随势而动，可称得上是一位智谋之士了。

机智灵活、随机应变是做任何事情都不可缺少的能力。一个呆头呆脑、因循守旧的人，想干成一番事业是极其困难的。所以，让自己变得灵活是成就大事必不可少的要素。

◆ 史道智慧 ◆

纵观古代战争兵法，最精髓的就是因势而变。回归现实生活则更应如此，要根据外在形势的改变而不断变化策略，才能让自己掌握生活的主动权。如果跟不上形势，只会置自己于万丈深渊，更不要谈进步发展了。

随机应变能让自己掌握到事情的主动，反客为主，能够遇山开路，遇水搭桥，这才是随机应变的精髓所在，更是我们应该不断学习的方圆之道。生活中，我们要善于改变。须知，社会不会因为你不改变而停滞不前，你要做的就是跟随时代的脚步，不断改变自己，来适应时代的发展，从而让自己离成功更近一步。

变幻莫测方能在劣势中找到转机

——刘邦不按套路出牌惑敌取汉中

在一条路上不断地走下去，到最后甚至会有山穷水尽、无路可走的错觉。其实只要我们转个弯，或是试着往旁边跨几步，就会发现原来旁边也是路，而且是无数条全新的路，也就是说，在漫漫人生路上，我们要懂得变换，不走寻常路，才能在未开发的领域里发现机会，从而抢占先机，到达别人无法企及的高度。

不断变换你的行事作风，不断改变你的方式方法，这就不会被外界一下看透，尤其是可以迷惑你的敌手，激起他们的好奇心，分散他们的注意力。如果你总是按部就班地走同一个套路，久而久之，别人就会预知你的行事方式，从而加以挫败。只有那种行事变幻莫测的人，才能在处于劣势的情境下寻找转机，取得成功。

秦朝末期，天下义军纷纷揭竿而起，项羽和刘邦正是其中的佼佼者。他们经过长期的征战，

已经到了雄踞一方的地步。项羽表面上是和各路人马瓜分土地，实际上心中一直在盘算出路、制定计策，准备逐一消灭各路诸侯，从而完成称雄天下的大业。

项羽兵强马壮，对其他将领都不放在心上，独独顾忌刘邦。他认为刘邦才是跟他争夺天下的最大敌人。当时，项羽和刘邦约定，谁先攻下秦国的都城咸阳（今陕西西安附近），谁就可以在关中称王。关中，即今陕西一带，是秦的本土。由于秦的大力经营，关中不但物产丰富，而且军事工程也有强固的基础，可以说，谁先取得了关中一带，谁就拥有了夺取天下最有利的资本。

项羽自然不愿意让刘邦在汉中称王，也不愿意让他回到家乡称霸。为了进一步削弱刘邦的实力，以达成自己独霸天下的目的，项羽就把巴、蜀和汉中三个郡县划分给了刘邦。刘邦只能把汉中的南郑设立为都城，自封为汉王。为了打压刘邦，项羽还把首府和刘邦之间的封地又划分成了三块，分别给了被自己打败的各路将领。其中有一块叫"陈仓"的封地，以此阻碍刘邦向东面扩张的道路。

在刘邦自封汉王之后，项羽又自封为西楚霸王，封地九郡，占据了非常有利的地理位置，并且设立彭城（今江苏徐州）为都城。

所有的将领包括刘邦在内，对项羽的安排都非常不满，但是刘邦深知自己实力尚且不济，只得暂且隐忍。无可奈何之下，刘邦就率领自己的军队去了南郑。

刘邦决定离开首府的时候，谋士张良献计说："从关中到汉中、巴蜀都要经过一条栈道，如果我们把沿途几百里的栈道全部烧毁，这样就可以迷惑住项羽，让他以为主公只是闭关自守，没有称雄天下的野心了。如此一来，项羽就会放松对主公的警惕，我们就可以更好地采取进一步的行动了。"刘邦当即听从了张良的建议，把沿途的栈道都全都烧毁了。

实际上，刘邦刚到南郑就严明军纪、苦练兵士。等到一段时间之后，刘邦就和手下将领们商量如何夺取汉中，迈出称霸天下的第一步。

经过讨论，刘邦决定先派几百名兵士去修复被自己烧毁的栈道。驻守汉中的将士章邯听到了这个消息，就嘲笑他们："你们真是自作自受啊！自断后路之后还来亡羊补牢，这项工程到猴年马月也完成不了啊！"章邯只是一笑置之，对刘邦的做法并没有多加理会。

没过多久，章邯就接到紧急报告，说刘邦已经从陈仓进发，杀了当地的将领。刚开始章邯还不相信，等到真相摆在他面前的时候，却已为时已晚，章邯只得选择自杀。这时，驻守在关中的将领纷纷缴械投降，刘邦以迅雷不及之势迅速占领了关中地区。

刘邦的成功就在于他懂得变通，及时改变了自己的行事作风，不按照套路出牌，明里一套，暗地里又一套。俗话说明枪易躲、暗箭难防,项羽就是吃了"暗变"的亏了。刘邦一下子打了项羽一个猝不及防,最后占领了关中。经过不断征战,刘邦最终战胜了项羽,统一了中国,建立了汉朝。

捕杀按直线飞行的鸟儿容易,捕杀变换飞行路线的鸟儿却很难。棋艺高绝者绝不走正中敌手下怀的棋子,更不会让敌手牵着自己的鼻子下棋。不断改变自己的作战方式,才能永远立于不败之地。

◆ 史道智慧 ◆

为人处世走到瓶颈的时候,要学会变一个方式去处理、去完善。俗话说:"留得青山在,不怕没柴烧。"只要坚定了自己的目标,一时的变通与弯曲并不会影响最终的结果。尤其是在对手面前,更应该不断地改变自己的行事风格,不走寻常路,不按套路出牌,这样才能走出一条自己的道路。

当山穷水尽之时,要学会转换思维,从另外的角度寻找突破口,这样才能在复杂的局势中找出解决问题的线索。不走寻常路,是要走别人想不到的路;在别人来不及反应的时候,一举取胜。

另辟蹊径谋新局

——胡雪岩灵活经商收奇效

一个人想要获得成功,不仅要脑子聪明,心里更应该装有大智慧。然而,世间万物都是处于时刻变化发展之中的,放之四海而皆准的普适规律自然是少之又少。这就要求我们能够因地制宜、因势利导;遇到什么人说什么话,遇到什么事用什么方法。与人交往中,要善于观察,根据对方细微的变化揣摩到他人心理,从而采取及时有效的应对措施。察言观色就能灵活出击,这样才能恰当造势。所谓眼观鼻,鼻观口,口观心,心观自在;只有细致入微的观察,才能时时掌握到客观因素的变化,从而及时采取应对措施,取得成功。

古今成大事者,手笔自然恢弘,行事自然开阔。在做有些事情的时候,就应该变通一种思路

去看待这个问题，那样的话，再难解的事情也会变得简单容易了。往往，通达之人遵守着一条最高标准，那就是变；变才是天地之大道。

清朝巨贾胡雪岩作为"红顶商人"在当时就非常有名，上至达官贵人，下至平民百姓，几乎没有他经营不到的生意。

一次，胡雪岩的好朋友王有龄受到抚台黄宗汉的称赞，领了一个催运漕米的任务。虽然运送漕米是一个肥差，但是当年浙江闹了旱灾，青黄不接，民不聊生，官府根本征收不上钱粮。王有龄接受任务后，改变了运送漕米的交通路线，由河运改成了海运，先由浙江运到上海，再由上海运到京城。现任藩司因觉得此事很有可能受累不讨好，甚至还会有杀身之祸，就把漕运的事一股脑儿全都推给王有龄了。

漕米是百姓上交给朝廷的公粮，每年都必须保质保量地运到京城。如果完成不了这项任务，王有龄的身家性命也就不保了。现在漕米欠账太多，而且由河运变成了海运，让很多人没了饭碗，没有人愿意出力。时间就这样一点一点地过去了，眼看就要到了最后的期限。

王有龄非常着急，于是就请好朋友胡雪岩前来帮忙。胡雪岩为他想出了一个计策：既然运不过去，那就在上海买米，缺多少就买多少。全天下的米都一样，根本没有什么差别，差多少就买多少。这样就不用海运了，问题自然也就迎刃而解了。

按照胡雪岩的办法，不仅圆满完成了这次漕粮运送的任务，而且还收获到了丰厚的利益。事后，王有龄就觉得自己离不开胡雪岩，便跟他说："咱们兄弟俩携手打天下，还有什么事办不成吗？"

胡雪岩听了这话，就顺水推舟地说："现在我们如果立个门户，开一家钱庄，肯定能赚钱。时下战争频发，正是我们开钱庄的好机会。"

开张营业时，胡雪岩大力宣传，为钱庄造了很好的声势。再加上他井井有条的管理，一时间生意热热闹闹。但其实，刚刚涉及这个行业的胡雪岩哪里有过多的资本，他只是灵活地变了方法，上演了一出"空城计"，就又取得了一番不小的成功。

就地买米，不但解决漕运麻烦，还获得了不少的利益收入，这对胡雪岩来说又是一次成功的经营。其他人想到的只是漕米欠账太大，一时难以筹足。可胡雪岩不同，他提出的方法不仅能回避现在问题的纠结点，而且从另外的角度开创了一个全新的局面。从这里我们可以看出胡雪岩遇事思路开阔、头脑灵活，不墨守成规而能随机应变的本事。

在当今生意场上，当然就更少不了像胡雪岩这样不拘成法、灵活变通的人了。当我们走进了死胡同时,切不可一条道儿走到黑,或者自暴自弃;不妨寻找一条新的道路,随着不同的情势而使用新的运作方式。

另辟蹊径不但会取得成功,而且还会为以后提供更多的契机。头脑灵活、善于观察,不断根据形势而变换思路,就一定会获得别人难以企及的成就。

◆ 史道智慧 ◆

机智灵活能变通是令人佩服的,很多人都立志要得到它,但只有灵活运用、因势而变,才能不受现实问题的拘束,从而取得成功。

很多问题的出现都是因为我们的拖延,不会机智灵活地把问题消弭于无形,这样就很容易把问题扩大化,从而无限制地发展到不可解决。所以说,在没有路的时候,机智灵活、随机应变就显得异常重要;在没有方向的时候创造出方向,这样才能让纠结于一时的问题迎刃而解,进而掌握住命运的主动权。

第18辑

挑战传统,天马行空

活用历史之"创"智慧

不创新,即灭亡!怎样才能脱颖而出、独树一帜?必须要创新。守着旧东西永远得不到发展,创新才是成功之道。

创造来源于大脑积极的思维。这需要摆脱束缚,任凭思维驰骋,展开天马行空的想象。从而创造出新的思想、方法和事物。这才是强于他人的智慧。

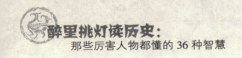

用思维创新助己发展

——诸葛亮妙计助刘备渡江迎亲

　　21 世纪是一个人才辈出的时代，创造性思维越来越趋向于多元化，需要用各种各样创意性的思维来解决问题。创造力是每个人都应该拥有的思维能力，这就要求我们突破桎梏，展现出自己的创新能力，这样，才能通过创新的思维展现出只属于你自己的特色。

　　提出一个问题往往比解决一个问题更重要。而提出问题就是在锻炼你的创造性思维，让你在不断实践中积累经验，让自己更加强大，从而立于不败之地。人类社会的发展过程就是一部创新的历史，就是一部实践创造性思维、发挥创新性能力的历史。

　　三国时期，刘备刚刚占领荆州，周瑜就非常不甘心，每天都在谋划着怎么样把荆州从刘备手中抢回来。后来，周瑜苦思冥想，终得一计：刘备早年丧妻，他以孙权妹妹孙尚香为诱饵，骗得刘备来到吴国，然后再把其囚禁起来，以此来要挟蜀国，让他们拿荆州来交换。

　　刘备知道是计，就不敢渡江去吴国。而诸葛亮的态度却恰好相反，他知道周瑜是计，但他心里却早有一番别的想法，决定将计就计，让刘备既抱得美人归，又能保住荆州地。

　　于是，刘备和赵云率领五百多名兵士渡江入吴，临行前，诸葛亮给了赵云三个锦囊。

　　刘备一行人刚刚来到东吴，赵云就拆开了第一个锦囊。随后，赵云按照锦囊中的妙计而行，命令手下的五百多名士兵披红挂彩，准备好各种结婚的礼品，在东吴各地宣传刘备和孙尚香和亲的消息，弄得东吴上下，人人尽知。

　　不仅如此，诸葛亮还让刘备去拜访大乔、小乔的父亲乔国老。乔国老得知此事之后就去孙权的母亲吴国太那里道贺。吴国太听闻此事后非常惊讶，就派人去问了孙权。得到孙权确认之后，吴国太捶胸顿足，掩面而泣。

　　孙权见事情败露，就去见了母亲，和吴国太说："许婚是周瑜的计策，只是想用这条计策把刘备带到东吴来，以此来威胁蜀国，讨要荆州。如果刘备不答应，就杀了他。"

　　吴国太一听，非常生气，大骂周瑜，说他取不到荆州，竟然打起自己女儿的主意。而且竟然还想杀死刘备，这是何其愚蠢的想法：如果刘备死了，女儿不是就守了活寡？在这之后，吴国太就派人约见了刘备,如果吴国太满意,就把女儿嫁给他;不中意,就随便周瑜怎么办。这一见之下,没想到吴国太非常满意,当即就许了这场婚事。

吴国太满意了,但是孙权却犯了难,眼看就要把假戏做成真的了。于是,他马上向周瑜问计。周瑜当即之下又想出了一个计策,派很多美女服侍刘备,而且招待他最好的酒宴。还把刘备和蜀国大将强行分开,想用声色犬马来扰乱刘备的心智。刘备也果然享受了这种待遇,再不提回蜀国的事了。

赵云无奈之下,只好打开了诸葛亮的第二个锦囊。接下来赵云马不停蹄地向刘备进谏:"主公,刚才军师来报,曹操率领五十万大军袭取荆州,请主公速速赶回。"

建安十五年的正月,刘备和孙尚香决定回荆州。但是孙权得知消息后,就派人追赶,刘备的军马不久就被追上了,被周瑜的军队团团围住。于是,赵云打开了第三个锦囊,然后让孙尚香出马,喝退吴军,没想到收到了奇效,最终化险为夷。众人登上了早已准备好的船只,平安回到了蜀国。

做事要敢于创新,方法灵活,千万不可以墨守成规。诸葛亮的成功就在于他敢于创新,有自己独到的见解。如果他按照刘备的想法去做,回绝了吴国的要求,那么只会让对方变本加厉地征讨荆州。与其如此,不如将计就计,顺了周瑜的意。然后再一步一步按照自己的计策行事,让周瑜赔了夫人又折兵、最后,竹篮打水一场空。

一个人能够出奇制胜地提出新奇的想法,这不但可以帮助你走向成功,而且更多的时候,能够把自己的思维提升到一定高度或是转换一个角度,真的是一种智慧的体现。因为想要出奇制胜,就应该天马行空,不拘泥于方圆之地,要敢于想别人所不敢想,做别人所不敢做的事。这样才能更好地激发出你的创造性思维,才能让你在现代社会中立于不败之地。

◆ 史道智慧 ◆

创新是一个民族进步的保证,是国家兴旺发达的不竭动力。在未来的科学技术挑战中,最重要的就是坚持创新,勇于创新。

在现在生活中,我们更需要创新。因循守旧只会束缚住我们的思维。只有敢于登上巨人的肩膀发表自己的言论,突破桎梏,才能让自己不断进步。

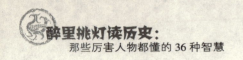
发散思维料周全

——尉迟运借火用火收奇效

21 世纪最缺的不是简单的人才，而是具有创新观念、发散思维的人才。这就需要我们要有大局观念，要有发展眼光，不能拘泥于表面的东西。要学会从点看到线，从线看到面，这才叫发散性思维。让自己不拘泥于单一的模式，让思想从多种角度得到展现，这样，才能让更多的问题迎刃而解。

所谓发散思维，就是沿着不同的方面和方向扩散，表现出极其丰富的多样性和多面性。用这样的思维去看待问题，最终的结果肯定是不一样的。"用老眼光看新事物"会形成一种定势；"用新眼光看旧事物"则会形成一种创新，甚至可以让问题得到更好的解决。

公元 574 年，当时的北周都城是长安。周武帝准备出去巡查，就把所有的大臣都召集去了，对他们说："众位爱卿，朕要出去巡查了，朝廷里的大事小事全都交给你们办理了。你们可不要让朕失望啊！"大臣们集体答应，都把周武帝的嘱咐记在心里。

但是人心隔肚皮，周武帝前脚刚走，他的皇子宇文直就发动了一场政变，逼太子退位。当宇文直冲进来的时候，守门的武将长孙览不知如何是好，就没有抵抗。

宇文直认为胜券在握，就想直接冲进肃章门，但是当时守门的副将尉迟运却不买账，率领士兵拼命抵抗。最后把城门关上了，把宇文直挡在了门外。

宇文直见自己冲不进去，就下令放火烧门。一时间门外烟火四起，火焰直冲天际。尉迟运心里清楚，如果宇文直把门烧毁了，一旦冲进来，自己的这些兵士很难和对方的兵士抗衡。这时尉迟运灵光一现，便有了计策，他也要用火攻的方法打退宇文直的军队。

于是，尉迟运命令士兵在城门内放起了木材，并且倒上了油。不一会儿，城门就被烧毁了。但门内依然是大火熏天，根本进不去，尉迟运又派人搬运木材，继续阻挡宇文直的进攻。

这样一来，双方遥遥对峙。尉迟运觉得这也不是办法，就派兵士从小门绕了出去，直抵宇文直军队后面。宇文直军队顿时大乱，前面无法进军城门，后面又遭受尉迟运军队的攻击，可谓腹背受制，最后落得个溃败而逃。

周武帝巡查后得知此事，就派人斩了宇文直，重赏了尉迟运。

无独有偶。公元 560 年，南北朝混战，顿时硝烟四起，五胡十六国更是不甘寂寞。一时间，天下干戈大动，东西南北战事不断。

贺若敦被北周明武帝封为大将军，奉命在湖州城驻守。但是北周军心不稳，很多兵士就选择了逃跑，而北周的敌国南陈也煽风点火，鼓动这些兵士出逃。如果这样下去，北周马上就会陷入无兵可用的境地。

贺若敦一筹莫展，但是想到湖州城四下环水，南陈接送降兵都用船。第二天，贺若敦就开始让兵士训练马匹，把马匹送上船的一刹那，抽打马匹。这样一来二去，马匹就不敢上船了。

然后，贺若敦又派手下兵士牵着这批被训练过的马匹假装降兵，南陈士兵一看来了这么多人，还有这么多匹骏马，都喜出望外。但当他们牵马的时候，这些马死活都不上船。

这时，贺若敦率大兵冲了出来，一举歼灭了南陈的士兵。

尉迟运和贺若敦的成功就在于他们都是懂得运用发散思维的人。面对危险，临危不乱，根据当下的形势分析，借力打力。同时，也不按常理出牌，把对方的优势拿过来变成自己的优势，从而反客为主，取得了最后的胜利。

发散思维还与情感有密切关系，如果思维者能够想办法激发兴趣，产生激情，把信息情绪化，赋予信息以感情色彩，也会大大提高发散思维的速度与效果。让自己的思维开阔一点，在竞争激烈的环境里，能把自己的劣势转化为优势，吞噬掉威胁自己的力量。如此，才能让我们在不同的环境下掌握主动权，做出正确的判断，从而取得成功。

◆ 史道智慧 ◆

在生活中，我们更应该学会因地制宜，要善于分析当下形势，运用好自己的发散思维，从而掌握局势的主动权。

正所谓："不谋万世者，不足谋一时；不谋全局者，不足谋一域。"这是一句非常经典的至理名言，意思是说做事要有大局观念，不能拘泥于一点，要懂得发散思维。这样才能让自己更好地做到统筹兼顾，从而取得最后的胜利。

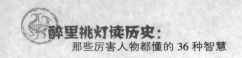
挑战传统，敢走寻常路

——鲁班善于发明千古留名

当今社会，经济社会文化多元化发展，优良传统值得发扬，创新思路更显得重要。如果思想观念跟不上时代的节拍，必将处处碰壁，无所适从。凡事逆向思维一番，从新的角度、新的视野进行全面考虑，才会对事物的原貌及本质看得更清晰、更准确，从而正确地把握事物进程。

在高速发展的今天，创新更显得重要。大到一个国家、一个城市的管理，小到一个单位以及个人的奋斗，创新无处不在闪耀着它的光芒。"商鞅变法"的精神永远值得称道，鲁班搞发明的新奇思想永远值得学习，因为他们敢于挑战传统，敢于不走寻常路。社会无论处于哪个阶段，要想向前发展，就必须有创新这一车轮推动其前行。

春秋时期，鲁国有个叫鲁班的木工。有一年，鲁班接受了建筑一座巨大宫殿的任务。这座宫殿需要很多木料，鲁班就让徒弟们上山砍伐树木。由于当时还没有锯，他的徒弟们只好用斧头砍伐，但这样做效率非常低。工匠们每天起早贪黑拼命去干，累得精疲力尽，也砍伐不了多少树木，远远不能满足工程的需要，使工程进度一拖再拖。眼看着工程期限越来越近，这可急坏了鲁班。

于是，他决定亲自上山察看砍伐树木的情况。上山的时候，由于他不小心，无意中抓了一把山上长的野草，却一下子将手划破了。鲁班很奇怪，一根小草为什么这样锋利？于是他摘下了一片叶子来细心观察，发现叶子两边长着许多小细齿，用手轻轻一摸，这些小细齿非常锋利。他明白了，他的手就是被这些小细齿划破的。

后来，鲁班又看到一条大蝗虫在一株草上啃吃叶子，两颗大板牙非常锋利，一开一合，很快就吃下一大片。这同样引起了鲁班的好奇心，他抓住一只蝗虫，仔细观察蝗虫牙齿的结构，发现蝗虫的两颗大板牙上同样排列着许多小细齿，蝗虫正是靠这些小细齿来咬断草叶的。

这两件事给鲁班留下了极其深刻的印象，也使他受到很大启发，他陷入了深深的思考。他想，如果把砍伐木头的工具做成锯齿状，不是也会很锋利吗？用它来砍伐树木也就容易多了。于是他就用大毛竹做成一条带有许多小锯齿的竹片，然后到小树上去做试验。果然取得了不错的效果，几下子就把树皮拉破了，再用力拉几下，小树杆就划出一道深沟。鲁班非常高兴。

但是由于竹片比较软，强度比较差，不能长久使用。拉了一会儿，小锯齿有的就断了，有的变钝了，需要更换竹片。这样也会影响砍伐树木的速度，使用竹片太多也是一个很大的浪费。看来竹片不适合做为制做锯齿的材料，应该寻找一种强度、硬度都比较高的材料来代替它，这时鲁班想到了铁片。于是他们立即下山，请铁匠们帮助他们制作了带有小锯齿的铁片，然后到山上继续实践。

鲁班和徒弟各拉一端，在一棵树上拉了起来，只见他俩一来一往，不一会儿就把树锯断了，又快又省力，锯就这样被发明创造出来了。

鲁班成功的核心在于创新，这正是社会发展所需要的东西。在鲁班之前，肯定会有不少人碰到手被野草划破的类似情况，为什么单单只有鲁班从中受到启发、发明了锯？这无疑值得我们思考。大多数人认为这只是一件生活小事，不值得大惊小怪。他们往往在治好伤口以后就把这件事忘掉了，根本不去留心事物的规律。

所以，只有在生活中善于发现规律并敢于创新的人，才会在成功的这条道路上越走越好、越走越远。

◆ 史道智慧 ◆

创新是社会进步的阶梯。如果只停留于现状，是不可能找到捷径、得到发展的。只有对事物有强烈的兴趣，才能激发好奇心，产生正确的想法，才能找出勇于创新的方法。专注地对一些微小事件观察、思考和钻研，才能从中找到解决问题的思路，获得某些创造性发明。

善于发现，勤于思考，会增长许多智慧，更是使自己在某一个领域获得成功的最佳捷径。

第19辑
一屋不扫，何以扫天下
活用历史之"小"智慧

　　大决于小，小亦可决大；小与大，没有必然的界限。为人处世，既要放眼全局，又要从小处着手，不忽视细节上的东西。千里之堤，溃于蚁穴，这是一个忽视"小"的教训。

　　不积跬步，无以至千里；不积小流，无以成江河。小是大的分支，不重视细节，必会影响大局。天下难事，必做于易；天下大事，必做于细。先小后大，先近后远。

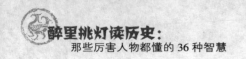
细节决定成败

——师旷"听"懂细节胜齐军

在人的意识里，越是细微的追求，越是反映观念的本质。不论在什么时候，都应该谨慎行事，否则就会差之毫厘，谬以千里。

中国道家学派的代表人物老子说过："天下难事，必做于易；天下大事，必做于细。"他精辟地指出要想成就一番事业，必须从简单的小事做起，从细微之处入手。先做好每一件小事，才能顺利地成就大事。一个细节的忽略往往可以铸成人生大错，可以造成事业的巨大危害。而讲究每一个细节，则可以让人在事业中力挽狂澜，转危为安。

今天，随着现代社会分工的越来越细和专业化程度的越来越高，一个要求精细化管理和生活的时代已经来到。可以说，未来的竞争主要表现为细节的竞争，细节决定成败。

公元前 555 年，正是春秋战国硝烟四起的时候。当时，齐国率领军队攻打鲁国。鲁国抵挡不住，只能求救于晋国。晋国召集郑国、宋国等十一路诸侯，一起出兵攻打齐国。

齐王得知这个消息，就亲自率领大军前去迎战，准备和晋国一决雌雄。第一次交锋是在平阳城外，齐国遭受到了前所未有的损失。晋王又虚张声势，四下制造假象，让齐国认为晋国军队非常强大。当天晚上，齐国就准备偷偷地撤军回国了。

然而，齐王下达回国的命令是非常谨慎的，甚至连手下的一些将领都不知道。齐王要求兵士卸下铠甲武器，马蹄裹上厚布，勒紧马嘴。这次秘密撤退连平阳城的百姓都没有惊动，齐王自以为此次行动神不知鬼不觉，可以安然撤离，然而，他万万没想到，晋国军队到底还是冲杀了过来。最后，齐国大败，很多人被活捉，成了晋国的俘虏。

那齐军撤退的消息是如何泄露的呢？难道是晋国的探子知道了消息？其实都不是，当时齐军撤离的时候，晋王正在中军帐内召集诸侯商讨次日攻城的计策，晋军根本不知道平阳城里的情况。原来是晋国乐师的师旷闲来无事就在城外赏月，他听到平阳城内传来了乌鸦的悲鸣声，又听到了马匹嘶叫寻找同伴的声音，对声音敏感的师旷就猜到了齐国要弃城逃走。

于是，师旷连夜拜见晋王说："齐国军队打算不要平阳城逃走了。"

晋王听了不免大吃一惊，并不相信师旷的这个消息。

师旷解释说："我是乐师，对各种声音都非常敏感。平阳城内乌鸦的悲鸣和马的嘶叫声都极不寻常，肯定是晋国军队想要连夜撤退。大王，机不可失，时不再来啊！"

最终，晋王听从了师旷的建议，和各路诸侯向平阳城发起了进攻。正如师旷所料，这里已然是一座空城。于是，大军继续追击。最后打败了齐军，取得了胜利。

细节决定成败。齐国的撤退计划可谓环环相扣，但是没想到受外界因素影响，泄露了行踪，从而被师旷发现了他们的意图。最后，齐国的撤军计划功亏一篑，只能接受失败的苦果。真可谓成也细节，败也细节。

在当今这个社会，我们更应该注重细节，从小处着眼，这样才能不放过任何一个决定成败的因素。一位伟人曾说过："细节，在市场竞争中从来不会叱咤风云，不像疯狂的促销，能立竿见影地使销量飙升。但细节的竞争却如春风化雨般，润物细无声。一点一滴的关爱，一丝一毫的服务，都将铸就用户对品牌的信任。"这就是细节的魅力。把握运作过程中的微小细节，才会取得不断的成功。

◆ 史道智慧 ◆

在现实生活中，我们更应该注重细节。如果我们对于细节置之不理，只会让细节扩大，从而发展成难以解决的恶果，这是一个从量变到质变的过程。所以，想要成就一番事业，就要从细节着手，一步一个脚印地走向成功。

江河之大，源自细流；九层之台，积于寸土。只有注重各个环节的细微之处，才能让我们发现细节中的美，从而把握住每一个成功的因素。

从点滴做起，方能成大业
——商鞅着手细节吸引秦孝公

有时候，细微的东西往往反映事物的发展本质，代表着事物发展的方向，这是我们需要重视的。

对待一件事情，我们要学会溯本求源。抓住它的源头，就相当于抓住了主要矛盾。这样才能拨开浓雾见青天，才会把握住问题的关键。"千里之堤，溃于蚁穴。"细节虽小，却决定成败。以小见大，以点带面；从点滴做起，精益求精，方能成就大业。

商鞅是以主张变法而闻名于史的，可是变法并不是他原来的主张。当他来到秦国的时候，秦孝公正在雄心勃勃地大干，以使自己的国家富强，重塑祖先当年的辉煌。而商鞅经过当时秦孝公的宠臣景监的介绍，拜见了秦孝公。初次见面，商鞅就大谈尧舜禹汤，说古时先帝之德，说做皇帝就要与民共苦，与民同乐，这样才能用自己的实际行动感动臣民，才能让自己的帝王统治更加长久。秦孝公听了一会儿就昏昏欲睡了。这种纸上谈兵的做法，让秦孝公非常不满意。

过了五天，商鞅又来拜见秦孝公。这一次，商鞅把自己以前的想法全都进行了修正。不料又失败了，秦孝公还是不满意。这时，秦孝公就找来了景监："你找来的这个商鞅，一而再，再而三地求见，让寡人很不满意。如果再这样下去，你就让他从哪儿来的回哪儿去吧！"

过几天，商鞅又来拜见了秦孝公。有了前两次的交谈，商鞅渐渐揣摩到了秦孝公的心思，抓住了关键性的问题。这一次，商鞅和秦孝公谈了春秋五霸用武力来强国的过程，并在谈话过程中，时刻仔细观察秦孝公的表情变化，从而确认秦孝公已经有想采纳他意见的意思了。可即使是这样，秦孝公还是因为前两次的印象而表示不想重用他，只是对景监淡淡地说："你这个客人不错，我能和他谈得来。"商鞅认为，如果他能再见一次秦孝公，就一定能说服他，让他采纳自己的建议。

就这样，商鞅再次拜见了秦孝公。这次的交谈让秦孝公听得入了迷，忍不住要把座位向前移动。而且一谈就是几天，秦孝公还觉得听不够。这让景监非常奇怪，怎么才过了没多少天，秦孝公对商鞅的态度就有了这么大的改变？景监耐不住好奇，就去问了商鞅。

商鞅说："我向大王讲述尧舜禹汤的为帝之道，秦王说这些太久远了，他等不及了。于是，我就向国君讲富国强兵之道，我观察到秦王的言行举止开始发生了变化。直到最后听完后非常高兴，我的建议就被他采纳了。"后来，商鞅开始辅佐秦孝公实施变法，最后取得了成功。

商鞅之所以能够得到秦孝公的肯定，不在于他真的有多聪明，而是他懂得发现细微之处，并把握细节。在与秦孝公多次的对话中，商鞅注意到了一个细节，那就是秦孝公对目前理政的态度；而秦孝公态度的改变又是从他"昏昏欲睡"到不再反感，又到"座位前移"这一系列的细微之处所表现出来的。商鞅善说，更善于观察细节，从而能在很短的时间内抓住秦孝公的心理，达到最终的目的。

"做事不贪大，做人不计小"，做好每一件小事就等于做了一件大事。如果连一件小事都做不好，就更谈不上做大事了。用心去发现每一个细微之处，这样，才能逐渐揣摩到对方的心思，把握住关键因素，让问题迎刃而解。

◆ **史道智慧** ◆

在工作生活中，我们总是非常忙碌地闷头去干，好像永远都做不完似的。面对纷繁复杂的任务，我们常常会感到大而无形，无所适从。实际上，如果能静下心来从最基本的小点入手，理清头绪、剥丝抽茧，往往就会有很意外的发现。

要想解决问题，就要分清主次，发现关键性问题。而以小见大、以点带面，则是抓住主要的、能攻其"七寸"的最好方法。

因小失大损失惨

——司马子期因羊羹不均灭中山国

中国自古崇尚"中庸"，所以很多事情我们讲究差不多就行了，没有必要那么精确。但是在当今社会，人们对各方面的追求越来越细致，这种"差不多"的思想早已失去了生存的土壤。

细节决定品质，也决定了一个人对待小事的态度。而且，工作无小事，每一件微不足道的事情、每一件可做可不做的琐碎小事，往往都对最终的成败起到至关重要的作用。一个人是否肯为了这些小事投放精力，反映了一种态度，更体现了一种智慧。

春秋战国时，中山国的国君中山武公在一次酒宴上准备了一些羊羹，招待各位大臣。不知哪个环节没有准备好，这些羊羹到最后不够分了，有一个人没有喝到，这个人就是司马子期。这让他很没有面子，所有人都喝到了，只有自己没喝到，这不是让他下不来台吗？

司马子期感觉自己被忽视了，心里的怒火越烧越大，一气之下就跑到了楚国。去说服野心勃勃的楚昭王，并向他讲述了中山国的布防和具体的军事储备。楚昭王当然不会放过这个机会，当即率大军前来攻打，一举灭了中山国。

幸运的是，中山武公并没有死，而是逃了出来。在逃亡的路上，他发现有两个人一直跟着他，

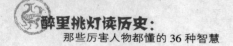

非常害怕，但他最后还是鼓起勇气去问这两个人。这两个人就说明了原因："我父亲曾经因为连年战争，粮草告罄，幸亏大王给了他一碗饭吃，才保住了我父亲的性命。我父亲临死前嘱咐我们，如果中山国有难，我们两个拼死也要保护中山国。"

中山武公不免感慨万千："人生不在于锦上添花，而在于雪中送炭。我因一杯羊羹而亡国，却又因为一碗饭而得到两个忠义的兵士。"

中山武公败在小细节上，也成在小细节上。因为他的考虑不周，一碗羊羹汤便失去了江山；也因为他无意间的一个小善举，从而让人誓死效忠，保全了自己的性命。很多小人物或者小事情总是毫不起眼儿，但是有时候正是因为这些不起眼儿的小细节而改变了大局的走向。司马子期就是一个小人物，中山武公没有重视他，最后自食恶果，导致中山国亡国。

◆ 史道智慧 ◆

任何时候都不要忽视一些无足轻重的小人物。小人物地位低下，但是他们会更在乎自己的尊严。如果你对他们有一点不好，他们就会牢记于心。等到哪一天他们跃居到大人物的职位，就会对你展开报复了。

小事情不去认真对待，也许就会在日后铸成大祸。当自己因小失大、自食苦果的时候，也只能追悔莫及了。

见微知著收奇效

——孙亮缜密谨慎断奇案

中国思想家荀子曾说："不积跬步，无以至千里。"长江也好，黄河也罢，都是由一条条小溪汇聚而成的；平房也好，高楼也罢，都是一砖一瓦建造起来的。细节中往往决定整体的成败，这也就需要我们提高对细节的重视。细节是一种动力。一心渴望伟大，追求伟大，伟大却了无踪影；甘于平淡，认真做好每个细节，伟大却不期而至。

星星之火，可以燎原。这足以说明在生活中我们对待事情，要从细节做起，从而发现事件的发展趋势。见微知著，判断出这件事情结果的利弊，防患于未然。

　　三国时期，吴王孙权的孙子孙亮非常聪明，而且喜欢学习，不管遇到大事小事都喜欢钻研。孙亮非常喜欢从一些细小的事情着手，用自己缜密的分析把问题解决掉。因此，孙权非常喜欢他。孙权死后，孙亮就登基成为东吴的皇帝了。

　　有一天，孙亮闲来无事，就到花园来游览。当他看到硕果累累的梅子时，食欲就被勾了起来。心里忍不住，就叫身边的侍从摘下几串梅子尝尝鲜。孙亮吃了一个，然后说："这梅子口感不错，但就是涩了一点。"

　　侍从就说："既然皇上喜欢吃，不如就用蜂蜜浸泡一下。这样就能去除涩味，而且口感还不错。"

　　孙亮一听非常高兴，就吩咐手下的侍从去仓库取蜂蜜。侍从们听完之后，马上取来了一坛蜂蜜，但是刚一打开，就傻眼了，原来，蜂蜜上面漂浮着几粒老鼠屎。

　　孙亮吃梅子的兴致马上荡然无存，就问左右侍从："蜂蜜坛子里怎么会出现老鼠屎？"侍从非常惊慌，就回答说道："这些蜂蜜一直是库吏在管，只有他们才知道。"孙亮非常生气，命令侍从马上把库吏带过来。

　　库吏表现得非常惶恐，十分害怕，向孙亮解释说道："蜂蜜入库的时候，是我亲自封的口。自此之后，坛子从来没有动过，我也不知道为什么会出现这种东西。我真是冤枉的！"

　　孙亮听完之后，觉得这件事还有文章，又问库吏："在封口之后，有人曾经去过仓库没有？"库吏连忙说没有。孙亮又问："前几天有人向你要过蜂蜜吗？"库吏指着身旁的一名侍从说："他向我要过，但是因为没有陛下的旨令，我就没有给他。"那名侍从却狡辩，说没有进过仓库。

　　孙亮看着那名侍从说："原来是你在搞鬼啊！"

　　那名侍从赶忙跪下："我伺候陛下，一直非常谨慎，从来没有做过越轨的事，还请陛下明察。"

　　这样一来，双方各执一词，难以明了。有人建议移交司法部门，让他们审理，就能水落石出了。孙亮说："这么点小事，根本不用惊动司法部门。你们去把老鼠屎掰开，如果老鼠屎里面是湿的，就证明在坛子里的时间已经很久了，这就是库吏的过错；如果老鼠屎里面是干的，那么必定是有人新放进去了，那就是这名侍从搞的鬼。"

　　众人恍然大悟，于是就把老鼠屎取了出来，掰开了一看里面是干的，那名侍从见事情败露，磕头如捣蒜，请求孙亮饶恕。

　　孙亮见微知著，查清了蜂蜜中老鼠屎的原委，这和他细致、周到、全面地分析问题，不放过任何细节的解决方法是分不开的。在面对棘手问题的时候，应该细心观察，从各个细节中分析事情可能发生的原因，从而让真相得以大白于天下。

在现实生活中，我们更需要孙亮这种缜密的心思。遇到问题时，只要仔细小心地观察，细致、周到地分析，最后必然可以解决。关注细节，抓住每一个牵动事物的"细节"，从最具体的地方做起，从最关键的地方突破，成功自然就是水到渠成的事了。

◆ 史道智慧 ◆

生活中很多事情都是牵一发而动全身，只要稍微挪动了某一个细节，就会让整个事情发生连锁反应。小的细节是事情发展的起因，虽然微小，但是细节会发展成大问题。真正的智者，善于分析细节的发展方向，善于权衡其中的得失，从而及时避免隐患的发生。

所谓见微知著，就是要在生活中善于发现，不能粗枝大叶，这样才能把事情解决得更加合理。这个社会中，想做大事的人很多，但愿意把小事做细的人却很少。如此说来，我们就更需要摆正心态，从细节着手，以缜密的心思考量，如此，才会收到意料之外的效果。

第20辑

万物之根，以和为贵

活用历史之"和"智慧

"人法地，地法天，天法道，道法自然。"道也是一种和谐，世间万物本来就是和谐的。只有人与人、人与自然之间和谐了，世界才能大踏步地向前发展。

发展离不开一个"和"字，成功更加离不开"和"。和是成大事的基础，更是团结的基础。和，乃万物之根，一心之本。

任何时候，和谐都是你的第一选择

——议和亲娄敬出奇计

古人云："兵者，凶器也，不得已而用之。"意思是说，战争是一件凶险的事情，不到万不得已的时候最好不要挑起争端。对于我们现代人来说，为人处世也同样是这个道理。和他人起争执，把别人变成你的敌人同样是一件很凶险的事。不和之人越多，我们的处世之境越艰。伤害别人的同时，也大量消耗了自己的精力。

因此，不到万不得已的时候，最好不要轻易与人为敌。"两虎相争必有一伤"，在任何时候，对任何人，争斗都是弊大于利的。要记住，和谐才是你在为人处世上的第一选择。

汉高祖刘邦建立汉朝后，关于把都城定在长安还是洛阳的问题上，迟迟犹豫不决。就在这时，大臣娄敬面见刘邦进谏说："当年成王、周公营建东都洛阳，是因为那时候天下太平，周王室威望极高，因此没有倚重险要地形而巩固政权的必要。反观如今，天下虽定，但隐患甚多，一旦天下有变，战事再起，洛阳无险可守。由此看来，陛下还是入都关中的好。"

听了娄敬的提议，刘邦让群臣四下讨论开来。张良说："娄敬之议甚好，他不主张定都洛阳，是担心刺激起有野心之人的造反欲望，陛下不可大意。"于是，刘邦便下定决心定都长安。对娄敬也是大大封赏，从此以后，他被逐渐重用了起来。

公元前 200 年，韩王信反叛，刘邦御驾亲征。当大军走到晋阳时，韩王信听说天子亲自率军前来，于是与匈奴联手，想要依靠匈奴的力量打败刘邦。

刘邦自恃兵多将广，当即准备出兵讨伐匈奴。娄敬在军中随行，他对刘邦说："韩王信的叛乱我军尚未平定，如果陛下不忍一时之气与匈奴为敌，那就是腹背受敌，我军的胜算就不大了。陛下当集中全力对付韩王信，暂且放匈奴一马。等我们收拾了韩王信之后，再来解决匈奴的问题。"

于是，刘邦派娄敬出使匈奴，探查虚实。匈奴为了蒙蔽汉朝，把青壮男子和肥健牛马全都藏了起来，让娄敬看见的都是些老弱妇孺。

娄敬识破了匈奴的计策，对刘邦说："匈奴故意隐瞒实力，是想让我们上当啊，陛下千万不能与匈奴交战。"其他出使匈奴的使者却说："匈奴欺我太甚，陛下怎能受番邦的侮辱呢？我朝兵强马壮，一战必可大胜匈奴，望陛下不要怯战。"娄敬当然不同意他们的说法，在刘邦面前据理力争。但是刘邦心高气傲，认为娄敬动摇军心，竟然给娄敬加上刑具，关在了广武的监牢里。

下了狱的娄敬忧心如焚，痛哭流涕地说："皇上不忍小辱，与强敌死拼，不知有多少将士要赔上性命了。"

当刘邦率领人马走到平城的时候，匈奴大军精锐尽出，把刘邦的兵马团团围住，刘邦在包围圈里被困了七日七夜才侥幸逃脱。刘邦回到广武后立即赦免了娄敬，沉痛地对他说："先生说的都是金玉良言，可惜朕没有听进去，以致蒙受大辱，损兵折将。朕愧对先生啊！先生有什么话要对朕说吗？"

娄敬耐心地说："此番受辱，陛下更应汲取教训，再不能轻易和匈奴开战了。匈奴全民皆兵，来去如风，极不好惹。但是只要陛下巧于应付，斗智不斗力，我们就可以稳住匈奴，徐图后计。"

反叛的韩王信失败之后到了匈奴境内。在他的唆使下，匈奴人屡屡骚扰汉朝边境。面对时时报来的边关急件，刘邦又不能忍受了，对群臣说："大敌当前，看来终不免一战啊！朕想倾全国之力，与匈奴决战。"

群臣意见不一，有的主战，有的主和，只有娄敬提出了新的建议。他说："用武力征服匈奴是不现实的，匈奴人都是些化外之民，跟他们讲仁义也没有用。臣有一计可制服匈奴，让他们对我大汉俯首称臣。"

刘邦急忙追问道："既然有这么好的办法，先生还不快快讲来。"

娄敬面有难色，他恳求道："若施此计，陛下当忍下小辱，臣请陛下万万息怒。"

刘邦一口答应。于是娄敬说："匈奴强大，只可智取，不可强攻。陛下若能把公主嫁给匈奴的单于并赠送嫁资，将来公主所生的儿子便是匈奴的太子，日后便是匈奴的单于。这样一来，匈奴的单于就是陛下的外孙，外孙自不能与外公为敌，匈奴之患不是从此消减了吗？"

听了娄敬的话，刘邦默然无语。过了好一会，刘邦说道："公主下嫁确是羞辱。不过安抚匈奴，根绝大患，这确是妙招啊！"

虽然最后刘邦还是不忍心让亲生女儿鲁元公主远嫁匈奴，但他仍然忍住了一时怒气，另选了其他女子假充公主嫁给了单于。和亲之后，匈奴果然停止了对汉朝的攻击，新生的汉朝终于得到了发展壮大的机会。

在一般人看来，历朝历代用公主换和平的"和亲"政策绝对是一个懦弱之君想出来的办法。但实际上，任何一个帝王都知道和亲这种事虽然名声不好，却是最务实、也最有效的能够让国家长治久安，百姓免于战乱之苦的办法。娄敬便是深谙"和"亲之道，以表面之亲换取了长久之

安,避免了双方的正面冲突,减小了由争斗而带来的损失。

和亲是一种和谐之道,是让一个国家存续下去的有效办法;而战争则是一种取祸之道,是让一个国家走向灭亡的实际祸端。以和制斗,颇有四两拨千斤之功。也只有与事、与人和谐了,才能道法自然,自成大业。

有和谐才有未来

——廉颇蔺相如将相和

中国自古以来就是礼仪之邦,其中"礼"的最高境界就在于一个"和"字。古往今来,任何一个人想要进步,任何一个集体想要发展,和谐都是不可或缺的元素。如果一个人把精力都花在了与别人的争斗上,一个集体的资源被内部争斗所消耗殆尽的话,那么所谓的发展、所谓的未来也就只能是水中月、镜中花了。

所以,对于个人而言,与外界和谐了才能为自己营造出良好的发展环境;对于集体而言,身处其中的每个成员彼此之间和谐了,才会产生正向的"合力",从而带动整个团队乃至国家的发展。

战国时期,群雄逐鹿,秦国与赵国是邻国。秦国强大,赵国弱小,秦国始终有吞并赵国的野心。为此,秦昭襄王频繁派兵攻打赵国,一点点地蚕食着赵国的土地。

公元前 279 年,秦昭襄王准备在渑池约见赵惠文王。对于是否赴约的问题,赵惠文王很犹豫。但是赵国的谋臣蔺相如和大将廉颇都认为必须要去,因为若是不去,那分明就是在向秦国示弱了。

赵惠文王鼓足勇气启程去了秦国，为了以防万一，蔺相如随侍在赵惠文王身旁。李牧率领五千兵士护送，又让平原君率领几万名兵士在赵国边境整装待发。

渑池之会上，秦昭襄王对赵惠文王说："听说赵王鼓瑟技术非常好，不妨弹奏一曲，为大家助助兴！"没等赵惠文王回答，就吩咐手下把瑟拿了上来。赵王无奈，只好弹奏了一曲。秦国史官当即把这件事记了下来，并且读了一遍："某年某月某日，秦王和赵王在渑池相见，秦王命令赵王鼓瑟。"

赵王非常生气，这时，蔺相如拿出一个缶来，跪在秦王面前，要求他说："听说秦王很会击缶，不如为大家演奏一曲，给大家助助酒兴！"

秦王非常生气，对蔺相如不加理会。蔺相如大喝说道："大王未免太欺负人了！大王的兵力虽然强大，但是我和大王相隔只有五步，如此近的距离，我身上的鲜血都可以溅到大王身上！"

秦王对蔺相如的威胁感到非常吃惊，不得不拿起缶，胡乱地敲了几下。

蔺相如马上叫来赵国史官，让他把这件事记下来，和秦国史官记录的如出一辙。

秦国的大臣见状哪里肯罢休，有人站起来说："请赵王割让十五座城池为秦王祝寿！"

蔺相如也不甘示弱："请秦王割让咸阳给赵王祝寿！"

一时间剑拔弩张，气氛非常紧张。秦王早就探知赵国大军驻扎在附近，如果兵戎相见恐怕也讨不到便宜，便只好暂时隐忍了下去。

在渑池之会上蔺相如立了大功，赵惠文王非常高兴，一回国就拜他为上卿。

廉颇得知此事后非常生气，私下对自己的手下说："我是赵国大将，为赵国南征北战，立下了汗马功劳。而蔺相如只会说嘴，哪还有什么功劳，竟然成了上卿，比我的官儿还大。等到我见到他，一定要好好羞辱他。"

蔺相如听闻此事厚，就装病不去上朝了。但是冤家路窄，有一次，蔺相如带领自己的门客准备出去，看见廉颇的车马迎面而来。蔺相如马上下令让自己的车队退在一旁，请廉颇先过去。

蔺相如的手下非常生气，认为蔺相如胆小怕事。蔺相如反问他们道："廉颇和秦王比，谁的势力更大？"

众手下不假思索地回答道："当然是秦王势力大了。"

蔺相如说："你们说的没错。全天下的诸侯都怕秦王，但是我不怕他。我既然敢当面指责秦王，又怎么会害怕廉颇将军呢？但你们也许不知，秦国之所以不敢来侵犯赵国，就是因为我和廉颇将军两个人同时存在。如果我们两个失和，被秦国知道了，他们就会派兵来攻打我们。为了国家，我也不能得罪廉颇将军。"

这段话传到了廉颇的耳朵里。廉颇听到后非常惭愧。他是个直性子的人，知道自己做错了，干脆裸着上身，背着荆条，来找蔺相如请罪。蔺相如赶忙扶起来他说："我们两个人都是赵国的大臣，食君之禄，担君之忧，我已经非常高兴了，您怎么能来向我赔礼呢？"

自此之后，廉颇和蔺相如成为了知心的朋友，全心全意地辅佐赵王。

面对廉颇的挑衅，蔺相如选择了回避，选择了顾全大局，处处忍让，以和为贵。最终用自己一片真诚之心感染了廉颇，双方和解并且成为了至交，也成就了将相和的千古佳话。

事实上，在为人处世时无论是为了自己的利益，还是集体的利益，都应该尽自己最大的可能与身边的人搞好关系。只有和谐才能让你进步，你所在的集体也才能有一个光明的未来。

◆ 史道智慧 ◆

生意场上有句话叫和气生财，说的意思就是人和了，彼此之间的贸易往来才会顺畅，也才会为双方赢得更多的利润。那么同样，和谐之气在为人处世方面也一样重要。人都是环境的动物，没有和谐的环境，又如何企求个人更好的发展？心情可以自控，环境可以创造，只有抱着一种与人为善、求和求友的心态，才能建立起良好的人际关系，从而走向良性循环的发展模式。

放下面子，才能处理好人际关系，才能得到更多人的尊重。对家和为兴，对友和为贵，这不仅是一句嘴上的空话，更是我们应该用实际行动去做的。只有这样，才能让自己的人脉更宽广，未来更敞亮。

对待他人一团和气
——热情谦抑张宾优待下士

人与人之间生来就是平等的，没有人天生就比别人强。摆架子、甩脸子，这都是庸人所热衷的事。真正的大智者往往也都是受人欢迎受人尊敬的，就是因为他们懂得人情，通晓世故，能够如鱼得水地在社会上立足。

试想，一个满身针刺、尖酸刻薄的人，又有谁会愿意接近呢？人际交往中，每个人都喜欢和那些谦抑友好的人相处，所以要想在社会中少碰壁、多顺途，就一定要记住一个道理：无论你的权利有多大，地位有多高，只有和气待人，才能广受欢迎。

晋朝时，张宾的父亲张瑶曾为山中郡太守，权力很大。张宾年少有志，这些年看着父亲在官场中浮浮沉沉，便对父亲说："这些年在官场中您的官越做越大，但却总有人暗中攻击您，您应该想办法解决好这件事啊！"

张瑶不以为然地说："做官难免招人忌恨，有人非议是正常的，用不着感到奇怪。"

张宾却十分认真地说："父亲把官职看得太重，处处讲排场、摆威严；而对待故友邻侍，又大多以官架子示人，让对方感到您一点都不和气，不好接触。我想这才是您招人非议的原因。我看并不是所有做官的人都令人生厌。"张宾的话让父亲无言以对。从此，父亲对张宾十分看重，认为他是个可造之材。

后来，张宾成了中丘王的管事人。这个职位尽管品级不高，各种繁杂的事物也多，但权力却不小，而且颇有油水。对于这样一个人人眼热的职位，张宾却很不满意。他对朋友发牢骚说："我有才学，当谋大业，如今只是管闲事而已，我不甘心哪！"

朋友劝他道："人生在世，不过为了吃穿二字。你现在是衣食无忧、有权有势，还有什么不满足的？所谓大业，能值几个钱？"

张宾知道朋友是好心相劝，也就不加辩驳，只是苦笑着回答说："你的想法太庸俗了，看来是没人知道我的心意了。"没过多久，张宾就借口有病，主动辞职了。

永嘉大乱之后，羯族将军石勒做了辅汉将军，南下山东。张宾对自己的亲人说："现在天下大乱，诸侯并起，但是据我观察，在所有人之中，只有石勒可以成就大事。"

亲人询问缘故，张宾说："石勒虽有权势，但绝不张扬，仍旧和气待人。他知道争取民心，不滥用自己的权势，这不是一般人能够做到的。再看看其他那些诸侯们，只知道炫耀自己，从不为长远打算，怎会可能取得成功呢？"于是，张宾主动投奔石勒，做了他的谋士。

一次，张宾对石勒诚恳地说："将军争夺天下，一定要务实弃虚，否则大事难成。"

石勒没听明白，于是问道："怎样才算务实弃虚？先生可以明示吗？"

张宾解释说："务实者，重在扩充实力，占据要地，不作无谓之争；弃虚者，重在不贪高位，摒弃虚名，着重于实际权力的获得。时下，人人急着称王称霸，这就是不务实而爱慕虚荣的表现，将军万不可跟他们一样。"

石勒觉得张宾的话十分在理，说道："先生见识高明，只有实际权力才是最重要的。如果为了虚名厮杀争夺，那么损耗的一切就太不值得了。"就这样，在张宾的辅佐下，石勒成就了一番事业。

建立赵国后，为了表彰张宾的功劳，石勒封他为濮阳侯，官至右长史、大执法，而且对他说："你功勋卓著，这些都是你应得的。此外，如果你另有所求，朕一定满足你。"

张宾谢恩道："陛下的信任就是对臣的最大封赏，臣别无所求了。封赏是陛下的恩赐，臣不敢推辞，却不能以此为倚仗。"从这以后，石勒对张宾更加敬重了。

张宾是这样说的，也是这样做的。他对同僚十分谦虚，礼让有加，就算是对自己的下属也从不大声呵斥。纵使有人犯错，张宾也是和气地说："我们现在所担任的官职不是与生俱来的，也不可保存久远，因此我们没有理由因为自己身居高位而轻视他人。作为长官，我监督你们为朝廷尽力，除此之外，你们就是我的兄弟！"

张宾虽然位极人臣，但是对待士人却极其优待，无论何人想要见他，他一律热情接待，推心置腹地跟对方讲话，从来不摆官架子。

有一次张宾的下属对他说："大人高高在上，如果对人过于和气的话，会有损大人官威。"

听了这话，张宾不怒反笑："你这个人啊，就是太势利了。要知道，权势带来的东西是有限的，做大事还要靠做人的良心和道义。我就是个普通人，哪有什么官威可言呢？如果你再对我说这样的话，我可就要对你不客气了。"张宾的这番话让这个下属汗流浃背，再也不敢提类似的建议。

张宾病故时，无论是朝廷同僚还是黎民百姓，都来为他送行。送葬的队伍绵延几十里，场面十分浩大，人人都称颂张宾是个百年难遇的好官。

张宾是十六国时期名满天下的谋士，史书称其一生"机不虚发，算无遗策，成勒之基业，皆宾之勋也"。像张宾这样一生顺风顺水，死后万人哀悼的谋士在历史上是极其罕见的。之所以能获得如此普世的公认，就在于他在为人处事方面始终秉承着一个"和"字。

历史上但凡像张宾这样的人无不是极尽和气之人。心态平和，待人谦和；即使身居高位也没有一点架子。如此平易近人的谦和君子，谁又会不喜欢呢？

◆ **史道智慧** ◆

世事无常，本来就充满了悲欢离合，发生任何突然状况都属正常。如果因此而扰乱了人们的心绪，使之丧失了理智，或简单粗暴，或意气用事，那么这个人离众叛亲离的失败也就相去不远了。

只有始终保持平和的性情，始终保持谦和的处世态度，才能在为人处世方面不断修炼，进而达到一种宠辱不惊的至高境界。

第21辑

修身养性，修己以敬

活用历史之"敬"智慧

能否处理好人与人之间的关系，就在于懂不懂得如何尊重别人。尊重，不仅仅是表面功夫，正所谓"修己以敬"，提高自身修养，才能真正从心里尊重每一个人。

敬，智者所为。敬人者，人恒敬之；尊重他人，必会受到他人的尊重。如果不懂得尊重别人，也就没有人愿意和你"同行"，最终只能陷入寸步难行的窘境。

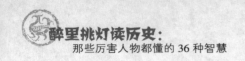
领导形象要维护

——方不圆不懂忌讳被腰斩

在这个崇尚张扬个性，为自己而活的现代社会中，有很多人都认为面子只不过是他人对你表面上的看法，华而不实，虚而无用。所以，在为人处世时也就无所顾忌，横冲直撞，没有丝毫敬畏之道，无论对方是谁。

但实际上，我们在社会上闯荡，免不了要和上司打交道。就算你自己做老板，同样有相关政府部门的各位领导，这些人同样可以视为你的上司。作为下属，平日里与领导说话也要顾及领导的自尊。不要直言领导的过失，更不要损害上司的权威。不然的话，一言不慎，谁也不敢保证会发生什么事。

明太祖朱元璋推翻了元朝，打败了各路诸侯，自己当上了皇帝。他儿时的玩伴方不圆得知朱元璋竟然成了皇帝，就想去找他谋个一官半职，让自己也光宗耀祖一回。

方不圆千里迢迢来到了京城，一见到朱元璋，就阿谀逢迎道："皇上，草民听说您是一个好皇帝，为国打江山，为民谋福利。草民来到京城一看，果然如此。草民来到京城是想请求皇上给草民一个一官半职，让草民能够不为温饱担忧就可以了。"

朱元璋早就看出他是自己儿时的玩伴方不圆，但看见他这般潦倒，就装做非常惊讶地说："你是谁啊？朕不认识你呀？"

方不圆一听，心里就凉了一大截："皇上您认不出我是谁吗？草民是您儿时的玩伴方不圆啊！您不记得了？在凤阳城，咱们两个摸爬滚打，从小玩到大。而且您挨打的时候，都是草民主动承担，替您挨打的。有一次，咱们两个偷了一个农夫的豆子，打算偷偷煮来吃。但是豆子还没煮熟，您就非要吃，草民坚决不同意，你就开始抢。最后把瓦罐都打破了，豆子撒了一地，咱们刚要捡，被偷豆子的农夫就追过来了。草民年纪比您大，就主动承担了罪责，让您先跑，我挨了一顿板子。难道这些皇上您都不记得了吗？"

方不圆本以为自己绘声绘色的描述会让朱元璋记起当年的恩情，赏他个一官半职。没想到朱元璋听到他揭露自己儿时的惨痛记忆，非但不感到亲切，反而龙颜大怒："大胆刁民！竟敢胡乱编故事来骗朕!朕儿时出生在名门望族,怎么会像你说的如此不堪!来人啊,把他给我推出去斩了!"

方不圆怎么也没想到自己竟然弄巧成拙,见事已至此,干脆大骂朱元璋,还喊起了他的小名:"朱老四,你别在我面前耍威风!你当年的丑事还有很多呢,当年你不过是一个小乞丐,现在也只不过是一个无道的昏君!"最后,方不圆嘴被堵住了,腰斩于京城的街头。

方不圆死就死在了他的口无遮拦上,竟然敢在朝上当众揭朱元璋的短。如果他会婉转地提及儿时的经历,说不定朱元璋为了当年的情谊还会给他些好处。只是,不懂得敬畏之道的方不圆也不通晓场合之礼,哪里会给足本就极需权威的领导者的面子呢?如此,还会有什么好下场呢?

所以说,要尊重领导,无论他是聪明还是愚蠢,有道还是昏庸,你都要做到最起码的为人之敬。这样才会获得对方的尊重甚至是"回敬",为你的人际之路疏通开道。

◆史道智慧◆

所有的领导无论大小,都十分注意自己在公开场合和下属心中的形象。这主要是出于维护自己权威的需要,也正是权威,才会使上令下行的管理机制顺利运作。

要学会尊重自己身边的人
——张飞莽撞行事招杀祸

有一位非常出名的富商在散步时,碰见了一个衣衫褴褛摆地摊卖旧书的年轻人。富商可怜他,就给了他 50 元钱,转过头就走了。没走多远,富商又回来了,从地摊上拣了两本旧书说:"对不起,我忘了取书。其实,您和我一样也是商人。"两年后,富商应邀参加一个慈善募捐会。一位年轻书商紧握着他的手,感激地说:"我一直以为自己这一生只有摆摊乞讨的命运,直到你亲口对我说,我和你一样都是商人,才使我树立了自尊和自信,从而创造了今天的业绩⋯⋯"这就是尊重的力量,对别人的尊重有可能会影响到他的一生。

在实际生活中,每个人都是自己的主角,要学会善待他人、尊重他人。我们怎么对待别人,别人就会怎么对待我们。大千世界,芸芸众生,也许我们的价值观、世界观不同,也许我们的性

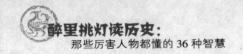
格不同，但是我们都需要别人的尊重。只有尊重别人，才能受到别人的尊重。

三国时期，张飞是蜀国大将，在战场上骁勇善战，英勇无比。但是，他最终却并没有战死沙场，而是死在了自己的部将手里。张飞之死与他在人格上的缺陷有关，他就是一个从来不懂得尊重他人的武夫。

张飞和关羽跟随刘备第一次看望诸葛亮时无功而返，张飞就说："乡野村夫，找人把他叫来就可以了。"第二次找不到诸葛亮，张飞就说："量他这个乡野村夫也没什么真正的能力，不用哥哥去，我自己把他捆来。"张飞对人极其粗鲁无礼之性可见一斑。

吕布投靠刘备的时候，张飞也不顾及他的情面。刘备让张飞驻守徐州，张飞就故意刁难吕布的手下曹豹，以此来发泄自己对吕布的不满。这样的不尊重，最终导致吕布和曹豹联手夺取了徐州。

蜀国建立没多久，刚刚得到二哥关羽被杀消息的张飞怒不可遏，命令部将范疆、张达在三天之内准备几万套白色的衣甲，三天之后起兵为二哥报仇。只有三天，怎么可能做得完这些工作？范疆、张达来向他诉苦，却被张飞不由分说每人打了五十军棍。而且下了死命令，如果三天内不能完成任务，就把他们斩首示众。被逼无奈之下，范张二人只能趁张飞酒醉把他杀了。

除了自己的两位兄长，张飞几乎没对任何人表示过尊重，这就是张飞这个人在人格上的重大缺陷。张飞对别人张扬跋扈，不尊重他们，表面上看是一种鲁莽，实际上却是一种蔑视和愚蠢，而这是最伤人心的。如果他能够站在别人的角度思考问题，也许这位一代名将就不会死得这样冤枉了。

老话讲得好："树活皮，人活脸。"无论贫富身份，每个人都有自尊。如果非要把别人的面子从脸上撕下来，无异于让别人当众脱衣。有时，我们会因与他人容貌、社会地位等方面的差别而在自己心中产生各种各样的不平衡，对一些和自己差距比较大的人产生不屑心理，从而趾高气扬，有失尊重。殊不知，这样却很容易招来别人的厌恶，甚至采取极端的方式对你进行报复，所以说，只有学会尊重自己身边的人，才能逐渐地为自己营造出一个良好的人际环境，从而让我们的人生之路走得更加顺畅。

身处当今社会，我们要时刻注意自己为人处世的方式。只有先尊重他人，才能受到他人的尊重，这才是真正的平等。不管自己处在什么位置，都应该宽容地对待别人，处处树敌只会把自己的后路堵死。

学会尊重他人不仅体现了处世的智慧，更锤炼了为人的修养。从自身素质开始着手，由内而外，这样表现出的尊重便不仅仅是"面子工程"的刻意为之，更是一种对人性本身的敬仰。

尊重别人是一门学问

——张英与六尺巷的传说

法国启蒙思想家卢梭说："只有一门学科是必须要教给孩子的，这门学科就是做人的天职。我宁愿把有这种知识的老师称为导师而不称为教师，因为问题不在于要他拿什么东西去教孩子，而是要他指导孩子怎样做人。"

在如何做人这方面，尊重则是最重要的基础。只有抱着平等助人、宽容理解的心态，才会时时处处发自内心地做到真正的尊敬。甚至甘心于"你敬我一尺，我敬你一丈"的礼让与友善。

康熙年间，文华殿大学士、礼部尚书张英平时非常注重修身养性，不仅尊重别人，更受到了别人的拥戴。

张英对父母特别孝顺，他在朝廷为官时，就把父母安顿在家乡。只要稍一得闲，就会回家探望。

有一次张英回家探望母亲，看见房子已经有些破损了，就找人开始修理房子。等到一切准备就绪后，张英才安心离开了家。

张英前脚儿刚走，隔壁住着的一位姓叶的侍郎后脚儿就来拜访。原来，叶家也想扩建一下自己的房屋，并想把两家之间的空地占为己有。但是张英在做准备的时候已经把那块空地划在自己家的范围内了。这样一来，两家就发生了争执，谁都不肯退让。

张英母亲一怒之下就给张英写了封信，让他马上回家处理这件事。张英读完母亲的书信

后，只回了一首短诗："千里家书只为墙，再让三尺又何妨？万里长城今犹在，不见当年秦始皇。"

母亲读完张英的家信之后，当即就明白了儿子的意思。为了三尺土地，气坏了身子，伤害了和气，岂不是太过不值？不如退让一步，双方相互尊重。

于是，张英母亲就主动把自家的墙退后了三尺。叶侍郎看到后深感惭愧，把自家的墙也退后了三尺，并且主动找张老夫人道歉。如此一来，两家之间就空出了六尺宽的巷子了。

这就是流传至今的相互礼让相互尊重的六尺巷故事。

在过去封建时期的中国，身居高位、仗势欺人的事情是经常发生。为了一点小利而撕破脸皮，相互斗狠，有时甚至会赔上性命的事更是屡见不鲜。但张英却摒弃恶习，修身立德。他尊重邻居，让了三尺；邻居受了感动，也退了三尺。大家都让一让，邻里的关系自然也就和睦了。而张英也因此受到了他人更多的尊重。

尊重别人就是尊重自己，与人方便就是与己方便，这就是尊重别人的学问。所以说，在与人交往中，即使处于绝对优势，也应该怀着一颗宽容豁达、谦逊礼让的心。这样才会避免双方不必要的争斗，使矛盾和纠纷化解于无形。

◆史道智慧◆

尊敬是待人处世中不断积累下来的美德，尊敬是一种由心底散发出来的光芒，不仅会吸引别人的目光，还会温暖到他人冰冷的内心。而尊敬的力量就会让这股暖意一直传承下去。

和别人打交道时要留心考虑，善于发现对方的价值，真心实意地去尊重他人。这时也许你就会惊奇地发现，在不知不觉中自己也得到了更多的尊重。

敌人同样值得尊敬

——韩信求教李左车

上帝也许给了你美貌，给了你地位，但这并不能成为傲慢的借口，成为你不尊重别人的理由。当你觉得别人无足轻重，不予重视时，别人也会对你漠不关心。尊重是人与人、人与自然的相处之道，是维系人与人之间关系最基本的要素。

之所以又说"敬"是一种智慧，就在于敬的不仅仅是亲人、朋友，哪怕是对你的敌人，也要充满敬意，以礼相待。每个人身上都有闪光点，关键在于你以什么样的心态和角度去看。抱着人人平等、人人恒敬的态度，说不定给你带来最大利益、最大帮助的，正是你认为的敌人。

公元前204年，韩信和张耳率领大军向赵国发起了进攻。

赵王歇和陈余率领20万大军迎战，自以为可以稳操胜券，就在太行山下与汉军决战。当时，赵国的广武君李左车极力劝谏陈余不可轻敌，先让自己率领3万精兵从后路包抄汉军，断了他们的粮草；这样一来，汉军腹背受敌，我们就可以一鼓而胜。但是陈余认为，自己手握20万重兵，想要战胜汉军就如探囊取物一样简单，因此根本不肯听李左车的忠言。

不曾想，事实却恰好相反。韩信出奇制胜，兵士气势如虹，大败赵军，斩杀了陈余，活捉了李左车和赵王歇。

在开战之前韩信就下令要活捉李左车，他认为此人智勇双全，是天下非常难得的奇才。因此必须活捉，任何人不得伤害他。

李左车被抓到后，韩信亲自为他松绑，用上宾之礼接待，就像对老师一般地尊敬他，向他求教军事方面的问题。

韩信问李左车："我很早就听说将军才智过人，有经天纬地之才，现在我有一件事想要向将军请教，我和张耳刚刚攻破了魏国和赵国，现在想乘胜追击，继而攻打燕国和齐国，但是苦无良策，还请将军不吝赐教。"

李左车表现得非常淡然："我现在已经是战败的将军了，还谈什么才智过人不过人，连国家都没有的人，活下去还有什么意义，现在，我成为了阶下囚，不敢表达想法。"

韩信深深作了一揖："我知道，如果当初陈余采纳了您的建议，我们早就成为您的阶下囚了。现在我是诚心求教，还请您不要谦虚。"

李左车被韩信的诚意感动了，便说出了自己的想法："现在，汉军刚刚攻破魏国和赵国，已然非常疲惫了。不如暂且停军休息、补给食物、休养生息，安抚沿途受过战乱的百姓，对将士们进行奖赏。等到时机成熟时再派兵佯装攻打燕国，然后派使者去燕国报信，告诉他们，汉军已经兵临城下，形势岌岌可危。这样一来就可以不战而屈人之兵，燕国肯定会投降。齐国听说燕国投降了，肯定也会跟着投降。这样一来，将军不费一兵一卒就能攻取这两个国家。"

韩信听了李左车的建议后非常高兴，当即采纳了他的意见。而事实也正如李左车所料，燕国和齐国果然不战而降。

李左车是有才能的人，而韩信更是有大智慧的人。韩信从没有把李左车当做一个战败的俘

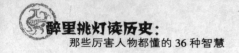
虏、一个曾经跟自己作对的敌人，而是把他当成朋友甚至老师，进而向他请教。这正是韩信的高明之处。韩信虽然是用兵的奇才，但他深知一个人的能力毕竟有限，如果仗着自己是胜利者而藐视所有对手的话，那么他离失败的那一天也就不远了。所以，韩信从心里佩服李左车的才，从行动上尊敬他的人，也正是因为有这样容人自谦的心胸，才打动了李左车，从而为其出谋划策，夺取胜利。

真正有头脑的人，总会摆正自己的位置，看准自己的目标，坚持不懈地向着既定方向前进。不管路上遇到什么困难，都能依靠自己谦逊敬人、不耻下问的态度解决掉，也只有这样的人才是真正的大智之人。

◆史道智慧◆

一代名臣曾国藩说过，君子最大的过人之处，就是懂得尊敬自己的敌人。你所要尊敬的，不仅仅是打败了你的敌人，那些被你打败的人也同样值得你去尊重。

傲慢产生于偏见，而偏见正是愚蠢的表现。要想处理好人与人之间的关系，修炼出为人处世的智慧，首先就要从尊敬他人开始。

第22辑

言而有信，发达之道

活用历史之"信"智慧

人无信而不立，诚信是做人的根本。不重视诚信的价值，鼠目寸光，便会失掉诚信，而没有信用是成事的大忌，它会让你失去一切的支持。

善言者难以掩无信之人，没有信用的人从来只能单打独斗，靠个人的力量成就大事是非常困难的，所以可以说，信乃立身之本、发达之道。

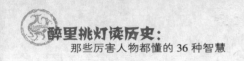
诚信是做人之本

——季扎悬剑践行诺言

人生的路上，我们会遇到各种各样的诱惑。如果失去了美貌，还可以有健康陪伴；失去了健康还有才学；失去了才学，我们还有机智……但是如果我们失去了诚信，得到的东西再多，也只是镜中花、水中月，根本就没有用处了。

诚信是做人的根本，更是我们社会中每个人应该遵守的人生准则。人的一生不可能在谎言中开出美丽的鲜花，只有重信守诺，才能得到周围人的认可。不诚则无信，只有做一个真诚的人，才能结交到真诚的朋友，才能受到别人的尊重。

春秋战国时期，吴国国君寿梦的儿子中，小儿子季扎是最聪明的，也最受寿梦的宠爱，寿梦心中非常希望小儿子将来可以继承他的王位，但是在当时，按照常理来说，最应该继位的应该是大儿子。

这个消息不胫而走，无意间传到了季扎的耳朵里。听闻此事，季扎并不怎么开心，他就对寿梦说："父王，你还是让大哥继位吧！让大哥做吴王，而我去周游列国，宣传吴国，这样岂不是两全其美！"

无可奈何之下，寿梦只得遵从了季扎的意见，并且赐他一柄吴国的宝剑，让他代表吴国周游列国。

不久之后，季礼就启程了。他先到了徐国，徐国国君对季扎很热情。两个人通过交谈，顿生知己之感。徐国国君盛情款待了季扎，并且有意留他多呆几日。

第二天，两人秉烛夜谈，聊得正高兴的时候，季扎发现徐国国君有些心不在焉。仔细一看，原来他总是盯着自己腰间的这柄宝剑，季扎看在眼里，记在了心上。等到离开的时候，徐国国君为他摆下了酒宴，季扎就拿出吴王赐给他的宝剑舞了起来。剑如流光，人如美玉，真如龙腾凤舞一般。

季扎很想把这宝剑送给徐王，但是这把柄宝剑又是吴王赐予自己周游列国的。自己刚刚来到徐国就把它送人，非常不妥。徐国国君心里也很矛盾，尽管自己非常喜欢这柄宝剑，但是君子不夺人所爱，他深知这宝剑对季札的重要性，也就没有开口。临行前，徐国国君又赠送给季札很多礼物。对于徐国国君的盛情款待，季札非常感动，就暗暗发誓：等到自己周游列国的使命完成了之后，一定回到徐国，把宝剑送给徐国国君，满足他的心愿。

时光飞逝，几年过去了。季札完成了周游列国的使命，准备回国。但是他一直记挂着自己当初暗许的诺言。在回吴国的路上特地来到徐国，拜见国君。可是人有旦夕祸福，徐国国君在不久前得病去世了。

季札非常伤心，来到国君墓前，哭诉道："自上次分别后，我一直期待着与您的再次相逢。这柄宝剑我每天都会擦拭一遍，就是为了完成任务之后亲手把它送给你。没想到，天不遂人愿，我回来了，您却走了……"说完，季札就把宝剑挂在了国君墓前的松树上。

季札说："君子重信守诺，当初，我答应国君等到任务一完成，就把宝剑送给他。现在他虽然去世了，但是当初的诺言依然在我耳边不断响起。"

听了季札这番话，周围所有人都被感动了。徐王墓和松树上的宝剑交相辉映，让来过这里的人都心生感慨。

当初的诺言已经随风而散了，而承诺的对象也已经亡故了，但是季札一直记着自己曾经暗自在心中说过的话，并且当众履行了自己的诺言。践行诺言是为人处世的高贵品质。季札真正做到了这一点，他赢得了所有人的尊重。

现代社会是法制社会，只有做一个诚信可靠的人，商人才敢和你做生意，公司才会聘用你，他人才敢和你交朋友；反之，你在这个社会上就难以立足。因此，不论你采用何种生活方式，诚实守信是最根本的处世之道。

◆史道智慧◆

诚贵在于心，信贵在于行。话说出来是承诺，在心里默许的也是承诺，只有重诺守信，才是通向成功的唯一捷径。做人不能说空话，说到就应做到，这才是君子之所为。

用诚信收服人心

——诸葛亮命出不轻收

诚信是立世的根本，人无信而不立。只有重信用的人才会受到别人的爱戴，只有诚信待人，才能受到别人的尊重，赢得别人的信任。在生活中的各个方面，诚信无时无刻不起着决定性作用。待人以诚，正是当今社会为人处世的一道黄金定律，更是收服人心的无上法宝。

三国时期，诸葛亮继承刘备的遗志，率军出祁山，北伐中原。长史杨仪建议诸葛亮制定一个长期作战的建议。诸葛亮说："我也是这样想的，我们要讨伐中原，不是一朝一夕的事情，要做好长期作战的准备。"于是他下令，把军队分作两组，一百天相互交换一次，就这样循环反复，大军就可以在作战的同时得到休息。

战争过半，诸葛亮和司马懿在卤城形成了僵持。这天，杨仪向诸葛亮回报说："现在，一百天到了，换班的士兵近日就可以抵达，这里的士兵也可以启程回去了。"

诸葛亮当即下令，那就迅速交换兵士。就这样，坚持一百天的老兵们都准备收拾行装赶回四川。可没想到就在这时，哨马突然来报，魏将孙礼率领二十万大军前来助战，司马懿也亲率大军攻打卤城。

魏军大举来袭，蜀军惊骇不已。现在，让老兵回四川的命令已经下了，而新兵还没有到达，卤城就像是一座空城。

这时，杨仪沉不住气了，他说："现在魏军大举来犯，我们可以把老兵留下来，让他们帮助退敌。等到新兵到了，再把他们替换回去。"

诸葛亮却说："不行。我统帅兵士向来以信义为本，现在命令已经下了，怎么能轻易收回呢？再说，这些士兵离家日久，他们的家人都在等着他们回去，我怎么能留下他们继续战斗呢？"

老兵听完这个消息，纷纷主动请缨，留下来退敌，等到退敌之后再回四川，但是诸葛亮坚决不同意。众兵士又说，他们宁愿死也不愿意这样丢下丞相自己回去，如此，诸葛亮才勉强答应了他们的要求。

经过这些波折之后，蜀军气势如虹、奋勇拼杀，把来犯的魏军杀得尸横遍野、流血漂橹，大败而归。

面对大兵压境，一般的将领恐怕连伙夫也会派上战场，哪里还肯把换班回家的几万士兵轻易放走？但诸葛亮却不然，他深知作为一个统帅，一旦做出承诺，就必须实现自己的诺言，只有这样重信诺的统帅才能让士兵真心服从，才能令行禁止。所以他既然已经规定了让士兵们百日一换班，纵然敌军压境，也坚持信守承诺绝不更改。而当士兵们看到自己的统帅是如此重信守义，反而激发了将士们的斗志，誓死来报答诸葛亮的恩德。

可见，一个人的信义要比数倍赏罚禁令都管用。正所谓"攻心为上"，只有让他人对你从心理上信服了，才有可能凭借人格的魅力凝聚更多的力量。在行事中，一个人的主观意识起了很大作用；若能够获得他人主观上的认可，那么，我们在成就功业时往往就能收到事半功倍的效果。

◆史道智慧◆

诚信是一种攻心的策略，将心比心，诚信的人必然会交到诚信的朋友。诚信才能受到别人的尊重，而这种尊重是一种油然而生的感染力，不仅能影响到与你交往的那个人，更能让他影响身边的人。一传十，十传百，你的形象就是这样慢慢树立起来的。

社会容不得无信小人
——虞孚作茧自缚客死吴国

信用是我们立身处世的根本，也是我们一生应该追求的东西。无论在什么情况下，我们都不能放弃做人的根本，为人一定要正直，注重诚实守信。

诚实守信的品格是不能用金钱衡量的，任何事情、任何原因都不能成为你去欺骗别人的借口，因为最终的结果都将是得不偿失。要知道，现代社会是信用社会，丝毫容不得无信小人。

春秋战国不仅是战争频发的时期，更是商人暴富的时候。在当时，范蠡、计然等人都富了起来。越国有一个名叫虞孚的人也眼红了起来，梦想摆脱现状，一夜暴富。于是，虞孚就找到了计然先生，向他求教致富的方法。计然先生好心地告诉虞孚："现在种漆树非常赚钱。你可以先种一些漆树，等到漆树长成之后，就可以采漆卖钱。"之后，虞孚又向计然咨询了种植漆树和护理漆树的方法，计然先生有问必答，耐心指点。

虞孚回去之后，就开始筹钱种漆树。三年之后，漆树长成了，虞孚非常高兴，认为自己终于有了发家的资本，如果能割数百棵的漆树运到吴国去卖，就能赚到很多钱。这时，妻子的兄长来看他，看到这些漆树就说："我经常到吴国经商，知道在吴国怎么卖漆。如果方法得当，就能赚到更多的钱。"

虞孚听了怦然心动，赶忙请教。他妻子的兄长说："在吴国，漆非常畅销，我看到很多卖漆的人为了获得暴利，都煮漆树叶。把煮出来的漆叶膏和漆混在一起按纯漆的价钱卖，吴国人很笨，绝对发现不了。"虞孚听了内心狂喜，就按兄长的方法做了，并且运到了吴国。

当时，吴国和越国是敌国，相互之间不通商，因此，越国的漆在吴国非常畅销。吴国人听说虞孚来卖漆，都非常高兴，以宾客的礼节接待了他。双方验完货，吴国人看到他的漆都是上等货色，非常满意。双方讲好价钱，贴好封条，约定明天一手交钱，一手交货。

吴国人刚一离开，虞孚就打开封条，把漆叶膏倒了进去，由于做得匆忙，虞孚不小心在坛子口附近留下了一些痕迹。第二天，吴国人如约来取货，发现封条有动过的痕迹，就知道虞孚做了手脚，于是就找了个借口，说是过几天再来交易。

虞孚在自己的住所等了半天，也不见吴国人过来交易。时间一久，漆都变质了。最后，虞孚的漆一点都没有卖出去，三年的努力付之东流。他去吴国人那里讨说法，吴国人责备他说："商人做生意最重要的就是讲诚信，而你却是明里一套，背地一套，谁还会相信你？你这都是自作自受，没有人会可怜你。"

虞孚最后把自己身上带的钱都花光了，没有钱回到越国，只能在吴国乞讨为生。最后，虞孚因为穷困潦倒而客死异乡。

虞孚失败的原因就在于他不讲诚信，因为一时的贪念丢弃了做人的准则，而他最终也尝到了背信弃义的恶果。毁人者，人恒毁之。穷困潦倒客死异乡，这不过是虞孚自作自受罢了。

无论是经商还是为人，不讲诚信的人只会被自己的轻诺寡信伤害，没有人愿意和这样的人交往；只有用诚信去打动人，才能建立起真正的友谊，才能在自己困难的时候得到别人真心实意的帮助。

◆ 史道智慧 ◆

　　诚信是一种利人利己的行为,只有言出必践,用自己的实际行动展现出诚信的魅力,才能发现诚信给你带来的好处。诚信是一种无形的资本,它会在你危难的时候散发出魅力的光芒,受到意想不到的尊重和援助。

　　在当今这个讲求"品牌荣誉"的社会,个人的信誉度就是你安身立命的根本。总是投机钻营,打着自己的小算盘,投机倒把、出尔反尔,也许混得过一时,却混不过一世,早晚有一天,无信之人会为他的寡信少义而付出惨痛的代价。

第23辑

投之木桃,报之琼瑶

活用历史之"帮"智慧

不施者,无所得。帮助别人,同样也是在帮助自己。施恩不求报是一种品德,而"受人点水之恩,须当涌泉答报"也是人之常情。

若事事只求自己安然,从不施恩于他人,同样也不会得到别人的"施"。这样,就没人和你"共患难",想成大事,难矣。

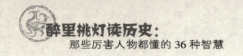

患难见真情

——苟巨伯不弃朋友避灾祸

如果幸福的婚姻是一双舒适的鞋子，可以陪伴自己走过人生的千山万水，那么肝胆相照的友情就是一张温暖的椅子，在万水千山的路上，让我们的脚和鞋子都得到惬意的歇息和疗养。真的朋友，不是跟你一同吃喝玩乐的人，而是在你困难的时候总会及时出现，帮你排忧解难的人。

但正所谓"没有无缘无故的恨，也没有无缘无故的爱"，若欲取之，必先予之。情感的流淌是需要互动的，只有让别人感受到你的真情，关键时刻你才能感受到雪中送炭的温暖。

晋朝的时候，有一个叫苟巨伯的人。一天他去看望卧病在床的一个朋友，恰逢敌兵攻进城内，烧杀抢掠，老百姓抛家携口、四散逃命。苟巨伯的朋友急忙跟他说："我得了重病，活不了多长时间了，你还是赶快逃命吧！我不想拖累你！"

苟巨伯对朋友说："现在你得了重病，我怎么能弃你于不顾呢！我千里迢迢来到这里就是为了照顾你。现在，敌军进城了，我就更应该保护你的安全，怎么能独自逃命呢？"说完，苟巨伯跑到厨房给朋友熬药去了。

喝过了药，朋友还是坚持让苟巨伯赶紧离开，但是苟巨伯却跟没有听见一样，安慰朋友说："你安心养病吧！敌军不是还没攻到咱们这儿来呢吗？就算他们攻进来，只要有我在，你一定会没事的。"

正在两人说话的当口，敌军破门而入，看到还有人在这里居住，不禁感到非常奇怪，就呵斥他们："你们胆子真大啊！竟然还敢住在这里？难道真不怕死吗？"

苟巨伯不紧不慢地站了起来，指着朋友说："他是我朋友，现在病得厉害，根本无法离开，我怎么可以独自逃走，弃他于不顾呢？你们别吓到我朋友，有什么罪责都由我一个人承担。哪怕杀了我，我也毫无怨言！"

这些兵士佩服苟巨伯是条至情至性的好汉子，于是说道："真没想到，这兵荒马乱的年头，竟然还有像你这样重情义的人。让你的朋友好好养病吧，我们先走了。"说完，兵士们就离开了。

如果说苟巨伯不远千里来探望朋友是一种情分的话，那么，在大军压境、生死当口仍然安于床前服侍照顾，就是一种顶天立地的义举了。也正是因为他如此情真意切的友谊，才打动了攻城夺地的敌军，最终意外获得了一条生路。

人生在世，每个人都不可能一帆风顺，生活中常听人议论："真的出事了，才看出到底谁和你亲。"一句简单朴实的话，却道尽了患难见真情的深刻道理。真正的朋友应该"有福同享，有难同当"，而不是如墙头草般随风倒，没有一颗坚定的心去对待朋友。当你的朋友在患难中时，不要犹豫，真正的朋友就是会在最寒冷时送去一盆火炭的人。而我们，如果也能以一颗诚挚的心去对待朋友、珍惜朋友，那么也就不必焦虑，危难之时，必然会得到朋友的帮助。

◆ 史道智慧 ◆

真正的好朋友就像是一坛老酒，就算在墙角里搁置再长时间，等到取出来的时候也会酒香醇正。对待朋友就应该像对待自己一样，你如果投之以木桃，他必然会报之以琼瑶，这才是朋友之义。这样的朋友才会在你身处险境的时候，伸出手来帮助你。

朋友需要的是能在关键时刻得到你的鼓励或慰藉的话语和行动，需要在最危急的时刻你能出现。这样才有可能经营出一段值得我们一生去珍惜的友情。

别忘记那些帮助过你的人

——曾国藩终生不忘恩师

有的人成功之后就过河拆桥，把朋友的帮助放在脑后；有的人成功后还会记得在成功路上帮助过他的人，并且会为他们提供一个跳板，让他们和自己一起共同创造财富，走向成功。

如果你觉得自己已经不再需要别人的帮助了，做个过河拆桥的"白眼狼"也无所谓的话，那你可就大错特错了。好事不出门，坏事传千里，只要你背信弃义一次，这个世界上就再也不会有人相信你了。

曾国藩是家喻户晓的清代名臣，从吏部侍郎做到了两江总督，去世之后被追封为"魏文正公"。曾国藩之所以能取得这么大的成就，很大程度上取决于他的老师兼朋友，军机大臣穆彰阿

所给他的帮助。

道光末年，曾国藩考取了进士，并且拜军机大臣穆彰阿为老师。拜师之后，穆彰阿曾对曾国藩说："我明天就会把你推荐给皇上，你要好好表现，不要辜负我对你的期望。"曾国藩连忙拜谢，说："多谢老师栽培，学生一定好好表现，不辜负老师对我的期望。"

第二天上朝，穆彰阿就向咸丰皇帝推荐了曾国藩，但是咸丰皇帝问他："曾国藩有什么特别的才能？"穆彰阿一时之间不知如何作答，无奈之下就说："他非常细心，对事情过目不忘。"

咸丰皇帝并不多加理会，穆彰阿只得退下。

穆彰阿离开后，咸丰皇帝反复思量他的话，觉得如果曾国藩真有这样的才能，理应得到重用。于是，咸丰皇帝决定传召曾国藩，让他来觐见。

穆彰阿和曾国藩非常高兴。在曾国藩觐见之前，穆彰阿反复叮嘱他一定要尽心准备，好好表现自己，得到咸丰皇帝的认可。

等到觐见那天，曾国藩早早来到宫里，但是引路的太监却让他回廊里先稍候片刻，这一稍候却没了个时间。曾国藩等了很久都不见太监来传召，便急不可耐地开始在四周来回踱步。看见墙上挂着历代先皇的圣训，曾国藩长叹了一口气。

等了很久，太监才出来，告诉曾国藩今天皇上没时间，让他明天再来。回去之后，曾国藩把自己的见闻汇报给了穆彰阿。

穆彰阿沉思了一会："历代皇上的圣训，你记住了多少？"

曾国藩说："我当时心烦意乱，根本没记住多少。"

穆彰阿一惊："这是皇上想测试你过目不忘的本领啊！这几天皇上肯定是要召见你的，到时候一定要问起这件事。"

这时，穆彰阿的家丁来汇报，说太监总管王公公求见。穆彰阿正为曾国藩的事发愁，刚想说不见，但随即一想，这个人正是助曾国藩成名的臂膀啊！

穆彰阿马上把王公公请了过来，并且让他坐了上座。军机大臣如此客气，让王公公有些受宠若惊，于是开门见山地问道："咱家前来，就是想问一下大人前阵子答应为我外甥谋个差事的事情怎么样了？"

穆彰阿说："如此小事，还劳公公亲自跑一趟。此事不用你担心，过几天，他就可以上任了。"

王公公一听非常感激："多谢大人的栽培，如果您有什么需要我帮忙的，就尽管吩咐。"

穆彰阿顺水推舟地说："既然王公公这么爽快，那我就不客气了。最近，我要撰写一份历代先皇的功绩录,还请公公帮我把中和殿上的先皇圣训抄写下来,晚上我好使用,怎么样?"王公公马上答应了。

当晚,王公公就送来了,穆彰阿让曾国藩抓紧背熟,并告诉他:"你的人生能否成功,就在此一举了!"曾国藩马上打起十二分精神,直至把先皇圣训烂熟于心才停止。

第二天早上,皇上传旨召见曾国藩,刚一见面,皇上就直接问曾国藩说:"昨天让你在中和殿外等候,一定看到了大清历代先皇的圣训,你可曾记住圣训的内容?"曾国藩当即把圣训的内容全部背了下来,咸丰皇帝非常满意。几天后,就提升曾国藩为吏部侍郎。

自此之后,曾国藩的仕途非常坦荡,成为了朝廷中的重要人物,地位甚至在穆彰阿之上。但青云直上的曾国藩并没有忘记老师对他的栽培,一直对穆彰阿执弟子礼。在京任职时,常上府上讨教;出外做官后,每次进京也是必先到穆府问安。数年寒冬酷夏,曾国藩从没有间断过对穆彰阿恩德的报答。乃至穆彰阿离世后,曾国藩还照常到穆府探望其家人。一个满族大臣与汉族晚辈结下如此深厚的情谊,实属难得。

如果不是穆彰阿,曾国藩绝不会轻易得到进宫面圣的机会;如果没有老于官场的穆彰阿的指点和帮助,曾国藩也不会如此容易地通过面圣这一关。可以说,没有穆彰阿的着力栽培,就没有后来的一代名臣曾国藩。曾国藩和穆彰阿亦师亦友,相得益彰。难能可贵的是,发达显赫的曾国藩还能做到吃水不忘挖井人,如此的人格魅力也成为了后世广为传颂的佳话。

萍水相逢,要乐于助人;受恩于人,更要涌泉相报。"帮"与"被帮"就像作用力和反作用力,只有互动起来,人情往来的这一汪清泉才能永远清澈,而不会枯竭。

◆史道智慧◆

"苟富贵,勿相忘。"人要饮水思源,要记得朋友的好处,不能过河拆桥。忘记那些帮助过你的人,就会失去越来越多的真情,让身边的人逐渐远离你,从而让你独木难支,断送掉原本美好的未来。

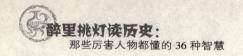

雪中送炭最感人

——鲁肃慷慨解囊救周瑜

身处逆境时往往是人心最脆弱的时候，也是最需要关怀的时候。此时哪怕只是简单的一句安慰，轻轻的一下握手，也能让人感激涕零，永生难忘。锦上添花固然让人欣喜，但雪中送炭才能让心灵得到最大的慰藉。

因此，当别人困于"雪"中时，切忌漠不关心，更忌雪上加霜，这时才是朋友之情、兄弟之义经受考验的最好时机。

雄姿英发，羽扇纶巾，在赤壁大败曹操的周瑜周公瑾在初出茅庐时却混得并不如意。当时，他在袁术手下为官，职位是居巢长，这是一个比县令还小的芝麻绿豆大的官。

福无双至，祸不单行。这时候周瑜管辖的地方发生了饥荒，老百姓没有粮食吃，只能啃树皮和草根，饿死了不少人。一时间，饥民遍野、哀天怨地。尽管周瑜心急如焚，但是他也没有凭空变出粮食来的魔法，只能干着急。

这时，有人给周瑜出主意说："居巢附近有一个大财主，姓鲁名肃，字子敬。他非常有钱，而且乐善好施。如果你去找他，肯定能借来不少的粮食。"

周瑜听闻此事，马上前去拜访鲁肃。寒暄几句之后，周瑜开门见山："实不相瞒，我这次前来，就是想找您借点粮食，帮居巢百姓度过这次饥荒。"

鲁肃打量了一下周瑜，看到他风神俊秀，日后必定大有一番作为，就非常高兴地说："区区小事，不值一提，请公瑾放心。"

鲁肃家里有两仓粮食，每仓各有三千担。鲁肃豪爽地指着其中一仓说："别说什么借不借的，我直接送你一仓吧！"周瑜见鲁肃如此豪爽，非常高兴，自此之后，周瑜和鲁肃结为了至交好友。

又过了几年，周瑜当上了将军，他牢牢记着鲁肃的恩德，就把他推荐给了孙权。日后两人共同辅佐东吴，才得以让东吴有了三分天下的伟业。

虽说在名义上周瑜是官，鲁肃是民，但是以鲁肃当时的身份和影响力，对于周瑜这个小小的居巢长，他是想不见就可以不见的。而鲁肃非常看好周瑜，在他最危难的时候慷慨解囊，帮助了他，这无异于雪中送炭。后来，两人虽然政见不一却始终保持着极好的私人关系，也成为了一段千古佳话。

所以，在别人最为需要帮助的时候，一定要慷慨相助。往往，在危难时刻得到的帮助是最为深刻而感动的。

◆ 史道智慧 ◆

饮水思源源不尽，怀恩报恩恩相继。当朋友需要你帮助的时候，就应该不惜一切代价帮助他。可以说，雪中送炭、为人解忧，是一种能为朋友之谊加上重要砝码的大仁大义。

但另一方面，无论是雪中送炭还是锦上添花，帮人的目的绝非是为了希求日后的回报；如果动机不纯，所流露出的情感也就失去了真切的味道。如此，也算是曲解了"帮"之大智的涵义了。

第24辑

海纳百川，有容乃大

活用历史之"宽"智慧

> 海纳百川，有容乃大。人如果能包容世上的一切，才会让自己的胸怀变得宽广，从而成就大事。斤斤计较乃小人所为，是难成大事的。
>
> 胸怀大志的人，就不会拘泥于琐碎小节，他们拥有的是一种宽容的智慧，是一种博大的情怀，是为人处世的乐观态度。

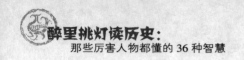

宽容方展人生境界

——楚庄王宽容唐狡收大将

宽容有三种境界，可以用养鱼来作比喻：最初级的境界是在鱼缸里养鱼，只让鱼在一定的范围内生存和活动；中等境界是池塘里养鱼，让鱼与池塘相偕相生；最高境界则是将鱼放归江海之中，鱼生江海，江海生鱼，无穷无尽。

人活一世就应该相互容忍：每一个人都有弱点，都能被他最薄弱的方面切割捣碎。在人和人相处的时候，我们总会出现各种各样的矛盾，这时就需要用自己博大的胸怀去容忍对方的缺点，为对方留下退路。对人宽容，往往体现出的是你自身的人生境界和处世智慧。

有一次，春秋五霸之一的楚庄王举办宴会，楚庄王和大臣们从日上中天一直喝到暮色四合。但楚庄王还是没有尽兴，仍然命令大臣们继续喝酒。

天渐渐黑了，楚庄王就吩咐手下点起灯让宴会继续下去。一时间酒香夹杂着灯香，让大臣们放得更开了，每个人都喝得酩酊大醉。

楚庄王看见大臣们都非常尽兴，心里也是分外高兴，就请出了自己的小妾许姬。许姬是楚国后宫里的第一美人，有沉鱼落雁之容，闭月羞花之貌。大臣们非常开心，纷纷举酒把盏，继续狂欢。众人酒醉之后看见许姬貌美的样子，都有些把持不住。

这时，突然刮起了一阵风，把灯都吹灭了。楚庄王就感慨地说："秋天夜晚的风啊，难道你也是这么多情！"这时，一个酒醉的人把持不住了，一把拉住了许姬的纤纤玉手。许姬反应很快，一下子把那人的帽缨抓了下来，然后对楚庄王说："启禀大王，有人想非礼臣妾。我已经抓下了他的帽缨，请您严惩此人！"

楚庄王一惊，然后说道："这个我自有分寸。"正在这时，侍从们想要点灯，楚庄王忙说："不要点灯！摸着黑喝酒，也别有一番滋味呢！"

事后，许姬就问楚庄王原因。庄王笑着说："按照规定，喝酒要有度，酒量再大也不能从白天一直喝到黑夜还能保持清醒。那个人是喝醉了才来非礼你的啊！这都是我的过错，我怎么能惩罚别人呢？"

三年后，楚国与晋国开战。楚军中有一位名叫唐狡的勇士一马当先，总是冲在前头，一人便斩杀敌军五员大将。

楚庄王很奇怪，问他为什么如此拼命。唐狡回答说："末将该死。三年前我在宴会上酒醉失礼，大王不但没有治我的罪，还为我掩盖过失。如此，我只有奋勇杀敌才能报答大王的恩德于万一啊。"

楚庄王能够成为春秋五霸之一，自然是有其过人之处的。对于一个九五之尊的帝王，有人非礼他最宠爱的妃子，这种侮辱又怎么能忍受得了呢！但是楚庄王的人生境界高人一等，他并没有命人点灯找出那个失去了帽缨的人，而是选择了宽容。这就是楚庄王与那些昏庸之君的不同之处。

人有多宽的胸怀，就有多高的境界；有多高的境界，就能成就多大的事业。楚庄王的胸怀宽似江海，因此他能够在群雄并起的春秋时代成就一番霸业。

◆ 史道智慧 ◆

不会宽容别人的人，是不配受到别人的宽容的。宽容是相互的，只有拥有这样的胸襟，才能包容别人的缺点，从而缓和两个人之间的矛盾。如果两个人都不让步，只会让矛盾更加激化，最后，更是难以解决。

退一步海阔天空，忍一时风平浪静。在生活中，遇到矛盾的时候，我们需要宽容。宽容是一个人的胸怀，如果不懂得宽容，就会让自己的压力空前巨大，永远不会得到释放。也只有用海纳百川的胸襟去容纳世间人事，才能不断地修养心性，达到更高的人生境界。

用宽容赢得别人的尊敬

——晋文公宽恕众人成就霸业

海纳百川，有容乃大；壁立千仞，无欲则刚。在中国五千年的传统文化中，有胸怀、能容人的人，才会获得周围的认可。如果对任何事都斤斤计较，自会让别人感觉你这个人没有气度，根本不值得交往。如此，自己的视野就会越来越小，人生的格局也将越来越窄；纵有一番大志，也只

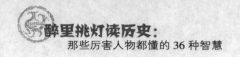
能付之东流。

只有拥有像大海一样胸怀的人，才能包容一切。而这样的人往往在为自己树立了魅力形象的同时，也受到更多人的尊敬。

春秋时期，晋国国君晋献公昏庸无道、骄奢淫逸、祸国殃民。他为了宠幸骊姬，竟然不惜杀死了亲生儿子申生，立骊姬的儿子奚齐为太子。但就是这样，骊姬还是不满意，让晋献公派人追杀他的二儿子重耳。不得已之下，重耳就逃到了翟国。重耳喜欢结交朋友，当时，在晋国的一帮群有德之士听说重耳去了翟国，就纷纷追随他而去。

公元前 651 年，晋献公去世，晋国大乱，为争夺皇位而杀机四起。最后晋惠公夷吾得了地位，但是他想到了他的兄长仍然在外，就非常担心，便派人去翟国刺杀他。重耳听闻后只得又一次出逃，开始了四下逃亡的生涯。

公元前 637 年，晋惠公去世，晋怀公继承了王位。晋国的大夫栾枝就劝说重耳回到晋国来争夺王位，由他来做内应。这时，在秦国流亡的重耳在秦穆公的拥护下，时隔十八年，再次回到了晋国的土地上。

回到晋国之后，重耳叫手下把逃亡时自己的随身物品全都扔到了河里，他觉得这些东西非常晦气。这时，狐偃就跪下说："现在公子有秦国军队护送，在晋国又有栾枝作为内应。我们这帮追随您多年的老臣就像你刚才扔到河里的旧衣物一样，也没有什么用处了，留在这里只会让公子厌烦，不如把我们也扔在这里吧！"

重耳一听，马上明白了狐偃的意思。于是，就吩咐手下把衣服打捞上来，并当即立誓说道："如果我重耳能够夺回晋国，一定不敢忘了诸位。这些年大家对我的帮助，我一定牢记心上。"这样一说，狐偃等人才安心上了船。

第二年，重耳顺利登上了王位，成为了历史上著名的晋文公。

这时，一些身怀异心的晋国人怕重耳回国之后找他们算当年的陈年旧账，就密谋想杀死重耳。当年追杀重耳的寺人披听闻此事，就想向重耳报信，重耳却拒绝接见。

寺人披说："我当初杀您，是奉了当时国君的命令。对主人命令不听从，是为不忠。但是现在您是我的主人，我理应为您效忠。如果您不接见我，当年得罪您的人就没有人再为您出力了。"

就这样，重耳才接见了寺人披。寺人披把叛乱者的阴谋说了后，重耳非常惊讶，马上派人把叛乱者全都杀死了。

叛乱平定后，为了安抚人心，重耳宣布，自己虽然登上了王位，但对以前的事可以既往不咎。绝大多数人都不相信重耳竟然会如此宽容。

就在这时，一个当年背叛过他的人出现在了重耳面前。看到这个人，重耳生气极了，马上就想杀了他。但是这个人却说："我来见您，是为了让别人看见您宽容的举措。我曾经如此对待您，如果您能原谅我，别人自然就会相信您所说的话了，就没有人会担心再受到责罚了。"重耳觉得他说得很对，于是便宽恕了他。

经过这件事，晋国上下对于这位新国君渐渐生出了敬意。而晋国也在重耳的治理之下变得国富民丰，成为了中原的霸主。

重耳的成功就在于他有容人之量，哪怕是当年背叛过他的人，他也能用自己宽广的胸怀，原谅那些人所犯的过失。他本人也赢得了晋国人民的尊敬和爱戴。

所以，以己之宽，容人之窄，这不仅可以为我们少树敌人多交朋友，而且还能在不自觉中感化对方，从而为自己赢得众人的美誉敬意。这和人们常说的"以德报怨"相似，这不仅体现了一种个人修养，更是人生立世的博大智慧。

◆ 史道智慧 ◆

人非圣贤，孰能无过。对他人的宽就是对自己的容，同时应该承认，没有人能够时时刻刻、事事处处都能保持宽容，但正所谓"量小非君子，无毒不丈夫"，这句让世人耳熟能详的话让人们认定，不能做到宽以待人的人，不是小人，也一定和君子无缘。所以，在需要你宽容的时候，就应该展现出你宽容的一面，这样才会得到更多人的认可。

有容人的雅量，才能让别人信服，才能收服人心为己所用，最后达到想要的成就。如若不然，只会让自己四面树敌，处处受挤，人生之路也就越走越窄了。

宽容是一种投资

——袁盎饶恕下人做媒人

人生的旅途中，我们不仅会遇到比自己强的人，也会遇到比自己弱小的人。如果我们对待比自己强势的人恭敬仰视，而对待弱小的人则采取仗势欺人的态度，那么只会让对方产生倍加

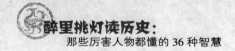
仇恨的心理。这无疑是我们成事的大忌。

所以，要想取得大发展，就应该放下自己的身段，用更加平易近人的姿态去对待别人。这样才能让对方放下成见、放下距离，心甘情愿地为你提供帮助。这种宽容之态是一种智慧。

西汉景帝时期，在吴国做官的袁盎发现他的一个婢女和自己家里的一个下人有了不正当的关系，在当时的官宦人家里，这种事是很犯忌讳的。

作为一家之长的袁盎本想下令严惩他们。但是袁盎转念一想，窈窕淑女，君子好逑，这本是人之常情。如果因为这件事而惩罚他们，那就无异于是亲手毁了这两个人。袁盎实在下不去手，于是就想把这件事压下去，让大事化小，小事化了。

没想到，袁盎的那名下人在得知事情败露之后却畏罪潜逃了。袁盎马上骑着马去追赶他，对他说："你虽然有过错，但如果我想惩罚你的话，你早就被赶出家门了，何必等到现在呢？你跟我回去吧！"

回去之后，袁盎亲自做媒，把那名婢女嫁给了这名下人，并且送了他们众多彩礼。

很多人为了这事嘲笑袁盎："你能原谅你的下属和婢女，已经算是仁至义尽了。但是你还促成他们成亲，这不是鼓励下人们都这么做吗？这样下去，你家里可就要乱套喽。"

袁盎解释说："这名下人跟随我多年，他喜欢那名婢女，那是他的自由，并不是不可饶恕的罪过。"

后来，袁盎升职，做了朝廷命官。正赶上七国之乱，吴王派兵围住了袁盎的住地，想要杀死他。就在千钧一发的时刻，当年他成全过的那名下人突然出现，拼死救他脱离了险地。

袁盎不计罪责宽恕了那名家人，不仅没有治他的罪，还成全了一对有情人。而最终，那名家人在最关键的时刻救了袁盎一命。

这就是宽容的力量，它不仅能使他人摆脱困窘之境，化解逼人之急，更能使你受到爱戴，得到意想不到的回报。

◆ 史道智慧 ◆

　　每个人都有做错事的时候。当别人的过错冒犯到我们，损害了我们的利益的时候，我们不妨多替对方考虑一下，如果确实情有可原，那就原谅他吧。

　　每个人都有自己的人格和尊严，如果你苛刻地要求别人，只会让自己变得难以亲近，甚至招致别人的仇恨。但宽容却可以把坏事变好事，给别人一条生路的同时，也是给自己留了一条后路。

第25辑

勇于担当，舍我其谁

活用历史之"担"智慧

　　无担当，何以言勇？勇于担当，才是大丈夫。担当需要勇气，不是匹夫之勇，而是需要进行有效的判断，挺起不屈的脊梁，来解决问题。

　　担当是一种处事不惊的坦然之态，是一种大义凛然的气魄。用自己不屈的意志来面对一切，才是大丈夫所为。

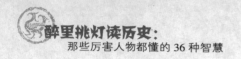
扛住责任别趴下

——于谦身正不怕影子斜

人生在世，我们的身上总是背负着各种各样的责任，家庭、事业、道德，等等，这些责任就像沉重的担子压在我们的肩膀上。面对这些，我们只能站直了、挺住了，才能不被责任的重担压趴在地。

另一方面，挑担子又是个技术活。这门技术的关键就在于挑担人的腰杆一定要直要硬，否则，走不了几步就会被沉重的担子压垮了。所以说，要想担得起，首先就要有身正腰直的基础。

明英宗正统年间，宦官头子王振把持朝政，他培植党羽、排斥异己、横行跋扈、无恶不作。一时间人人畏惧，谄媚逢迎他的大臣有的竟称他为"翁父"，还无耻地向他行跪拜之礼。

当时任晋豫巡抚的于谦对王振这个奸佞小人十分痛恨，深为国事忧心。于是对家人说："小人当道，君子方显其贵。我虽然没有能力铲除王振，却要洁身自好，绝不与其同流合污，希望你们能够支持我。"

于谦的家人深明大义，却有些担心地说："天下要是人人都能像你这样想的话，就再也没有王振这样小人的生存空间了，可时下人人畏祸、个个保身，你一个人和他们对抗，太危险了，还是忍耐一些吧。"

于谦长叹道："我也知道得罪王振很危险，但愿以我一己之力，能唤醒天下人吧。"

当时，地方官进京办事，贿赂权贵已是公开的秘密，对此，于谦心知肚明，却从不按此规律办理。他的手下劝他说："大人的气节虽令人钦佩，但未必是应对小人的上上之策，那些小人们贪财好货，给他们一些便可让他们满足；不给则会马上遭致报复，祸事无穷。既然能消财免灾，为何不投其所好，让他们纠缠于自己呢？留得青山在，不怕没柴烧啊。"

于谦听罢大怒，说道："小人的物欲永无止境，你越是迁就他们，他们就越贪得无厌。小人注定了要与君子为敌，若为君子，又岂能怕这些小人呢？"

于谦还写了一首《入京》，表明心迹。诗中说道："手帕蘑菇与线香，本资民用反为殃。两袖清风朝天去，免得闾阎话短长。"

于谦的"特立独行"让王振恨得咬牙切齿，于是他召来死党，对他们说："于谦公然和我作对，你们可有法子将他除去？"

王振的死党们都很为难："于谦廉洁无私、政绩卓著，名望甚高，我们实在挑不出他的错处，不好下手啊！"

王振冷笑道："我要办他，还愁找不到罪名？"

正统十一年，于谦进京请求让别人代替自己担任晋豫巡抚一职。不想此事竟然成了王振陷害于谦的把柄，他指使同党上奏英宗，诬陷于谦说："于谦久不升官，心怀怨恨，故有此举。他一向自作主张，不惜损害国家的利益以增长其个人的声望，这使他有了所谓的君子之名，由此亦可见他的歹毒和用心了。"

英宗向来对王振的话偏听偏信，于是下令将于谦关进监狱，打算判他死刑。但是王振得意得太早了！令他想不到的是，山西、河南两省的民众听到于谦被捕的消息，纷纷为他鸣冤，许多吏民更是进京上书，不绝于道。封在这两省的几个藩王也上奏说："于谦人所敬仰，乃当世不可多得的君子。这样的人若被处死，只怕会激起民变，导致政局不稳。恳请朝廷不要加罪于他。"

为了一个于谦竟然捅了马蜂窝，这让王振感到心慌意乱。他的死党见事情越闹越大，于是劝他道："杀一个于谦固然容易，若是因此让天下人怨恨大人的话，那可就太不值得了。现在人人都在替于谦说话，大人如果能暂时放他一马，也可以博得一个好名声啊。"

面对群情激愤的形势，王振也失去了威风，不敢一意孤行。无奈之下，王振也只能借坡下驴，"顺应民意"地把于谦放了出来，并且官复原职。

正义是天下最重的一副担子，古往今来没有几个人能扛得起来。在仅有的那些人中，于谦算一个。这副名叫正义的重担死死地压在于谦的肩膀上，令他在那个乌烟瘴气的时代里步履维艰，但同时，真正使他转危为安的则是他自己。事实上，于谦自始至终就只做了一件事，那就是站直了，别趴下。肩上的压力越大，于谦站得就越稳，挺得就越直。真正上蹿下跳、忙里忙外的是王振。但是在于谦的坚持之下，王振费尽心机，却终于还是扳不倒他，因为于谦的傲然挺立已经成为了当时的一个正义符号。面对如此强大的力量，哪怕王振权倾朝野，也只能对于谦无可奈何。

所以，只要自身的"底子厚"，外界再大的打击也能扛在肩上不妥协。正所谓"身正不怕影子斜"，影子只是外界光线的反射，并不能完全反应事物的本质。只要有勇于担当的魄力，心态就会端正，精神就会振奋。

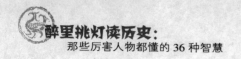
◆ 史道智慧 ◆

　　从某一方面来说，古往今来的任何一个人都是挑着担子努力前行的旅人，只不过他们所背负的东西各有不同，任务各有轻重缓急罢了。在世上辛苦打拼的你不妨也掂量一下自己身上的担子有多重，心里有个数，这样才能"知己知彼"，不断修炼自己，以成就大业。

　　同时，努力做到能站多直站多直，能挺多久挺多久。然后你就会发现，自己已经成了被命运所眷顾的宠儿。

勇于承担失败的责任

——诸葛亮承担战败责任自贬三级

　　从小学、中学直到大学，我们从班干部做起，做到大学的社团部长，又到公司员工……每一个年龄阶段，我们都会有自己的位置。很多时候，我们以谋得一官半职为荣，其实，千言万语化为一句话，那就是一种担当、一种责任。

　　在承担责任的时候，我们会犯错误，但是有些人犯了错误不仅不承认，反而一再推脱，死不悔改，这样做，只会让自己犯的错误更加严重。犯错不可怕，可怕的是对待错误推卸担子的态度。所以面对过失，最应该做的不是畏惧，而是勇于担当，这样才是真正大丈夫所为。

　　蜀后主建兴六年（公元 228 年），诸葛亮为实现统一大业，发动了一场北伐曹魏的战争。他命令赵云、邓芝为疑军，占据箕谷，自己则亲自率十万大军，取突袭魏军据守的祁山。同时，任命参军马谡为前锋，镇守战略要地街亭。

　　临行前，诸葛亮再三嘱咐马谡："街亭虽小，关系重大。它是通往汉中的咽喉。如果失掉街亭，我军必败。"并具体指示让他靠山近水安营扎寨，一定要谨慎小心，千万不能自以为是。

　　然而，马谡到达街亭后却骄傲轻敌，不但不按诸葛亮的指令依山傍水部署兵力，反而自作主张地要将大军部署在远离水源的街亭山上。当时，副将王平提出："街亭山既没有水源，也没有扼住咽喉要道。如果魏军围困街亭，切断水源，我军将会不战自溃。请您还是遵照丞相的指示行事，依山傍水，巧布精兵吧。"

马谡不但不听劝阻，反而自信地说："我自小通晓兵法，世人皆知，连丞相有时都要请教于我。而你王平生长戎旅，手不能书，懂得什么是兵法？"接着又洋洋自得地说："居高临下，势如破竹，置之死地而后生，这是兵家常识。我将大军布于山上，使之绝无反顾，这正是致胜之秘诀。"

王平再次谏阻："如此布兵危险。"马谡见王平不服，便火冒三丈说："丞相委任我为主将，部队指挥我负全责；如若兵败，我甘愿革职斩首，绝不怨怒于你。"

王平再次义正辞严："我对主将负责，对丞相负责，对后主负责，对蜀国百姓负责。最后恳请你遵循丞相指令，依山傍水布兵。"但马谡仍然固执己见，将大军布于山上。

魏明帝曹睿得知蜀将马谡占领街亭，立即派骁勇善战，曾多次与蜀军交锋的大将张郃领兵抗击。张郃进军街亭，侦察到马谡舍水上山，心中大喜。立即挥兵切断水源，掐断粮道，将马谡部围困于山上，然后纵火烧山。蜀军饥渴难忍，军心涣散，不战自乱。结果，张郃命令乘势进攻，蜀军大败。马谡失守街亭，战局骤变，迫使诸葛亮退回汉中。

诸葛亮总结此战失利的教训，痛心地说："用马谡错矣。"为了严肃军纪，诸葛亮下令将马谡革职入狱，斩首示众。临刑前，马谡上书诸葛亮："丞相待我亲如子，我待丞相敬如父。这次我违背节度，招致兵败，军令难容。丞相将我斩首以诚后人，我罪有应得，死而无怨。只是恳望丞相以后能照顾好我一家妻儿老小，这样我死后也就放心了。"

诸葛亮看罢百感交集，老泪纵横。要斩掉曾为自己十分器重赏识的将领，心若刀绞；但若违背军法，免他一死，又将失去众人之心，无法实现统一天下的宏愿。于是，他强忍悲痛，让马谡放心，自己将收其儿为义子。而后，又上书后主，自求连贬三级。全军将士无不为之震惊。

诸葛亮之所以能成为统军作战的一代伟岸之才，不在于其勇，也不完全在于智，而是信义和担当。事前部署、临行嘱咐，本已完成了一个统帅的责任；然而当自己所用之人马失前蹄、痛失大局时，却依然有和当事人共承担的勇气和胸襟。如此之肩，又有何大业不能担起？

大丈夫成天下大事，理应有为天下担当的气魄。敢于担当，敢于正视自己的错误，才会有决心改正；如果含混推脱，只会让错误继续错下去，永远得不到纠正。要学会为自己的行为负责，让自己认识错误，才不会重蹈覆辙。

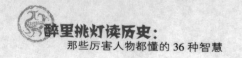
◆ 史道智慧 ◆

　　错误在最开始的时候都是很细微的，灭之于初，往往会省下不少的力气；反之，如果不能及时有效地改正，逃脱回避、推卸责任，就会让错误无限扩大化，从而流毒于天下。

　　面对错误的时候，我们更应该敢于承认、客观分析、勇于担当，然后参考别人的意见加以改正，这样才能把错误扼杀在摇篮里；如果只知缩脖抱头、逃避推卸，则只会让自己陷入到错误的深渊里，不能自拔。

有担当也得讲方法

——王安石强推新法犯众怒

　　虎门销烟的英雄林则徐曾经说过："苟利国家生死以，岂因祸福避趋之。"这是有担当的一种体现。这种铁肩担道义的气魄的确能体现出大丈夫的伟岸之力。

　　但是，做事情也是要讲方法的：担当的智慧不在于拍案而起、挺身而出的匹夫之勇，而更重要的是看最后的结果，到底是担起了木挑起了梁，还是被重担压了下去。如果为了承担责任而承担，为了担当而担当，那么这样的担当也就变味了。如此下去，一切的行为就会离你的初衷越来越远。

　　北宋熙宁年间，宋神宗为了变法图强，任命王安石为宰相，展开了轰轰烈烈的王安石变法运动。

　　但是，王安石的变法措施有很多都触动了当时统治阶层的切身利益，所以，反对他的人很多。御史中丞吕诲指责王安石有十条过错。对此，王安石大为恼怒，对神宗说："陛下革新之举，容不得人们说三道四，扰乱人心。吕诲不识大体，不遗余力地攻击臣，并不是因为他反对臣，而是因为他对新法不满，对陛下有怨。现在变法刚刚启动，怎能任他胡言呢？"

　　神宗既然下了决心要变法，自然要力挺王安石，于是就下旨把吕诲贬出了朝廷。

　　三朝老臣韩琦听说吕诲被贬，急忙上书神宗，劝谏道："陛下实行新法，一些人暂时还不理解陛下的意图。吕诲身为御史中丞，谈论这些是他的职责所在。他只说了王安石几句坏话，就被赶出了朝廷。这样一来，以后谁还敢讲话呢？王安石过于苛刻，陛下不能纵容他。"

神宗反思过后，也觉得自己做的有点过分了，便要召回吕诲。王安石听说后极力反对，这让神宗十分为难。

这时，王安石的好友司马光对王安石说："皇上信任你，你更应该宽以待人，减少皇上的烦忧。你现在大权在握，如果不容许别人说话，你的威信便会丧失殆尽。这样的话，你又怎能推行新法呢？"

王安石反驳道："你这么说可就不对了。我要是任由这些人对新法说三道四，简直就是一个不堪担当大任的懦夫。我劝陛下贬斥吕诲就是为了告诉天下人，朝廷变法图强的决心，以及我王安石敢于承担责任的决心。"

由于王安石的强烈反对，神宗最终没有召回吕诲，而是任命韩维接替吕诲的职务，做御史中丞。韩维对神宗说："臣从前指责过王安石，王安石一定忌恨在心，臣不敢赴任。"

于是，神宗召见王安石，告诫他说："你主持大局，不能苛求于人，更不能没有器量。自古以来，不能容人的人是不能成大事的。朕支持你的主张，满朝文武却不可能全都迁就于你啊！"

听了神宗的这番劝诫，王安石默然不语，但事后仍然是我行我素。好友见王安石愈发孤立，便劝他说："成大事者皆需要人助。你再正确，如果无人扶持，也会失败。反对你的人多了，纵然你再敢担责任，你能一一加以惩罚吗？你这么做就会失去人心。与其跟他们对着干，还不如主动去争取他们。"

王安石不想妥协，仍然坚持说："实行新法，很多人都在骂我。但好在皇上支持我，他们骂也就没有用。这些人顽固自私，和他们交往只会影响我的清誉，使变法大业受到影响。我是绝不会这么做的。"

对于反对新法的人，王安石毫不留情地予以打击，这让很多像司马光那样原本交好的朋友都和他疏远了。王安石不以为然，自解说："成大事的人难免孤独，这并不是我的过错。"

一天，王安石跟随神宗骑马进宣德门，卫兵拦住了他，鞭打了他的马。王安石又气又怒，请求神宗严惩卫兵。有人劝道："大人身为宰相，就应该有宰相的器量，不该和一个卫兵如此动气。此事传扬出去会有损大人的声望。"

王安石却说："对宰相不敬，便是大罪。我宁肯不要声望，也要惩戒卫兵。不是我有心要治卫兵的罪，而是他实在太无礼了。"

神宗迫于王安石的一再请求，只好把那个卫兵杖责了事。御史蔡确当众指责王安石过于霸

道,他激愤地说:"卫兵把守宫门,尽职尽责。宰相没有在该下马的地方下马,违反了宫中规定,难道他不该过问吗?宰相是管理国家的人,如果把精力都放在和卫兵过不去上,这样的宰相,不要也罢!"

王安石处处强硬,做事独断专行,渐渐连神宗都对他失去了信任。反对他的人天天状告不止,王安石用尽方法也阻挡不住。后来,神宗终于顶不住满朝文武的压力,忍痛罢了王安石的相位,王安石所推行的新法也大多被废止了。

王安石在推行自己政治理想的过程中闹得众叛亲离,最终不得不黯然下野,着实令人感到惋惜。其实王安石的初衷是好的,他想要把整个大宋王朝扛在自己的肩膀上,推向一个新的高度。做这件事需要付出多么巨大的精力!又需要多么大的勇气啊!对此,王安石虽然心知肚明,但还是固执己见地一个人把这副担子挑了起来。可以说,王安石错就错在他太有担当了,以致于忘记了做任何事都要讲究方法的道理。

如果要扛的担子太沉重,就不要一味地死扛到底。这样只能造成担子把头压得越来越低,以至无力抬头观察周围的情况,结果,把担当变成了为了承担而承担,也就违背了"担"的智慧精髓。实际上,真正的担当是要讲求技巧的,或者群策群力,或者借力打力。如此,才能做实事,才能达到实效。

◆史道智慧◆

我们每个人都有自己的位置,更有自己的责任。面对责任的时候,不能推脱,要勇于去承担。但是,在承担责任的同时,我们也千万不能忘了随时抬头看路,做事讲究方法。否则,就会像王安石那样,认为所有人的言语都与变法相悖,走入了担当的魔障而不能自拔,那样的话,我们所做的事情就离初衷越来越远了。

杵臼之交，诚恳当头

活用历史之"交"智慧

　　尊重和付出，是"交"的真谛。子张曰："君子尊贤而容众，嘉善而矜不能。"交朋友是一个过程，所以，既要尊重贤人，又要能容纳普通人；既能赞美善人，又能同情能力不够的人。这是"交"的基础。

　　老子说："夫唯道，善贷且成。"交往之道要善于施予，善于付出，善于成就别人。在施予、付出、成就别人的同时，也就成就了自己。

社会交往诚恳当头

——姚崇就事论事化解危机

我们身处社会，每个人都是其中的一分子。既然身在社会，我们就免不了要和各种各样的人打交道。一个人事业上的成功，只有 15% 是靠他的专业技术，另外的 85% 则要依靠他与别人沟通的能力。

在我们进行社会交往的过程中，诚恳是最有利的武器。拿着这武器，就能攻陷一个又一个心灵的堡垒，从而使得我们构筑良好的人际关系网。

唐朝时，魏知古原为一名小吏，是被姚崇提拔起来的。后来，魏知古被拜吏部尚书，负责管理东都洛阳的铨选事宜。

姚崇的两个儿子也在洛阳做官。魏知古到达洛阳以后，他们知道魏知古是父亲的门生，于是就去魏知古那里托付人情，请求照顾。魏知古回朝后，把这些全部上奏了皇帝。皇帝便召来姚崇问道：“你的儿子们都很有才能吗？品级如何？在哪里任职？”

姚崇回答说：“为臣共有三子，两个儿子在洛阳做官，他们的为人都很贪婪而不喜交往。他们必定是对魏知古有所求请，不过，这件事臣事先并不知情。”

皇帝开始只是想说说丞相之子的言行应该谨慎，打算引起姚崇的注意。如果姚崇偏向他的儿子，或隐瞒他们的言行，就准备把魏知古向自己报告的情况对他讲明，然后申斥他一顿。听到姚崇这么一说，皇帝大笑起来，问道：“那现在你是怎么知道这件事的？”

姚崇说：“魏知古微贱之时，是为臣引荐了他，才使他有了今天的荣耀和显达。臣的儿子很蠢，认为魏知古会看在我对他的恩德上包容他们的过失，所以他们肯定会找他托人情。”

皇帝说：“既如此，朕打算严惩魏知古，不知爱卿意下如何？”

姚崇赶忙为魏知古请求说：“为臣的儿子没有出息，干扰了陛下的法规，陛下准备饶恕他们，为臣感到荣幸至极，但因为臣而驱逐魏知古，天下的官员百姓就必会认为陛下对臣存有偏心，这不会对天下起到感化作用的。”

皇帝本来怒气正盛，但见“当事人”姚崇自己却如此真诚地为魏知古求情，不禁深受感染。

沉默了良久,终于答应了姚崇的请求。

从这个故事中我们可以看出,诚恳的力量是多么重要。要知道,在古代,伴君如伴虎,和皇帝打交道,臣子的沉浮、命运全在于君主的一己之好恶。一旦君主对你产生恶感或心存疑虑,也就预示着其政治生命的终结;相反,如果一个人想要官运亨通的话,那么赢得皇帝的信任也是必不可少的。面对君主的怀疑和诘问,姚崇毫不回避,而是以诚恳的态度把事实的真相一点一滴地说清楚,从而逐渐恢复了皇帝对自己的信任。

在人际网络更加密集的今天,诚恳就更是社会交往中的"头牌"。恳切的诚意会给对方传出一个信号,即你是一个老实、可以信赖的人。如此,才更能体会到在人心与人心的往来中真情的可贵。

◆史道智慧◆

诚恳就是不虚假。所以古人说,虚伪的迎合是友谊的毒剂,诚恳的批评是友爱的厚礼。在社会交往中,你的诚恳所换来的是别人对你的真诚和信任,而你的谎言和虚伪所换来的,必然是别人对你的鄙夷和欺骗。

知音难得,士为知己者死

——俞伯牙摔琴谢知音

如果要了解一个人,首先就要看他的朋友。正所谓"物以群分,人以类聚",从一个人的朋友身上足以看出这个人是一个什么样的人。可见,朋友对于一个人来说有多么重要,他不仅可以在关键时刻拉你一把,而且还像一面镜子,时刻照出自身以类相聚的优缺点。

交友是人生成败的关键因素,如果能交到一位真正的知己,那真是人生的一大幸事。真正的知己是可以做到心有灵犀一点通的,就算两个人默默地坐着不说话,也能知道对方的心思。这样的朋友,是千金难求的。

俞伯牙人非常喜欢音乐,甚至到了痴迷的程度。他的琴弹得很好,但是那些听他弹琴的人却只知道他弹得好,没有人能真正了解他蕴含在琴音中的意思。

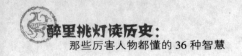

有一年,晋王派俞伯牙出使楚国。八月十五那天,俞伯牙在汉阳江口遇到了大风浪,不得已只得在一座山下停船靠岸。等到晚上,天色转晴,俞伯牙心情大好,取出瑶琴,专心致志地弹奏起来。

正在俞伯牙物我两忘的时候,忽然看到一个人在岸边站着,正在专心致志地听自己弹琴,于是他心中一动,琴弦断了一根。

那人见自己离俞伯牙很远,大声说:"先生,我是这里的樵夫。今天路过此地,正好听见您弹琴,感觉弹得非常好,就停下脚步听了起来,还请您不要介意。"

俞伯牙借着满月的月光看去,看到一个樵夫模样的人,而且还背着一担干柴,就问他:"既然你能听出我弹得好,那你说说,我弹的是什么曲子?"

樵夫说:"先生,您刚才弹的是孔子称赞弟子颜回的曲子,但是可惜的是,到第四句的时候,琴弦断了。"

俞伯牙听樵夫说的毫厘不差,非常高兴,就请他上船来细谈。樵夫看见俞伯牙谈的琴,就说:"这是传说中伏羲氏制造的瑶琴。"接着,樵夫又详细说明了一下瑶琴的来历,令俞伯牙大生知音之感。

俞伯牙接下来又弹奏了几曲,当琴声雄壮高亢的时候,樵夫就说:"这是高山的声音啊!"当声音渐缓,透露出清新自然之意时,樵夫又说:"这是河水在无穷无尽地流淌啊!"

俞伯牙非常开心,他终于在茫茫人海找到了知音。两个人相互通报了姓名,这个樵夫就是钟子期。两个人秉烛夜谈,大有相见恨晚之意。于是撮土为香,义结金兰之好,约定明年今日再在此处相会。

第二天,两人洒泪而别。

到了第二年中秋,俞伯牙如约赶来。但是过了好久,也不见钟子期的身影。于是俞伯牙就去四处打听,有一位老者告诉他,钟子期已经得病亡故了!他在临终时,遗言上说,要把墓建在江边,为的就是等到今年的八月十五能够听到自己最好的朋友俞伯牙的琴声。

俞伯牙悲痛万分,走到钟子期的墓前,非常悲伤地弹奏了一曲《高山流水》。弹完之后,俞伯牙就挑断了琴弦,把那张非常名贵的瑶琴摔碎了,发誓从此再也不弹琴了。因为钟子期一死,这个世界上就再也没有能听懂自己琴音的人了,这琴还弹给谁听呢?

大千世界历经数千年,始终没有人能够真正用心去听俞伯牙的琴声,也就没有人走进过他的心灵,而钟子期却闻声忘形,并且能够准确地说出许多有关瑶琴、有关音乐的认识。俞伯牙终于碰到了与自己频率相同的"音符",从而发生了共振。可以说,能够得到钟子期这位知己,俞伯牙可谓此生无憾了。这样也就不难理解,子期死,瑶琴断的决绝了。

在茫茫人海之中,想要找到一位真正的知己是非常困难的,也许终其一生也求之不得。当我们得到知己时就要懂得珍惜,不要让自己将来后悔。若真能如此,也就已经足够了。

◆史道智慧◆

一个真正的知己会让你产生一种看到了自己影子的感觉,觉得对方根本就是另一个你。但与自己不同的是,知己更像是第三人称的旁观者,能够冷静而客观地审视。

可惜的是,万两黄金容易得,知心一个也难求。想要找到真正的知己,就要广交朋友,以诚待人,这样才能为自己找到知己创造条件。一生能得一知己,足矣!

第27辑
背靠大树,众人帮扶
活用历史之"靠"智慧

　　强者,不逞匹夫之勇。人生在世,自身要强大,更要看到别人的力量。能利用这种力量的人往往更能体现一个强者的智慧。

　　事有大成者,借势、借力而已。成大事者无一不靠众人帮扶。要"靠",就要看到他人之长。当年孟尝君借鸡鸣狗盗之徒逃离困境,就是"靠"智慧的体现。

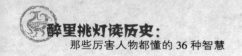

靠勇气开辟成功之路

——关羽单刀赴会退东吴

人是一种社会动物，有其自身的归属性。你活在这个世界上总是要依靠些什么的，我们常说的"在家靠父母，出外靠朋友"就是这个道理。人生在世，你只有学会了"靠"的智慧，才能够一路前行，给自己寻找一个光明的未来。

人生就是一场旅行。在人生的旅途中，你可能会碰见恶人当道，也可能会遇见荆棘拦路。当你面对困难的时候，你的勇气就是你手中的开山巨斧。靠着勇气，你可以给自己开辟出一条成功之路。

在赤壁之战当中，孙刘两家联手打败了强大的曹魏。但是战争结束没多久，两家之间的矛盾就渐渐多了起来，争执最多的就是荆州的归属权问题。

刘备入川之后，关羽负责镇守荆州。当时东吴的大都督鲁肃定下计策，邀请关羽过江赴宴。等到关羽过江之后，就向他讨要荆州。如果关羽不同意，埋伏在酒宴上的士兵就一拥而上把关羽扣住，然后趁机袭取荆州。

关羽明知这是鸿门宴，但还是带着周仓和几十名随从威风凛凛地过江去了。

在酒宴上，关羽开怀畅饮，跟鲁肃谈着平生的丰功伟业，丝毫不给他提起荆州问题的机会。忽然，两人身后发出一阵"嗡嗡"的声音。鲁肃感到非常惊讶："这是什么声音？"

关羽说："这是我青龙偃月刀发出的啸声。"

鲁肃茫然不解："一柄刀，怎么会发出啸声呢？"

关羽满不在乎地说："不过是想杀人罢了！我这把刀是天地授予的灵气，用三才之术，配以精钢玄铁铸造而成的。青龙偃月刀不发出啸声，则鬼神不敢出来；发出啸声就算是魑魅魍魉也是无所遁形。现在刀发出啸声就是说明，它想喝人血了！"

鲁肃听完之后，联想到关羽的勇武和他平生的丰功伟业，竟然再也不敢提起讨要荆州的事情了。又过了一阵，关羽假装醉酒，拍案而起："鲁都督，今日酒已饮够了。咱们暂且别过，下次我当在荆州设宴，还请都督！请都督送我一程吧。"说完，关羽从周仓手中取过青龙偃月刀，拉着鲁肃的手臂向停在江畔的座船走去。埋伏在两旁的士兵见关羽神威凛凛,再加上鲁肃就在旁边,投鼠忌器,谁都不敢轻举妄动,只能眼睁睁地看着关于坐上船,返回了荆州。

靠着勇气,关羽敢于只带很少的随从就去江东赴宴;靠着勇气,关羽在宴会上谈笑自若,完全压过了鲁肃;同样也是靠着勇气,关羽敢把鲁肃当做人质,在剑林刀丛之中安然无恙地登上了返回荆州的座船。可以说,没有勇气,关羽是绝对过不了单刀赴会这一关的。是勇气给关羽带来的气场让他履险如夷,成就了单刀赴会的千古佳话。

所以说,正向的勇气用在正确的时机上,甚至能收到事半功倍的奇效。也只有靠着它,才能激发起人们的才智和动力,从而化险为夷,步步高升。

◆ 史道智慧 ◆

关羽不愧是中国古代和文圣人孔子齐名的武圣人,把其他任何一个人放在关羽当时所处的环境当中,都是很难全身而退的。为什么关羽谈笑之间就可以压制住鲁肃?为什么关羽只是提刀在手就可以震慑住埋伏着的东吴将士?是勇气。

对于人们来说,有勇气不仅仅是胆子大,而是面对事情时绝对的自信和待人接物时那种天然的震慑力。与其说这是一种本性,不如说这是一种提前"设计"好应对突发事件的智慧。靠着勇气,很多潜意识里尚未开发出来的能力便能一一展现,从而为你的成功开辟一条崭新的大道。

投桃报李,朋友是你的最大依靠
——管鲍之交成佳话

"投我以木桃,报之以琼瑶",这是《诗经》中的名句。朋友之间互相帮助、互相依靠,才能共同进步。要知道,在这个世界上不对你有所企图还愿意真心实意帮助你的,除了家人之外也就只有朋友了。在家靠父母,出门靠朋友,如果连几个靠得住的朋友都没有的话,那么你的人生注定会过得坎坷无比。

春秋时代,齐国著名的宰相管仲,辅佐齐桓公,使齐国成为东方的霸主。管仲有一个从小就

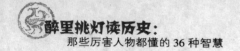

在一起的好朋友，叫鲍叔牙。由于两人亲密无间，后世将管仲和鲍叔牙合称为管鲍。

在管鲍年轻的时候，他们曾经合伙做生意。鲍叔牙生在一个富裕的家庭，而管仲则出身贫寒。于是在出本钱的时候，鲍叔牙出了一大半；而在分红利的时候，鲍叔牙又总是拿一小半。认识他们的人都觉得鲍叔牙糊涂，吃了大亏："鲍叔牙你可真糊涂啊！你跟管仲两个人合作买卖，表面说是合作，其实本钱多数是你出的；那么，赚了钱，管仲凭什么多分呢？至少也应该一人得一半啊！"而鲍叔牙却回答说："你们不明白，管仲的家境不好，他有老母亲要奉养，多拿一些是应该的。"这番话，让那些在两人背后说三道四的人再也无话可说。

管仲和鲍叔牙也曾经一同上过战场。在打仗的时候，管仲总是躲在最后面，表现得一点都不勇敢，人们都对管仲很不满。鲍叔牙知道这件事之后，就为管仲辩护道："管仲之所以不肯拼命，是因为他的母亲年纪大了，他又是家里的独子。万一他有个三长两短，他的母亲可怎么办啊！"

后来管仲也曾经做过几次官，每次都因为表现不好而被免职，招来大家的耻笑。而鲍叔牙知道后，就对人们说："其实，管仲并不是不能干，只是运气不好，没有碰到能够赏识他的明主。这些小事不适合他来做，他可是一个做大事的人啊！"

再后来，管仲辅佐公子纠又失败了，而鲍叔牙辅佐的公子小白却接掌了齐国的政权，公子小白就是后来成为春秋五霸之一的齐桓公。齐桓公即位后，立刻请来鲍叔牙，告诉他说："我们国家经历了这么久的混乱，现在总算安定下来。为了使全国百姓以后能好好过日子，我要请您做宰相，帮助我治理国家。"

想不到，鲍叔牙竟然拒绝了。他对齐桓公说："感谢您如此地看重我，要我做宰相。只是，我的能力实在无法担当这么重大的责任。"

"您不肯帮助我，我怎么能治理得好国家呢？"

"大王，我推荐一个人，齐国当中没有人比他更适合做宰相了。"

"谁？"

"管仲！"

"管仲？这个人我恨不得杀了他，您还要我请他做宰相？"

"大王，当时管仲要谋杀您，是为了公子纠的缘故。他辅佐的是公子纠，当然希望公子纠能够做齐国的国君。而您是公子纠的竞争对手，所以他只好想办法除掉您。这并不是他对您个人有什么仇恨，您应该懂得各为其主的道理啊！"

"这……"

"大王想不想使我们齐国强大起来，成为天下的霸主呢？"

"当然想啊！"

"那么您一定要忘掉过去不愉快的事，任用管仲；只有他才能够帮助您达到这个理想。"

"好吧！"于是，齐桓公接受了鲍叔牙的建议，以最隆重的礼仪请管仲来做宰相。管仲被齐桓公不计前嫌的诚意打动了，爽快地答应了他。果然，在管仲的辅佐下，齐桓公将齐国逐步治理成了富足强大的国家。

后来，管仲曾对人说："生我养我的是父母；可是了解我、帮助我的，却是鲍叔牙啊！"

鲍叔牙一次、两次、三次，可以说几乎倾尽一生来从各个方面帮助管仲，终使其留下了千古的美誉。难怪管仲发出这样的感激之叹："除了身体，一切都是鲍叔牙所赐！"

真正的友谊不是表面上的公平和互利，而是发自内心的互相扶持；是一种关心、一种理解、一种不遗余力的支持、一种最大限度的谅解。我们常说，是鲍叔牙不遗余力地帮助成就了管仲，但鲍叔牙在两千多年后的今天仍能为人们所熟知，不也是因为管仲成就了他吗？

◆史道智慧◆

　　真正的友谊不是花言巧语，而是关键时候伸出来拉你一把的那只手。那些整日围在你身边陪你吃喝玩乐的朋友，不一定是真正的朋友。而那些看似远离，实际上却时刻关注着你的人，在你得意的时候不去奉承你，在你危难的时候默默为你做事的人——他们才是真正的朋友。

锲而不舍，持之以恒

活用历史之"坚"智慧

成事之道，在于恒心。隐者的智慧是安然世外；智者的智慧是洞察世事；愚者的智慧便是恪守简单。不同的人有不同的追求。

无论怎样的追求，都需要有恒心，能坚持。没有坚持的成功闻所未闻，没有坚持的胜利也纯属偶然。

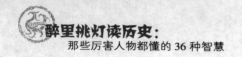

坚信失败是新的起点

——勾践卧薪尝胆终灭吴

人的一生中，重要的不是成功了多少次，而是失败后爬起来多少次。失败是成功之母，这句话已经通俗到妇孺皆知，但如果想要成就一番事业，你还就必须要坚信这句话，坚信失败是通向成功的新起点。

要知道，当我们筋疲力尽时，如果再试一次，也许就能获得质的改变。我们今天的努力，是为了明天的成功。在别人犹豫动摇时，我们坚定不移；当别人停滞不前时，我们坚持不懈。终有一天，我们的果园会硕果累累。

公元前494年，吴国打败越国，勾践被围困在会稽山上。一时间，无路可退，摆在他面前的只有两个选择：一个是投降，成为吴国的俘虏；另一个则是自刎以保留所谓的清白之身。

当时，大夫文种建议勾践投降。正所谓留得青山在，不怕没柴烧。并且让勾践去买通吴国的大臣伯嚭，让他到吴王面前游说求得吴王夫差的手下留情。只要能够留得性命，就还有报仇的机会。

经过伯嚭的一番劝说，吴王夫差最终决定不灭越国，只是把勾践带到吴国当奴隶。

勾践在吴国的奴隶生活一过就是三年。为了取信夫差，在他病了的时候，勾践竟然为他尝粪便的味道，来判断病症的所在。夫差出去游玩的时候，勾践就像侍从一样帮他牵着马。经过勾践的不断努力，夫差终于认为勾践已经彻底被自己打怕了，再也没有了反抗的勇气，于是就把他放回了越国。

回到越国的勾践搭了一间草房，把蛇的苦胆悬在自己的床边，每天都要品尝苦胆，让自己记住在越国受过的苦难。不仅如此，勾践睡的床上也铺满了柴草，让自己永远记得所受的耻辱。

为了报仇雪恨，勾践亲身参与务农，和百姓同甘同苦。很快，勾践就得到了越国百姓的爱戴。

勾践让文种主管政事，让范蠡来主管军事。经过越国上下七年的努力，国力已经恢复到了战前的水平。

这时，勾践认为报仇的时机已经成熟，就想发兵攻打吴国。但出人意料的是，文种坚决反对，他认为现在起兵还为时尚早。文种说："现在越国的兵力还没有到可以和吴国相抗衡的地步。我们现在需要的就是等待机会，等待吴国和其他诸侯国发生战争，我们再坐收渔人之利。这才是上策。"

过了两年，吴王夫差想要发兵攻打齐国，却被伍子胥拒绝了。伍子胥说："我听说现在勾践和百姓同甘共苦。勾践不死，吴国就不会安宁！"

吴王夫差听完此话却是不以为然，认为勾践只是自己的手下败将，所以，夫差依旧我行我素，发兵攻齐，并且大败了齐军。于是夫差更加骄傲自满了。伍子胥再次劝谏，夫差还是听不进去。

为了试探吴国的态度，勾践就派文种到吴国去借粮。伍子胥劝说夫差不要借粮，却遭到了回绝。万分焦急的伍子胥以死劝谏，没想到夫差竟然真的赐死了伍子胥。在临死的时候，伍子胥对自己的侍从说："等我死了之后，就把我的眼睛挖出来挂在城门上，我要亲眼看到越国军队攻进城来。"

又过了四年，吴国和楚国之间爆发了战争。范蠡认为机会来了。勾践率领军队突袭了吴国。两场大战，把吴国军队打得四下逃窜，溃不成军，一举消灭了吴国。

勾践之所以能够灭掉吴国，就在于他身处逆境之中能够隐忍，在失败之后不断坚持，并始终坚信自己可以洗雪当年兵败被擒的耻辱。为了不被失败打垮，为了不丧失斗志，身为国王的勾践不惜亲自种田。每天卧薪尝胆，十年养气，十年积聚，最后，灭掉了吴国，报了自己当年之仇。可以说，这就是坚定所带给勾践的回报。

锲而舍之，朽木不折；锲而不舍，金石可镂。河蚌忍受了沙粒的磨砺，坚持不懈，终于孕育出绝美的珍珠；铁剑忍受了烈火的冶炼，坚持不懈，终于炼就成锋利的宝剑。一切豪言壮语都会在空中云消雾散，唯有坚持才是踏向成功的基石。

◆ 史道智慧 ◆

荀子说："骐骥一跃，不能十步；驽马十驾，功在不舍。"即使一匹腿力并不强健的劣马，若它能坚持不懈地前行，照样也能走得很远。人生路上总会遇到荆棘，这就需要我们拿起手中的利剑，披荆斩棘，挺起不屈的脊梁，不向命运屈服。

失败并不可怕，失败后不能爬起来重新振作，才是最大的失败。请坚信，失败是你人生中一个崭新的起点。只有勇往直前、励精图治，才能创造出价值。生命不息，奋斗不止，这才是我们在失败之后应该做的。

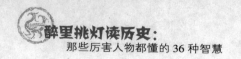
坚守气节，你是时代最耀眼的明星

——董宣用"硬脖子"维护法令

总有一些珍贵的东西是人们不能放弃的，其中之一就是气节。人生在世，我们就应该坚守住为人的一些最基本的属性，比如说气节。"人生自古谁无死，留取丹心照汗青"，这才是人类的气节。每个时代我们都能听到那些发自内心的、有骨气的呐喊，能感受到一些人不畏强权、大义凛然的气节。他们是那样的坦然，那样的无畏，他们每个人都是时代中最耀眼的明星。

中兴汉朝的光武帝刘秀靠武力得到了天下，而治理国家时却是依靠法令。虽说是天子犯法与庶民同罪，但是约束皇亲国戚，这些法令就体现出自己的不足之处了。

刘秀的大姐湖阳公主就是一个不遵法令的典型。她仗着自己是刘秀的姐姐，简直为所欲为。不仅是她，就连她的奴才也是如此。

当时满朝文武中有一个铁骨铮铮的汉子，叫董宣。在他的眼里，法令是绝对高于特权的。

有一次，湖阳公主的奴才行凶杀人之后，就躲在府里不出来。如果换了别的官员来主管这件事，这个家奴在府里躲一阵，事情也就不了了之了，但这次，他碰上的是董宣。依照法令，董宣是不能随便去公主的府里搜查的，于是他索性就为公主看起门来，守株待兔，等着那名奴才出来。

过了一阵，湖阳公主外出，这名奴才跟着公主出行。董宣闻声后，马上就赶了过来，拦住了湖阳公主的马车。

湖阳公主当即大怒："你好大的胆子，你也不看看我是谁，竟然敢拦我的马车？"

董宣毫不畏惧，把手中佩剑拔了出来，对公主说："你不应该纵容家奴行凶杀人，这触犯了国家的法令！"不仅如此，董宣当即下令把那名奴才绑了起来，就地处决了。

湖阳公主气得门也不出了，当即去向光武帝哭诉。光武帝听完之后也非常生气，就传召董宣进宫，准备当着公主的面责骂他一番，给公主出气。

没想到董宣却说："陛下，请您先不要责备我。等我把话说完之后，就算是马上死在陛下面前，我也心甘情愿。"

光武帝问："你想说什么话？"

董宣说："皇上是一位明君，自然知道法令的重要性。如果法令只约束臣民，对皇亲国戚却没有约束力的话，国家还成什么样子？现在公主的家奴行凶杀人，如果不处决他，怎么能堵住天下的悠悠之口？防民之口，甚于防川啊！"

董宣说完就向宫内的柱子撞去，等到被内侍拦住的时候，董宣已经血流满面了。

光武帝觉得董宣说得对，但为了顾全公主的面子，就让董宣给公主磕个头、道个歉。但是董宣却不买账，死都不愿意磕头。

这时，内侍就按住董宣的头，想强制让他磕头。但是却奈何不了董宣，内侍只得说："他的脖子太硬，我们按不下去！"

光武帝只是笑笑，就让内侍把董宣拉了出去。

最后，光武帝不仅没有治董宣的罪，反而赏给他了三十万钱作为奖励。"强项令"董宣也从此名垂青史。

不畏惧强权，始终坚持自己的原则，这是董宣坚守自己气节的表现。董宣不是不知道得罪公主就是得罪皇上，君让臣死，臣不得不死。但是，为了坚守自己的气节，董宣硬是敢于直抒己见，甚至不惜一死。结果，董宣的"硬脖子"反而让他得到了光武帝的器重。因为光武帝也深知，坚守气节是一种可贵的品质，董宣凭着"强项令"这个美誉，可以说绝对是个不可多得的忠臣。

事实上，坚守气节、不畏强暴，这样的品质放在任何一个时代都是最耀眼、最可贵的。气节是信仰的基础，只有信仰坚定了，其他的行动也才富有意义，生命的价值才能逐一得以体现。

◆ 史道智慧 ◆

"苟有恒，何必三更起五更眠；最无益，只怕一日暴十日寒。"气节永远是理想化的，而理想永远会跟现实发生冲突。当理想遭遇现实的阻力，当气节遭遇强权的镇压，当别人反对你的时候，你应该怎么办？是随波逐流屈己从人，还是坚守气节义无反顾？

要知道，梦想只能在坚持不懈的脚步中散发出迷人的色彩，只有坚持不懈才能体会到梦想的价值。梦想的舞台只留给坚持不懈的勇者。因此，我们要有"虽千万人吾往矣"的傲然之气，不随别人的眼光而摇摆，从而做一个能够坚守自己气节的人。

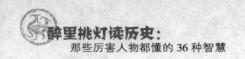

只有坚持才能迈向成功

——陆羽访遍神州写成《茶经》

面对困难的时候，靠天靠地不如靠自己。如果想要取得成就，就要靠自己坚忍不拔的毅力，义无反顾地走下去。每一个成功的人都知道，取得成功并不是一个简单的过程，它并非是偶然的。当你翻开他们的奋斗史就会发现，每一个成功的人都有一种名叫"坚持"的精神。

人生只有一种失败，那就是半途而废。我们想要取得成功，就要有恒心，就需要不断付出艰辛的努力。只要坚持到底，就一定能采摘到胜利的果实。

茶圣陆羽是个出生于乱世的弃儿。是竟陵城龙盖寺住持积公把他从湖边救了起来，送给了一户姓李的人家抚养。

在孩提时代，陆羽在龙盖寺里读书识字，后来干脆在积公住持身边当了一个小沙弥。陆羽不喜欢读诗文，却非常喜欢读书。他曾经读书读得入迷了而跟师父吵了起来，师父就罚他做最下等的事情。

13 岁的时候，陆羽受不了责罚，从龙盖寺跑了出来。为了谋生，陆羽藏在杂技班里，做最下级的工作。

这时候，陆羽的良师出现了，他遇到了李齐物。李齐物发现陆羽非常喜欢学习，而且非常聪明，就亲自传授他知识，并且推荐他到当地非常有名的邹夫子门下学习。

陆羽非常讲义气，而且非常节俭，只是喜欢茶道，嗜茶如命。就想把这门学问推广开来，写成一本《茶经》。

后来，李齐物升迁了，崔国辅来接任。崔国辅也是一位非常喜欢品茗的人，和陆羽一见如故，渐渐成了莫逆之交。

崔国辅听说陆羽要写《茶经》，非常支持他，把自己最珍爱的白驴等物送给了他。21 岁的陆羽开始了在神州各地游历的生涯。

寒来暑往，一年复一年，陆羽走遍了神州的大好河山，走过了各种种茶的地方，了解了各种茶的种植、烹炒、冲泡等工艺，把自己路上的见闻全部记了下来。

经过 26 年的努力，综合 32 个州县的信息，在陆羽 47 岁时，终于完成了《茶经》这部巨著。《茶经》刊印后，茶道大行天下，饮茶之风日盛，由此沿袭下来流传至今。

陆羽出身贫苦，却不失梦想，而且坚韧而笃定。靠自己的毅力和坚持，从南到北，从乡间小路到名川大山，游历天下。终于，陆羽从传说中走到了现实，完成了《茶经》这部巨著，实现了自己的梦想。

坚持体现了忍耐。为了实现某一预定目标，人们往往容易心浮气躁、火烧火燎，这实际只不过是一种轻浮和急躁而已。滴水不求朝夕之效，故能坚持到穿石的日子，穿石之后，依然平心静气，保持着自己的步伐，这就是一种恒久的坚忍。也只有深谙坚持之道的人，才能拒绝急功近利，最终走出困境，走向阳光。

◆ 史道智慧 ◆

宋代伟大的词人苏轼说："古今立大事者，不唯有超世之才，亦必有坚忍不拔之志。"面对困难，我们更应该坚持走下去，走过这段瓶颈。坚持走下去，为了梦想不断拼搏。终有一天，成功的曙光就会突然出现在你的眼前。

或许我们不知道要走多少步才能达到目标，迈开第一千步的时候，仍然有可能遭到失败。但成功就藏在拐角后面，除非拐了弯，我们永远不会知道成功还有多远。再前进一步，如果没有用，就再向前一步，事实上，每次进步一点点并不太难。坚持不懈，直到成功。

第29辑
静观其变，应时而动
活用历史之"静"智慧

　　静若泰山，动若雷霆。静如处子，而后才能动若脱兔。

　　局势多变我不乱，静观其变，才是最好的选择。这种静，是为了后来的动，以期应时而动，一鼓作气。于无声处听惊雷，这种暂时的搁置才是静的最大力量。放下一切，让事态顺其自然地发展，更是一种胸怀、一种临乱不惊的智慧。

任何事都不值得你失态

——左懋第平心静气处乱世

　　人生在世，要想一帆风顺是不可能的。刘伯温曾说，岂能尽如人意，但求无愧我心。我们所处的世界就是这样。如果没有力量去改变世界，那么我们至少可以做好自己。

　　要想做好自己，最重要的是心态。别让身边的事情影响到你的情绪，对待任何事都能平心静气不失态。如此，你的人生境界就会不断升华，在滔滔浊世中获得幸福快乐。

　　明朝末年，莱阳人左懋第苦读诗书，想要考取功名，但却无奈几次落第。同乡人见他毫不气馁，面无苦色，禁不住问道："你如此不幸，换做其他人恐怕早就愁苦不堪了，你为何不动声色呢？"

　　左懋第平声说："喜怒于色是愚人所为，于事何补？我胸有波浪，却将其潜藏，这样才能用心读书啊！事情有好有坏，人有高低贵贱，难免有所苦恼。我又何必在意落第之痛呢？"

　　左懋第的坚持终于收到了回报。崇祯四年，左懋第终于高中，考取了进士。但没想到的是，初入官场的左懋第却备受排挤和打压。然而，就和当年屡试不中的时候一样，左懋第还是一如既往地泰然处之，全无怨怪之辞。

　　一次左懋第与同乡闲聊，同乡为他的遭遇愤愤不平："你才德皆备，与人为善，却屡受他人的欺侮。这怎么行？人善被人欺，马善被人骑。你再默默忍受，他人只会更加欺侮你。"

　　左懋第苦笑一声，回答说："官场向来以大欺小，难道会因为我的抗争而改变吗？不止官场，人生也是如此。那么，我为什么还要为此而徒增烦恼呢？想要为人做官，这些都是不能回避的，还是顺其自然吧。"

　　崇祯十二年，左懋第高升至户科给事中。他不为自己升官而喜，却为国事而忧，并上书崇祯帝说："现在朝廷有四大弊端，分别为民困、兵弱、群臣萎靡不振、国计虚耗。如果不能尽快解决这些问题的话，危害便会渐渐扩大，国家就危险了。"

　　左懋第的奏折多少引起了崇祯帝的警醒，便召见左懋第，对他说道："朝廷积弊甚多，远非一日，朕岂能不知？但是朕有心治理，却也无力革除。"

　　看见崇祯帝愁苦之状，左懋第说："陛下有陛下的苦处，但这不应该成为放任不管的理由。

身为万民之主，陛下理应做好该做之事；遇到困难不回避，适逢功绩不自喜。这样才能使国泰而民安啊！"

明朝末期的崇祯年间虽然算不上是中国历史上最坏的时代，但也绝对不是什么好时候。生于乱世，左懋第却并没有怨天尤人，也不曾唉声叹气。他只是努力做好自己该做的，尽人事而听天命。能够在乱世之中还保持这样平心静气之态，不怨愤、不消极，实属难得。

要知道，易躁者易损，易动者易伤；只有平心静气，才不会被外界的纷繁扰攘所伤害。以静制动，能收到四两拨千斤之效。如此，也才能厚积薄发，一飞冲天。

◆ 史道智慧 ◆

诚然，绝大多数人都无力改变身边的世界，我们能够决定的，只有自己的心境。调控好了心态，角度不同了，成像也就迥然不同了。是被环境所影响，还是影响环境，全在乎一个"静"字。心静，气才和，才能渐入佳境。

"不以物喜，不以己悲"，这是范仲淹在《岳阳楼记》中所提出的人生境界。不要让任何事情左右你的心态，如果能做到不嗔、不怨、不喜、不悲，那你离静的境界也就不远了。

解决问题不妨"冷若冰霜"
——谢玄冷静思考破秦军

快节奏的社会生活，催生了一种浮躁的心态。人们随着这个社会像陀螺一般地转着，不停不息，做着不知疲倦的机械运动。这样就衍生了现代社会人的通病：心浮气躁。或许你认为，浮躁的"快餐生活"可以制造出高效的人生。但事实上，当你真正遇到需要解决的问题时，你就会发现，浮躁，是成功的天敌。

一个浮躁的人，必然缺乏凝神聚魂的定力，缺乏拼杀搏击的勇猛。一颗浮躁的心，必然是无根的浮萍，缺乏内涵与魅力。试想，一个人如果心生浮躁之气，必定心神不宁，躁气附身。如此坐立难安，哪还有谋事之心、立业之志？一旦心浮气躁，人就会变得盲目、浅薄和暴躁，从而失去理智，无法客观地进行分析和判断，所以，越是情势危急，就越要摒弃躁动。这时，冷静才是你首先需要做到的事情。

西晋末年，朝廷腐败，奸佞当道，社会动荡不安，中国再次陷入了地方割据的状态。战争持续了数十年，天下大势终于明朗了起来。在南方，晋琅邪王司马睿在建康（今江苏南京）建立了东晋。在北方，前秦皇帝苻坚统一了黄河流域，且兵强马壮，只要一有机会，就会率军南下。

公元 383 年 8 月，苻坚亲率 90 万大军南下，号称百万雄师，兵锋直指东晋的都城建康。百万大军浩浩荡荡，苻坚看着英气勃发的兵士，不由豪气涌上心间："以我们百万之众，就算把马鞭投入江里，也能阻碍江水流动。"只可惜苻坚才情不比曹操，否则便可赋诗几首，也不至于只留下"投鞭断流"这个小小的成语。

在此生死存亡之际，东晋丞相谢安推举他的弟弟谢石为征讨大都督，他的侄子谢玄为先锋，率领八万精兵与苻坚进行决战。又派胡彬和桓冲率领水军辅助谢石。

383 年 10 月 18 日，苻坚的弟弟苻融率领先锋部队攻占了寿阳，俘获了晋军守将徐元喜。有探子回报说，东晋兵力不足、粮草缺乏，正是进攻的大好机会。

苻坚听到这个消息大喜过望，当即亲率八千骑兵来到了寿阳，然后派抓获的东晋将军朱序回国劝降。朱序回国后不但没有劝降，反而演了一场"无间道"，把苻坚的情况向谢石做了非常详细的汇报。他说："苻坚虽然率领了百万军队，但是还没有到寿阳，现在我们必须马上出击，击败苻坚的先头部队，挫掉他们的锐气。这样一来，我军士气大振，才能和苻坚的大军抗衡。"谢石认为他说的很对，当即决定转守为攻，打苻坚一个措手不及。

当年的 11 月，谢玄派遣刘牢率领五千兵士攻打洛涧，拉开了淝水之战的序幕。秦将梁成奋勇抵抗，但是无奈东晋军队来得突然，转瞬之间，苻坚大军就溃败而逃。这时，谢石挥军前进，在八公山下扎下营寨，与苻坚的大军在淝水两岸形成了对峙的局面。

虽然取得了先头的胜利，但谢玄深知，久拖未决对东晋军队是非常不利的。他们人少粮缺，取胜的关键就在于出奇制胜。然而眼前，苻坚大军隔岸扎寨，强攻肯定是不行的。在如此严峻的局势下，谢玄并没有心慌意乱，而是冷静地分析敌我双方的情况，想出了一条计策。他派使者去求见苻坚，对苻坚说："我们双方这样僵持下去也不是办法。这样吧，咱们都是君子，就打一场君子的战争。你们让我们过河，然后我们双方排开阵势，堂堂正正地决战怎么样？"

苻坚手下都表示反对，但是苻坚却认为自己胜券在握，可以反其道而行之，让东晋部队过河，己方以逸待劳，肯定能一举获胜。

东晋军队开始过河，前秦军队奉命后撤。这时，谢玄下了一道命令，他让过了河的士兵大喊："秦军大败而回了！"那些后撤当中的秦军信以为真，四下逃窜。谢玄率军趁势掩杀，杀得秦军尸横遍野，大败而归，90 万大军几乎全军覆没。

当晋军和秦军在淝水两岸形成相持的时候,由于粮草缺乏,谢石和谢玄所率领的晋军情况非常不利,但是,越是面对困境,谢玄越能够冷静思考。他先是使用激将法,主动激苻坚与自己决战;然后冷静地利用秦军人数众多、号令不明、行动缓慢的弱点迷惑了秦军,让敌人阵脚大乱。90 万大军一旦骚乱,苻坚就算再能打仗,也没有回天之力了。

因此,当我们遇到棘手问题的时候,我们所要做的第一件事就是冷静下来,摒弃一切杂念。只有摒弃心浮气躁,才能在冷静的心态下得出客观的结论,在扎实的举措中固守住自己的定力,这样,所有的难题才会迎刃而解。

◆史道智慧◆

心浮气躁是人生最大的敌人。很多时候,敌人都是虚张声势的纸老虎,我们如果暂时摸不清楚底细或者对此束手无策的话,那就别太心急应对,不要让"急躁"成为内心的羁绊。

人都有七情六欲,一旦激动,就会受到情绪的影响,丧失对事物的判断能力,自己头脑的思考能力也会大打折扣。所以说,遇到问题冷静面对,才是化险为夷、取得成功的上策。

冲动让人犯下弥天大错

——刘备夷陵之战遭惨败

喜怒哀乐是人之常情,其中冲动就是一种激烈的情绪表现。客观而言,冲动也并非是一无是处。比如岳飞的《满江红》就是在冲动之下写成的,不仅激励了南宋军民抗金的士气,而且对敌人也起到了震慑作用。

但是在大多数情况下,冲动会伤害到我们。容易冲动的人总会在事后才发现自己的错误,冲动是魔鬼,让我们从冷静的人类变成狂躁的野兽,犯下弥天大错。所以无论是为人还是处世,一定要学会驾驭自己的情绪,以静制动;否则,就只有万般无奈空悔恨了。

三国时期,刘备历尽千辛万苦,终于得到了荆州和东西川。但是关羽不幸败走麦城,被孙权所杀。刘备闻讯自然是怒发冲冠,发誓要灭掉东吴,为关羽报仇。

当时,刘备的情绪已经被悲痛所麻痹了,难免冲动狂躁,失去理智。赵云当即就劝说刘备:"现在我们的敌人是曹操,而不是孙权。主公为什么会不明事理,反而去讨伐东吴呢?如果我们

与东吴开战，曹操必然会坐收渔人之利。到那时，蜀国的危难就来临了。"

但是已经被报仇冲昏了头脑的刘备根本听不进任何规劝，也不去考虑国家大义了，一心想着为关羽报仇。他对赵云说："孙权杀了我二弟，还有其他大将。我恨不能生啖其肉，夜枕其皮！"

赵云又劝说："曹丕篡汉，是国家大义；兄弟的仇恨，只是小义。主公怎能舍大义而就小义呢？"

刘备愤然道："我不为我二弟报仇，纵有江山万里，又有什么用啊？"当时的刘备已然悲愤在心、躁动在脑，失去了正常的思考能力。

就这样，刘备在冲动的情况下发动了夷陵之战，攻打吴国。

为了引诱陆逊出战，刘备最开始让吴班带数千人前去挑战，自己则带八千精兵从旁边策应。谁知道陆逊是军事奇才，根本不为其所动，早就看穿了刘备的计谋。

这不禁让报仇心切的刘备愈发心急，然而，刘备越是狂躁，陆逊就越是冷静地不为所动。最终，陆逊抓住了刘备在行军布阵上露出的破绽，火烧连营七百里，一战让刘备的七十多万大军全军覆没。狼狈逃脱的刘备在走到永安的时候患上了重病，很快便去世了。

刘备的这一决定显然不是建立在冷静的心态之上，他已完全被自己悲伤和愤怒的情绪所控制。由此导致了他失去了应有的理智，丧失了审时度势的能力，不但复仇未成，还把自己的性命赔上，而初有所成的蜀国帝业也受到重创。这样的失败对于刘备而言，可以说是灭顶的。冲动的结果常常是彻底的失败，且越冲动，造成的损失越大。

任何人都有情绪波折的时候，世间最难的也莫过于控制自己的感情。若不能很好地把握和克制，就会缺少理性、感情用事，做事随心所欲，从而忽视社会公平，用个人意志代替社会规则；相反，遇事不急，冷静处之，不仅能够免受一些不必要的伤害，还能让自己的人生之路少些阻隔，多些畅通。

◆ 史道智慧 ◆

冲动是一个人心态未成熟的情绪反应，与冷静针锋相对，是心理控制能力薄弱的外在表现。冲动往往和鲁莽如影随形，很容易让人失去理智，使自己不能做出正常判断。因此，人们才会在冲动之下犯下大错。

物无美恶，过则为灾，感情的流露也是如此。感性行事中有个理性"调节器"，使之适可而止，不至过盛过溢。当一些事发生，让你产生气愤或者悲痛心情的时候，你就更需要告诫自己此时的冷静才是最为重要的。只有懂得沉静之道的人，才能摆脱冲动的惩罚，做到深谋远虑。

第**30**辑

忍辱负重，强者之道

活用历史之"忍"智慧

"天将降大任于斯人也，必先苦其心志，劳其筋骨，饿其体肤，空乏其身。"

当忍则忍是一种生存的智慧。张扬的人是不明智的，会把缺点和劣势全都暴露，容易被心怀叵测的人利用。

小不忍则乱大谋，乃强者之道。忍并不是怯懦，而是处变不惊、临危不惧、懂得权衡，只有学会低头，日后才能更好地抬头。

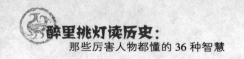
忍得一时，受用一生

——张良容忍老人收奇书

人生在世，难免会遇到各种烦心事，这时就需要我们学会忍耐。往往，越愿意忍的人越不用忍，越不愿意忍的人却发现自己不得不忍。会忍的人，忍过一时，受用一生；不会忍的人，一生就要忍着过。

在诸多忍的情况中，有一种忍可以说是大忍。这种忍更像是一种智慧，它反映出一个人的城府。一个"济天下"的好汉，是不会计较一时得失的。因为他志存高远，不做无谓的牺牲。做大事者要有容人之量，这样才会有人愿意与你共事，为你效劳。这种忍是一种强者才具有的精神品质。

秦始皇统一六国以后，建立了中国历史上第一个封建王朝——秦王朝，并且自封为秦始皇。但是各国的故人却难心服，不断有人想要刺杀秦始皇，只是多次都被秦始皇躲过去了。张良就是行刺秦始皇的刺客之一，他的刺杀行动也未能成功，而且还被秦始皇悬榜通缉。无奈之下，张良只得隐姓埋名，躲在了下邳。

有一天，张良独自闲逛解闷，来到了下邳外的一座桥上。张良心想，这下邳城也不是自己的久留之地，不知道自己哪一天才能复国成功。想到这，张良望着苍穹，慨叹许久。

这时，有一位老人走到了张良身边，故意把自己的鞋子踢到了桥下，回过头对张良说："你去帮我把鞋子捡上来吧！"

此时，桥上只有张良和老人，张良这才意识到老人是在与自己说话。老人见张良无动于衷，就问他："你不愿意吗？"张良平素自视清高，怎么会去为这位老人捡鞋子呢？于是，张良沉默不语，只是上下打量着老人。

老人皱纹深陷，满头银发。张良见状，不禁想起了自己的父亲，顿生怜悯之情，于是长叹一声，把鞋给捡了上来。

老人又说："那你帮我把鞋穿上吧！"张良非常生气，觉得他把自己当下人了，但是又一想，既然已经把鞋子捡上来了，做事情应该有始有终，于是，就再次照做了。

老人笑着说："孺子可教也。五天后的清晨，我们在此相会。"张良终于发现老人不是等闲之辈，于是满口答应了。

五天之后，张良如约赶来。莫道君行早，更有早行人。老人早就在此等候多时了，老人责备张良说："你与我相约，却让我等你，这就是你对待老人的礼貌态度吗？"

张良无话可说，老人又说："五天后的清晨，我们再在此相会。"

五天之后，张良很早就赶来了，但还是晚了一步，于是，老人又提出了同样的要求。

等到第三次赴约，张良在月上中天的时候就在桥上等候了。这一次，老人非常高兴，掏出一本书给了张良，对他说："年轻人，从第一天开始，你就在接受我的考验，现在，你有资格成为这本书的主人了。等到你学会书中的精髓，一定能有一番大作为！"

说完，老人就消失了。张良打开一看，这本书竟然是《太公兵法》。

接下来的日子里，张良刻苦钻研，终成一代名将，辅佐刘邦建立了大汉王朝。

面对老人接二连三提出的无理要求，张良都忍过去了。最后，张良成功通过了老人的考验，得到了《太公兵法》，成就了自己的传奇人生。可以说，是世事的艰辛让张良学会了忍耐的智慧，更是心中的大志让他拥有了超越常人的度量。

隐忍，不是摒弃人格，放弃原则；而是坚持自己的理想，保存实力。北宋著名的文学家苏轼就曾经说过："君子之所取远者，则必有所待。所就者大，则必有所忍。"忍得一时的弱小，才能争取以后的强大。无论何时，这都是一个不争的道理。

◆ 史道智慧 ◆

唐代大诗人白居易说："孔子之忍饥，颜子之忍贫，闵子之忍寒，淮阴之忍辱，张公之忍居，娄公之忍侮。古之为圣为贤，建功树业，立身处世，未有不得力于忍也。凡遇不顺之境者其法也。"

社会经验丰富的人常常把容忍作为衡量一个人的标准，也许你不经意的一忍，就能渡过难关，让自己离成功更近一步。忍人所不能忍，容人所不能容，处人所不能处，唯有此，才能做到常人所不能做的事情，从而脱颖而出，成就一番大业。

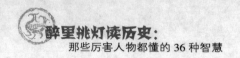

低调隐忍，安如泰山
——刘备的韬晦生涯

战场上有一个原则，知己知彼，方能百战不殆。说的是要了解自己并且了解敌人，这样对自己的胜利才能起到很好的帮助；反过来说，我们当然也就不希望对方了解得太多。若是那样的话，还没采取行动，对方就知道的一清二楚了，自己无疑就处在了及其被动的地位，结果也就可想而知了。

当你的准备尚不充足或者当你身处困境之时，唯有暂时掩藏锋芒、低调隐忍，才能够尽可能地保存自己的实力。真正大智者会在必要的时候低调隐忍，把自己的雄心壮志隐藏起来，让对方认为自己胸无大志，对他构不成威胁，这样不但可以自保，还可以为以后的发展积蓄力量。这不仅是一个人顽强意志的体现，更是一种高深莫测的智谋。

三国时期，刘备是汉景帝刘启之子中山靖王的后裔，但传到他这一代，家势早已衰微。刘备又身逢乱世，一时间落魄不堪。但是刘备从小就喜欢骑马射箭，同时又喜欢结交能人异士，性格坚忍，喜怒不形于色，就这样，他在乱世中也有了自己的一席之地。

起初，他跟随校尉邹靖征讨黄巾军。但是因为一次失败，刘备投奔了自己的同学公孙瓒，升至平原相。在任职期间，刘备善待百姓，逐渐提升了自己的影响力。

群雄逐鹿中原时，刘备只是一个小角色，根本没人看重他。纵使自己得到的地盘，也全都被吕布抢去了。等到曹操杀死吕布，就任命刘备为左将军。但刘备深知曹操生性多疑，跟他在一起无异于与虎谋皮。于是就想要尽早脱离曹操的掌控，自己再图发展。

有一次，曹操在许田打猎的时候，表露了自己想要篡汉的意图。大臣们敢怒不敢言，关羽提起青龙偃月刀想要拼了一死，斩杀曹操，却被刘备拦住了。他知道，自己逐鹿天下的胸怀大志是断然不能显露出来的，否则可就要大难临头了。

为了蒙蔽曹操，表明自己没有野心，刘备开始在自己住处的后院开荒种菜。关羽和张飞都不懂刘备的意思，就问他为什么如此自暴自弃，竟然开始种田了。刘备只说自己心中有数，便不再多言。

有一天，刘备正在给蔬菜浇水，张辽和许褚奉曹操之命请他去湉池议事。

曹操和刘备相继入座边喝酒边谈话。曹操问道："天下群雄逐鹿，但是放眼望去，谁是真正的英雄？"

刘备目光一垂，故作常态说："天下英雄非丞相莫属。"

曹操又问："天下除我之外，还有谁能称得上英雄？"

刘备似问似答说道："袁绍？"

曹操说："袁绍已经是将死之人，怎能称得上英雄？"

刘备又提到了淮南的袁术、河北的袁绍、江南的刘表、江东的孙策、益州的刘璋，说他们可以称为当世英雄，可是这些人统统被曹操否定了。

刘备一看自己说的英雄都被曹操否定了，干脆装作一脸愚笨地直接问曹操："那依丞相的高见，天下谁还能称得上英雄呢？"

曹操用手指了指刘备，又指了指自己说："天下英雄，唯使君与操耳。"这话再明白不过，天下能称得上英雄的，只有你刘备和我曹操二人而已。

刘备当时就下了一跳，手中的筷子都掉到了地上，正巧这时有一阵雷声刚过，为了掩饰自己的失态，刘备乘机说："这雷声太可怕了，吓了我一跳。"

见刘备被雷声吓得如此，曹操大笑道："大丈夫还惧雷声？"

刘备自我解嘲说："圣人云：迅雷风烈必变嘛！"曹操看刘备又胆小又怕事，不像是成大事的人，所以也就不再留意他了。

回到住处的刘备见曹操已起疑心，就决定一不做二不休，先离开此地再作他图。这时，有探子来报，说袁术正引大军向北而去，马上就要过了徐州。曹操明白，袁术这是要去投奔袁绍。如果他们两兄弟合并一处，肯定会给自己带来极大的威胁。刘备当即表示，自己愿意领兵前去截杀袁术。

刚才的事让曹操放松了警惕，以为刘备真的已经胆小如鼠、胸无大志了，眼下既然见他主动请缨，也就同意了刘备的请求。自此，刘备叫上关羽张飞匆匆离开许昌，带着曹操给他的兵士自立门户去了。

刘备是个聪明人，而且是那种看起来大智若愚的聪明人。曹操邀请刘备饮酒，目的就是为了一探虚实。刘备看穿了曹操的想法，一而再、再而三地隐忍，甚至不惜装聋作哑，把自己贬低下去，坚决不自诩为英雄。终于让曹操放松了警惕，打消了除之后快的念头，也为后来的出逃埋

下了伏笔。

让别人知道自己的某些"意图"可不是件什么好事。战场上是这个道理,生活中同样存在类似的情况。竞争无处不在,职场也好、商场也好,保护自己就得尽量避免暴露自己的意图,低调隐忍,然后才有可能不断地向成功迈进。

◆ 史道智慧 ◆

在历史的长河中,那些真正的"成功人士"们无一例外地精通一项技能——自保。不能保护自己就不能战胜敌人,这是古往今来无数历史人物用他们的鲜血给我们留下的教训。

低调隐忍就是保护自己的极佳策略,尤其是当你的力量并不强大的时候。在对手面前时时隐忍,含而不露,并迷惑对手,不给对方图谋你的机会,然后再徐图良策,这才是真正拥有大智慧的人所选择的策略。

忍是一字之师

——苏轼忍辱负重终成一代文豪

忍,是一字之师,当我们犹豫不决、大惑不解、无可奈何的时候,就更不应该走进死胡同,更应该想起这个百试不爽的"忍"字。

当你能做到这一点时,那些不愉快就会随风消散,问题就会迎刃而解,好心境随之而来的,心境也就会在一个不经意的瞬间变得豁然开朗。

苏轼是宋朝的大文豪,但是他在仕途上的发展却与他在文学上的才华不成正比,因为种种原因,苏轼面对无奈的人生只能说出"回首向来萧瑟处,归去,也无风雨也无晴"这样的词句。

当时,奸臣李定掌管着御史台。李定母亲去世的时候,他的亲人都让他回家奔丧,然后为母亲守孝三年。但是李定怕因为为母亲守孝而影响到自己的仕途,就决定隐瞒此事。

报信的亲人见他如此行事,大为不满,便去登闻鼓院击鼓喊冤。当时登闻鼓院的主管正是苏轼。听闻此事后,苏轼非常气愤:"不孝之子怎能为朝廷尽忠?"他强烈要求宋神宗把李定革职查办。

但是当时的宰相王安石却说："事情没这么严重,让李定回家奔丧就可以了。"因为这件事,逃过一劫的李定和苏轼结下了梁子。

十年时间转瞬即过,李定官运亨通,一直做到了御史中丞。而苏轼则仕途不顺,仅仅在浙江湖州当知府。

为了雪十年前之耻,李定把苏轼十年来刊印过的诗集收集起来,咬文嚼字、牵强附会,诬陷苏轼做的诗是反诗。宋神宗相信了李定的话,把苏轼押回了京城。不仅如此,李定还派人把苏轼的儿子也抓了回来。

苏轼被关进了御史台。李定指使皇甫遵去好好"照顾"一下苏轼,于是,皇甫遵对苏轼百般虐待。李定指使皇甫遵这么做,就是为了逼他造反,然后找借口把他处死。

苏轼的儿子对皇甫遵的做法不满,就去找他进行理论,苏轼就劝解儿子说:"孩子,你不要中了他们的奸计啊!《易经》里说,'尺蠖之屈,以求信也。龙蛇之蛰,以存身也。精义入神,以致用也。利用安身,以存德也。'意思就是说,尺蠖之所以收缩身躯,就是为了下一次更好地伸展;龙蛇在冬天冬眠,就是为了活命;精研学问就是为了利用知识,为自己提供生命保障,是一种非常高尚的品德。忍辱负重,才能保全生命。现在咱们父子是在屋檐下,只有低下头逆来顺受,才能保全性命。否则就会中了他的毒计,那时我们可就真的只有死路一条了。"

最终,苏轼用坚忍之态抗住了李定的百般虐待。这场正与邪的消耗战最终以苏轼证明了自己的清白而结束。出狱后的苏轼远离政坛,一心于诗词歌赋,最终成为了旷古烁今的大文豪。而李定和皇甫遵则身败名裂,遗臭万年。

面对虐待,苏轼忍常人所不能忍,和奸佞相抗衡,最后用自己的坚持改变了一切。如果苏轼不堪凌辱,起身反抗,只会中了李定的奸计,让自己处于万劫不复的境地。

苏轼的故事告诉我们这样一个道理:人生贵在能忍,忍耐是为了更好地爆发。就像弹簧一样,承受的压力越大,反弹的力量也就越强。

◆ 史道智慧 ◆

　　司马迁在《报任安书》中写道："盖文王拘而演《周易》，仲尼厄而作《春秋》；屈原放逐，乃赋《离骚》；左丘失明，厥有《国语》；孙子膑脚，《兵法》修列；不韦迁蜀，世传《吕览》；韩非囚秦，《说难》、《孤愤》；《诗》三百篇，大抵圣贤发愤之所为作也。"历览先哲，凡是有所成就的人，都是善于隐忍，懂得积蓄力量做大事的人。因为心中有梦想，就会朝着自己的目标不断前进。

　　百忍才能成钢。每忍一次都能磨炼自己的意志，都能让敌人因为暂时的胜利而冲昏头脑。钢铁就是这样炼成的，英雄也是这样磨成的。我们只有学会忍，能够忍了，才可能把自己的追求与梦想变为现实，从而取得人生中的胜利与成功。

忍是通向成功的捷径

——齐桓公归还土地收人心

　　或许你会觉得，从我们呱呱坠地的那一刻起，"忍"字就一直形影不离地伴随我们成长，直至终老。出生时，我们要忍受刀割般的痛苦，才能获得在这个世上生活的权利；学生时代，要挑灯夜读，忍过各种考试的折磨，进而才能受到成绩的眷顾；步入社会，我们还要经得起各种各样的诱惑，经得起新人被排挤的痛苦，才能站稳脚跟；终老的时候，要忍受病痛的摧残，经过一番撕心裂肺的痛苦，才有资格乘鹤西去。这样看来，人生还真是残酷不堪，原来我们活着就是为了一个忍？

　　但你可曾想过，如果不忍，又会怎样呢？结果只能是更加寸步难行。当自己的果实还没有成熟甚至根本没有开花时，只要理想笃定，任它雨打风吹。正所谓"千锤百炼始成金，精雕细琢方为器"。如此说来，忍，还是我们通向成功的一条捷径。

　　春秋战国时期，齐桓公继承了王位。在鲍叔牙的建议下，放下了成见，任命管仲为相国。

　　齐国在管仲的治理下成了强国，此时的齐桓公不想偏安一隅，于是亲率大军征讨鲁国。

　　面对齐国的入侵，鲁国派大将曹沫应战。虽然曹沫深通韬略，但是两国国力毕竟悬殊，三次大战，鲁国皆以失败告终。

就这样，齐国一口气打到了鲁国的都城城外。鲁庄公无奈，只得向齐国求和，并献出遂邑表示自己的诚意。齐桓公同意了，双方约定在柯地举行和解仪式。

在和解仪式的前一天，曹沫对鲁庄公说："大王是想死而又死，还是愿意生而又生呢？"

鲁庄公非常惊疑："你这是什么意思？"

曹沫说："死而又死就是指，如果您不听从我的计策，鲁国就会灭亡，而您也会遭受到齐国的侮辱；生而又生就是指您听从我的计策，这样的话我们的国土不仅不会减少，反而会扩大，您也可以高枕无忧。"

鲁庄公当然选择了后者。于是，曹沫把他的计策说给鲁庄公听，鲁庄公连声叫好。

第二天，齐国和鲁国在柯地进行和议。谈判时，曹沫突然行动，用匕首抵住了齐桓公的脖子，然后对齐国的大臣们说："都不要轻举妄动，否则我就杀了他。"

齐国的大臣和兵士见事发突然，都不敢向前，连声问曹沫想干什么。

曹沫说："齐国幅员辽阔，鲁国贫瘠弱小。齐国若是无休止地索取，鲁国就无休止地给予。一旦鲁国城墙倒塌，就会压到齐国的土地上。你们想想应该怎么办吧！"

齐桓公明白了曹沫的意思，他是想让自己把侵占到的鲁国领土归还给他们。

为了保全性命，齐桓公只得答应了。这话刚说完，曹沫就放下刀子，把齐桓公放了回去。

回到齐国后，齐桓公非常生气，甚至想要背弃盟约，不给鲁国土地。

管仲说："您这样做不对，曹沫对您横刀相向，是您事先没有料到的事情。在当时处境之下，您没有坚持己见，而是选择了妥协，是您的不勇敢。您答应鲁国归还土地，如果不遵守，就会失去信用。如果您背信弃约，这比丢掉鲁国土地的后果还要严重啊！"齐桓公觉得管仲说得很对，只得忍下了被威胁的耻辱，把土地归还给了鲁国。

从那之后，各地诸侯觉得齐桓公非常讲信用，就纷纷来投靠。齐国因此变得更加强大，齐桓公也成为了春秋五霸之一。

让人拿刀顶在脖子上，被迫归还好不容易才攻下来的土地，这样的事对于齐桓公这种心怀天下的霸者来说，绝对可以算是奇耻大辱了。要是齐桓公想要反悔的话，鲁国是绝对没有能力反抗的，但是齐桓公听从了管仲的建议，把这场羞辱忍了下来，守住了自己的信誉，结果，这样的隐忍反而收到了更大的奇效。

炼钢需要千锤百炼，成事要能忍气吞声。生活就是如此，忍一忍，反而能够让你离终点更加接近。

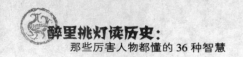

◆ 史道智慧 ◆

　　唐宋八大家之一韩愈在《原毁》中说："古之君子，其责己也重以周，其待人也轻以约。重以周，故不怠；轻以约，故人乐为善。"古人把忍当做一个人道德修养的重要组成部分，由此看来，忍，算得上是我们民族的一种优良传统，它可以反映出一个人的道德修养。

　　从另一个角度看，忍一时风平浪静，退一步海阔天空。说的就是在遭遇挫折和打击时，是否有能忍的胸怀和度量。人与人相处的过程中，那些对自己隐忍，对他人宽容的人必然可以受到别人的尊重。

第31辑

以退为进, 以守为攻

活用历史之"退"智慧

退,则海阔天空;争,则山穷水尽。成大事者,要争,更要懂得退。争是一种手段,而退则是一种智慧。懂伸缩的人才能自保,知进退的人才能久安。

人生这场战争,如能做到进可攻、退可守,就是明智。退,看似平淡,实则高深;可贵之处就在于,不把自己置于风口浪尖。如此,才是取得最终胜利的前提条件。

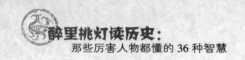
退一步面向更广阔的未来

——朱棣以退为进夺帝位

社会上的人形形色色，在与人相处的过程中，会遇到很多矛盾和问题。面对不顺，不能仅凭自己的心血来潮或一时意愿，一定要保持理智和冷静。要想做到这一点，前提是必须懂得退让之道。

中国有句古话：争是不争，不争是争。这句话虽然说得简单，但却包含了非常深奥的哲理。处处争先看似主动，其实非常被动。自己的意图是明显的，行动更是外露的。别人对你做的事看得一清二楚，经常是争了半天什么也没得到。如果适时地退让一步，暂时放手，那么就很有可能变被动为主动，以退为进。成功往往就在这退让中向你走来，不战而屈人之兵，那是最好不过的了。

明朝初年，明太祖朱元璋的太子朱标不幸亡故。于是，朱元璋改立朱标的儿子朱允炆为皇太孙，这让朱元璋的其他儿子非常不满意。朱允炆敏锐地感受到了自己的叔叔们对自己地位的觊觎之心，于是在继位之后，开始大举削藩。

燕王朱棣是朱元璋的第四个儿子。朱棣勇武异常，在沙场上所向披靡，战无不胜。当时，朱棣驻守燕京，朱允炆对他最为忌惮。

朱允炆为了除掉朱棣，就派人去燕京，拿下军政大权，同时，收买了朱棣的亲信葛诚，让他监视朱棣的一举一动。朱棣感觉到了身边杀机四伏，就假装卧床不起。

朱允炆肯定不相信，就派人去打听虚实。当时正值盛夏，酷热难耐，朱棣却身穿厚皮袄，坐在炉子边上，上下牙不住打颤，还拼命大嚷天气太冷了。

派去的官员们看到这种情况，就认为朱棣真病了。但是葛诚却不这么认为，以他对朱棣的了解，朱棣不可能得这种怪病。朱允炆听到了葛诚的汇报，命令朱棣即刻进京面圣。

张信原是朱棣在金陵做皇子时候的好朋友，他们两人兴趣相投，并且张信还受到过朱棣的许多恩惠。张信不忍心看到朱棣受到朱允炆的侮辱，就去向他告密。朱棣仍然假装生病，张信当时就急了："我冒着杀头的危险来帮你，你怎么还这么对我？"朱棣这才起身和张信商量对策。

由于当时燕京的军政大权是由两位朝廷大臣来掌握的，所以要想推翻朱允炆的统治，最重要的就是杀掉这两个人。于是，朱棣就谎称自己要去京城请罪，请两位朝廷大臣来燕王府把自己的手下捉拿法办。那两个官员不知道其中有诈，到达燕王府以后，立即就被朱棣布置好的伏兵逮捕了。与此同时，燕王府的内奸葛诚也被朱棣给揪了出来。然后，朱棣用自己早早训练好的一支精兵，迅速地控制了燕京。

接下来，朱棣率领燕京的大军向金陵发起进攻。经过几年的僵持，最后，朱棣成功推翻了朱允炆的统治，自己当上了皇帝，也就是历史上的明成祖。

朱棣的成功，在于他面对朱允炆试探的时候，选择了以退为进。虽然没有直接威胁到朱允炆，但是却让他在燕京取得了主动，有了回旋的余地，也有了跟朱允炆抗衡的政治资本。

在日常生活中，我们不妨也来学学朱棣这种主动退步的智慧。比如说当别人向你发火的时候，即使你是被冤枉的，也不要跟他一起失去理智大吵大嚷，而是应该暂退一步，正所谓退一步海阔天空。然后等到对方冷静下来的时候，再把事情的原委向他解释清楚。这样一来，既澄清了自己，也保全了你们两人之间的关系。有道是"有所为，有所不为"，让步其实只是暂时的退却，为了进一尺，有时候就必须先做出退一寸的忍让。

◆ 史道智慧 ◆

高明的人懂得在适当的时候功成身退，一旦自己获得足够的成功，就及时抽身而退，见好就收。好运背后永远会伴随着更大的危险，当你还沉浸在喜悦中的时候，无情的现实就会把你打得遍体鳞伤。

在适当的时候、适当的地点，展现出自己的弱小，以退为进，可以麻痹对方的神经，转移他的注意力。有的时候，退让更是一种智谋，运用得当，你就是为人处世的高手。

退让是靠近成功的一种方式

——冒顿单于大破东胡

在平常的生活中，酸甜苦辣总是在不经意间就到来了，对此我们要能屈能伸，进退有度。真正看得远的人，不会计较一时短长。有时候需要高歌猛进，有时候就要暂时退让。退让是靠近成

功的第一步。

目光长远的人，从不介意在适当的时候妥协退让。自己吃点小亏，却可以让敌人因此沾沾自喜而对自己放松警惕，这可是一桩稳赚不赔的买卖。

公元前209年，北方匈奴头曼单于的长子冒顿射杀生身之父，自己取而代之，成为新的首领。

这时，邻国东胡觉得冒顿杀父篡位不得人心，自己可以浑水摸鱼，敲诈他一笔。于是，东胡王马上派出一个使者出使匈奴，期望能趁乱大捞一把。来到匈奴后，使者大摇大摆地来到冒顿营中，向冒顿索要头曼单于生前所骑的的千里马。

冒顿虽然年纪不大，头脑却非常灵活。他心里很清楚，自己刚刚夺得单于之位，政权不稳，现在还不能与东胡王抗衡，可是如何去应对，他却陷入了沉思，于是他便召集群臣商议此事。

大臣们都说："千里马是我们匈奴国的宝物，不能给他。"众人纷纷怒不可遏，大有与东胡一决高下之意。只有冒顿一言不发，他静下心来想了想，然后摆摆手说："我们和东胡是邻国，往来频繁，怎么能因为一匹马而把两国的关系闹僵呢？"

于是，冒顿下令把这匹千里马送给了东胡来使。东胡使者牵着马，非常高兴地回去了。

东胡国王见状，以为冒顿果真是软弱可欺，于是野心更加膨胀。没过多久，他又派使者来到了匈奴，这一次索要的是冒顿宠爱的一名妃子。

冒顿再次召集群臣商议。面对东胡国王的贪得无厌，匈奴的大臣们愤怒无比，纷纷请求冒顿出兵讨伐欲壑难填的东胡国。

可是，对于东胡一而再、再而三的无理要求，冒顿却显得并不在意，他说："为了一个女子而得罪邻国，没那个必要。"于是，冒顿再次下令把自己的宠妃送给了东胡王。

东胡王见冒顿要什么给什么，自以为冒顿就是一个酒囊饭袋，心中不禁狂喜。于是，东胡国王第三次派使者出使匈奴，向冒顿索要匈奴的一片土地。这片土地处于匈奴和东胡两国之间，方圆一千里，是杳无人烟的荒地。

冒顿再次召集群臣商议。有的大臣说："既然是一块没有人居住的土地，东胡想要，就给他们吧。"可是这一次，冒顿却坚决反对。他厉色说道："土地是国家的根本所在，怎能轻意送给他人？左右！把东胡使者给我拿下！"这一次，冒顿不仅杀了东胡使者，而且决定亲自率领军队，立刻讨伐东胡。

自从顺利得了宝马、美人，东胡王便认为冒顿是个软弱无能的人，他做梦也没想到冒顿单于竟然敢来跟自己打仗。因此，当匈奴大军突然杀过来的时候，东胡人被打了个措手不及，很快便溃不成军。

冒顿并没有就此罢休，而是乘胜追击，亲手杀死了东胡王方才罢休。自此，冒顿洗刷了被东胡夺宝马、占宠妾的耻辱，并一举吞并了东胡的所有领地。

如果当时冒顿被夺马霸妻后一味地意气用事，凭着自己弱小的实力与东胡对抗，很可能会全军覆没，自己的政权也被推翻。但是冒顿没有这样做，他先把个人的感情放在一边，将屈辱视为一种磨炼，把退让当做一种与敌人斗争和周旋的策略。先壮大自己，再出击抗敌，最终取得了胜利。

由此可见，以退为进是一种隐忍的智慧。对敌人示之以弱，敌人就会认为你软弱可欺，渐渐放松了警惕，这时，再采取进攻，必然能一举奏效。如果单纯地和对方硬碰硬，就算取胜，也会伤敌一千、自损八百。如此看来，先示弱退让，让对方低估自己的实力，然后再绝地反击，这种退让，不得不说是智者们靠近成功的另一种方式。

◆ 史道智慧 ◆

成功的道路千万条，但是要想真正成为人上人则需要你有勇有谋，敢于吃亏，敢于退让。要知道，吃亏的过程更是一个学习的机会。作为一名智者，要善于把握吃亏退让后面隐藏的机会，从而实现自己的目标。

老人们常说"吃亏是福""以退为进"。但是你要知道，什么样的亏可以吃，什么样的路可以退。吃亏之后要学到智慧，然后更加完善自己，以清醒的头脑从大局着手，把退让转化为奋进的力量，这才是"退"的价值。

当退则退，展现成大事者的气魄
——曹操适时撤退徐图发展

再明亮的眼睛，注视一件事物久了也是会疲劳的，人的精力和智力不会永远处在高潮，有高潮就会有低谷，这是事物发展变化的必然规律。

然而，就像人们明明知道上山容易下山难，却因贪恋山顶尖的风景而不愿退却一样，很多时候明明已是强弩之末，却仍然执著。这时，我们更需要的是当退则退的智慧，因为只有这样，才能最大限度地保全自己，以图东山再起。当退则退是一种美学，是有始有终的一种表现，同时

也是成大事者气魄的体现。

东汉末年，社会黑暗、官员腐败，地方割据严重，天下一片大乱。曹操尽力而为，想力转乾坤，但无奈自己的力量太微弱，根本改变不了天下大势。于是只得选择暂时蛰伏，退出官场，等待时机，为自己成就一番大业积蓄力量。但是正因为有了这样一种经历，曹操对天下形势认识得更加清晰了。

曹操辞官之后，朝廷曾一度想要再次起用他。但是曹操已经看清了官僚的腐败，坚决称病不出，只是在家里静候时机。

后来，冀州刺史王芬、南阳许攸、沛国周旌等人相互勾结，企图废掉汉灵帝，立合肥侯为皇帝。他们把这件事告诉了曹操，想让曹操和他们一起共举大事。但是曹操看他们无德无能，又没有大人物的支持，落败只是迟早的事，于是，便果断地拒绝了他们。

正如曹操所料，没过多久，这些人的阴谋就被汉灵帝发现了，很多人因此被杀。

不久，金城韩遂杀死了刺史郡守，率领十万人起义。曹操接受了韩遂的邀请，做了典军校尉。这时候，汉灵帝亡故，汉少帝登基继位，太后在幕后执掌大权。在外带兵的董卓趁乱闯进宫来，废了汉少帝，立汉献帝为帝，逼迫汉献帝封自己为丞相。

董卓为了拉拢曹操，就给他了一个骁骑校尉的官职，但是曹操认为董卓恣意妄为、不得人心，终究难以成就大事，于是，曹操一面假装为董卓办事，一面伺机逃出了京城。

结果，后来发生的事情又一次证明曹操的判断是正确的。董卓被部将吕布所杀，董卓的心腹们无一幸免。

曹操是个真真正正办大事的人。虽然曹操迫不及待地想要在乱世当中创出自己的事业，但是如果机会不好，他绝不会轻易出手，因为曹操知道，机会不好却硬要"迎难而上"，明知不可为而为之，最后的结果只能是身败名裂，于是曹操果断地选择了以退为进，既然没有适合自己发展的道路，干脆就隐忍不发。可以说，这种毫不迟疑当退则退的做法，把曹操成大事的气魄和谋略体现得淋漓尽致。

处处争先只会头破血流，能进能退才方显出智者的气魄。然而现实生活中，为什么会有很多人不懂退却，只知前进呢？主要是因为他太过执著，不懂得权衡利弊，不从大局着手，只是盲目的坚持，从而被自己的盲目所左右。只有知道何时退让并勇于抽身的人，才更能在机会来临时取得大踏步的前进。

◆ 史道智慧 ◆

滚动的石头上不生苔;不下这座山,永远看不到其他山峰的高度。人的一生会爬很多座山,每一座山都有自己独特的风景,这就需要我们善于选择,选择那些真正适合自己去攀登的山峰。

在全面分析、审时度势后,对于不适合的时机和不适合的目标,则要果断舍弃,当退则退。千万不要等到铸成大错之后方才扼腕,那时说什么也晚了,只能是追悔莫及了。

虚心纳下,散财得众

活用历史之"让"智慧

　　智者,明退让之道。古人都懂"谦受益,满招损"的道理。虽然知道"谦"能"得益",但谦让为人、淡定处世,做到却很不容易。

　　成大事者,必先懂谦让之道。言不让人,利不让人,往往一事无成。成事要能服众,要得人心。而遇事的谦让则是"虚心以纳下";遇利的谦让则是"散财而得众"。

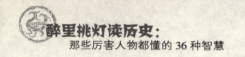

君子应有成人之美的胸怀

——范雎退位让贤荐蔡泽

孔夫子曾说："君子成人之美,不成人之恶;小人反之。"意思是说:君子总是成全别人的好事,却不帮助别人做坏事;而小人正与君子相反。你能不能接受一个比你自己更有才能的人,并且让出自己的位置大胆举荐他呢? 要知道,这是一个人胸怀和度量的体现。

成人之美这种高尚的举动,何尝不是一种做人的境界? 在你成全了别人的同时,你的自我价值也将得以体现。

春秋时期,蔡泽自认非常有才,却无赏识他的伯乐。这时,他听说范雎入仕秦国,并且受到了重用,觉得自己的伯乐出现了,于是他也来到了秦国。

蔡泽刚到秦国就大肆宣扬自己才华横溢, 文韬武略无所不能, 并扬言只要自己能见到秦王,就肯定能取代范雎国相的位置。

范雎听闻此事,就把蔡泽叫到了府上,问他:"你曾说,只要见到秦王,就会取代我相国的位置?"

蔡泽说:"是的。"范雎问他为什么这么说。

蔡泽继续说道:"天下万物都是新陈代谢的过程,功成身退是人生的自然法则。现在人们都希望像圣人一样贤明,贤明之人就是要施恩于天下,这样才能受到百姓的爱戴。但是每个人的精力都是有限的,不可能从始至终都才华横溢。自己无德无能时,就应该及时退位让贤,才会受到天下人的赞扬。"接下来,蔡泽又举了商鞅和文种的例子,来阐述自己的观点。

范雎听出了蔡泽的意思,就说:"为什么不可以从始至终呢? 商鞅辅佐秦孝公,没有二心,而是因公忘私。虽然得到了秦孝公的宠信,但是却失去了秦国人民的信任。大夫文种辅佐勾践,不以勾践卑贱而退却,反而帮助他渡过危难。他不会背信弃义,更不会夸耀自己的功劳。他们都是我学习的典范。只要大义所在,纵然抛头颅、洒热血,也在所不惜,为什么非要退位让贤呢?"

蔡泽说:"君主圣明,臣子贤能,这是国家之福。父亲慈爱,儿子孝顺,丈夫讲信义,妻子有贞节,这是家庭之福。但是忠君爱国也是有限度的,例如比干辅佐商纣王,却让殷商走向灭亡;伍子胥是贤能之臣, 但是却无法带领吴国走到最后……可见, 有德之臣也无法保证国家长治久安,这是因为没有贤明之主重用他们。假如一定等到死才能尽忠成名,恐怕就连微子也不足成为仁人,孔子也不足成为圣人,管仲也不足以成为伟人。"范雎听蔡泽说得在理,就点头表示赞同。

蔡泽又说了一些治国的方略,被范雎所认同。范雎认为蔡泽是当世奇才,就以上宾之礼接待了他。

过了几天,范雎拜见了秦王,对他说:"臣有位新来的客人蔡泽,此人善于雄辩,满腹韬略。臣阅人无数,没有人能出其右,臣自愧不如。"

于是秦王就召见了蔡泽。通过交谈,秦王非常欣赏蔡泽,就任命他为客卿。自此之后,范雎就称病不朝,并且借病辞官回乡。

无奈之下,秦王只得批准,任命蔡泽为相,而蔡泽也果然不负众望,助秦王灭掉了西周。

范雎果然是一个具有雅量的君子。为了秦国的强盛,他成人之美,举荐了蔡泽。并且不惜牺牲自己身为国相的高官厚禄,当然,范雎并不是傻子,他也得到了自己想要的。帮助秦国强大起来,并且扫平诸侯一统天下是范雎一直以来的理想,但是在国相的位置上,他却感到越来越力不从心。高官厚禄并不是范雎所追求的,因此,当比他更有才华的蔡泽出现在面前的时候,他毫不犹豫地把自己的位置让给了蔡泽,让蔡泽来接替他为秦国掌舵,并一步步完成他的心愿。即便如此,范雎的胸怀依然值得我们钦佩。要知道,往往再远大的理想都敌不过高官厚禄的侵蚀。而范雎却视功名如浮云,弃权位如敝履;成人之美,退位让贤,实为古代君子中的典范。

所谓"谦谦君子",只有能够做到真正谦逊、礼让的人,才可以说得上是有宽广的雅量。对他人的才华不妒忌、不遮掩,让贤为能。这样就会有越来越多的人对你心怀感激,在成全他人的同时,也使得自身的人格魅力价值修养不断提升。

◆史道智慧◆

什么是君子?君子内在修身养性,外在通情达理,尽可能为别人提供方便,尽量给予他人帮助;礼让为善,广施恩德。而成人之美、退位让贤正是一个君子胸怀最集中的体现,也是一个人光辉人性中最伟大的闪光点。

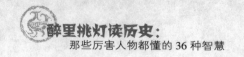
谦退礼让海阔天空

——长孙氏谨慎处世受万民爱戴

礼让是一种美德，我们不能处处都想争胜。物极则必反，否极而泰来。做事要留有余地，不能把事情做绝。在给他人留空间的同时，也是给自己留下了后路。

有时让一下，便豁然开朗；退一步，则海阔天空。于情不偏激，于理不过头；谦退礼让、戒骄戒躁，这才是大智者的为人处世之道。

唐太宗李世民通过玄武门之变夺得了帝位。登基之后，李世民册立长孙氏为自己的皇后。

长孙氏素来有贤淑仁德的美名，她知道自己当上皇后之后就是"国母"了，地位变了，就更应该注意自己的言行举止，不能在自己这丢了皇室的脸面。为此，长孙氏愈发严格要求自己，为其她嫔妃们树立了榜样。

皇后为后宫之主，而长孙氏并没有因为大权在握而为所欲为。反而待人愈发和善，生活愈发简朴，除了宫中发放的物品，她别无所求。

后来，长孙氏的儿子承乾被立为太子。有好几次，太子的乳母对长孙氏的清苦生活看不下去了，常常劝长孙氏增加些自己宫里的用度，以便树立皇后的威仪。

长孙氏却不认同太子乳母的看法。她说："身为皇后，就不能搞特殊化。现在承乾刚立为太子，正是考察德行的关键阶段，我们怎么能因为自己的私事而影响承乾的前途呢？"

后宫干预政事是朝廷中的大忌。长孙氏深知这一点，便从不在李世民面前谈起军国大事。有时候，就算是李世民出于尊重找她商量政事，长孙氏也只是用沉默来表明自己绝不干政的立场。

有一次，李世民想任命长孙氏的哥哥长孙无忌为左武大将军、吏部尚书、右仆射。这是宰相一级的大官，权力在握。这次，长孙氏不再沉默了。她力劝李世民收回这道任命。李世民没有听取她的意见，强制任命了长孙无忌。

长孙氏见李世民执意如此，就转而去做长孙无忌的思想工作，让他上书请辞。无奈之下，李世民只得重新任命长孙无忌为开府仪同三司，这是一个只有名位没有实权的官职，长孙氏这才放下心来。

　　长孙氏知道月满则亏的道理,时时懂得谦让之礼。因为她知道自己处在风口浪尖儿上,要给自己留下退身的余地,只有这样,才不会招致祸害,更不会在关键时刻进退维谷,无法抽身。同时,长孙氏不仅严格要求自己,对哥哥也是要求甚严。这样不仅保全了自己,更赢得了天下人的尊重,体现了长孙氏深富智慧的为人处世之道。

　　即使在人生得意之时,也要尽量保持低调,时刻谨记"锐者易折"的道理。而在平素的日常生活中,你就更不必为了一些小矛盾与人争论不休,也不必非要把一些小事弄得水落石出,或为一些批评耿耿于怀。我们应该学会的正是退让。懂礼让,知谦恭,才是待人处世的大智慧。

◆ 史道智慧 ◆

　　道家学派创始人老子说:"大成若缺,其用不敝;大盈若冲,其用不穷。大直若屈,大巧若拙,大辩若讷。躁胜寒,静胜热,清静为天下正。"世事多陷阱,人生多险阻,这就需要我们懂得物极必反的道路,不能被成就冲昏头脑。

　　所以,只有谦退礼让,才能让自己的人生更加逍遥、更加洒脱;才能为自己留下后路,以谋求更大的空间开疆扩土。

用退让来洗涤自己的心灵

——刘宽宽容赢得百姓爱戴

　　社会心理学家经过调查得知,嫉妒产生于相近的行业领域,冲突的起因往往是利益的纠缠。其实,很多东西都是很美的,只是我们不懂得把握而已。《菜根谭》上说:"路径窄处,留一步与人行;滋味浓时,减三分让人食。"

　　懂得退让,适当为别人留下生活空间,是一种避免矛盾的谦和处世之道,更是一种净化灵魂、洗涤心田的绝佳方式。

　　汉朝时,有一个叫刘宽的南阳太守,在一次办案中碰到一位穷苦的百姓做了错事,因心生怜悯,就想饶恕他。但是,国法无情,还要依法处罚他。于是,他命令差役用柔软的蒲草代替鞭子来进行责罚,这样不仅宽容了这位百姓,同时也顾全了国法的威严。

刘宽的夫人为了试探张拓，看他是否像世人说的那样宅心仁厚，就吩咐婢女在刘宽和各位同僚办公的时候端上一盆肉汤，然后装做不小心把肉汤洒到他身上，看他是什么态度。

婢女依计行事，汤洒了刘宽一身。在场的刘宽同僚无不大声喝骂那个婢女，只有刘宽和别人大不相同，他不仅没有责备婢女，反而急问肉汤烫伤了她没有。

还有一次，有一个人的牛丢了，碰到刘宽时，看见刘宽驾车的牛和他家的非常像，硬说牛是他的。刘宽什么也没说，叫车夫把牛解下给那人，自己则步行回家。等到后来，那人找到了自己的牛，就来到刘宽家赔礼道歉，打算把牛还给刘宽。没想到刘宽反而开导那个人，让他不要介怀。

刘宽懂得谦让之礼，宽容大度，得到了当时人们的爱戴。正因为他的谦和有度，感动了当地的百姓。耳濡目染之下，当地人们为人处世也都是彬彬有礼。

像刘宽这样留一步、让三分的行事风格，并非是唯唯诺诺的"好好先生"的作风，只不过是在与人相处时总能站在对方的角度，设身处地地为他人考虑。这样一来，也就更容易理解并宽容他人一些看似过分的言行，这种退让的态度无形中化解了许多不必要的麻烦。终究，他的礼让谦和赢得了世人的承认，不仅得到了越来越多人的爱戴，而且还潜移默化地影响并改变了周围的环境。

适当的谦让不仅不会招致危险，反而是寻求安宁的有效方式。在我们的日常生活中，原则问题理应坚持。而对于那些小事，或涉及到无关紧要的个人利益时，仅仅退让一小步，就会带来身心的愉快以及和谐的人际关系。

◆ 史道智慧 ◆

在生活中，你不能什么都扔掉，也不能什么都留着。聪明的人是善于取舍的人，哪些事应该宽容，哪些事应该舍弃，这些都是我们需要常常考虑的。人生更是如此，需要我们时时放下重担，转移角度，变换一种为人处世的方式，从而拥有一种乐观的心态。鱼的记忆力只有七秒钟，七秒钟后一切烦恼都会烟消云散。

清理心灵是一段挣扎的过程。人生是一个不断退让的旅程，少年要告别家乡，雄鹰要告别安逸，快乐要告别悲伤。没有退让，就没有成长。当我们告别昨日的伤与痛，就能迎接到美好的明天。

第33辑

淡泊明志，宁静致远

活用历史之"淡"智慧

淡泊以明志，宁静以致远。不以物喜，不以己悲，淡泊方可高远。

淡泊是"登山则情满于山，观海则意溢于海"的一种情致，是"行到水穷处，坐看云起时"的人生态度，是一种雅趣、一种乐观、一种洒脱，更是人生的一种气韵！

人生百味，辉煌会过去，精彩会谢幕。酸甜苦辣之后，还是"淡"字最耐人寻味。

体味最单纯的快乐
——李白踏遍神州终成诗仙

人生在世，其实没有什么公平与不公平。看问题的角度不同，想法也就不同了。单纯的思想永远最美，而且好处无所不在。没有农药的简单食品，最健康；纯天然的布料，最环保。世界在变，我们也必须跟着改变。换一种生活态度，删繁就简，生活自然就变得恬淡舒适了。

闻风、听涛、看泉……这些都是我们享受到的简单之美。只要我们抽出一点时间，伫立在山水之间，品味着如诗如画的水墨色彩就是一种简单的幸福。

唐朝天宝元年，李白上京赶考。当时的考官是太师杨国忠，监考官是太尉高力士。这两个人都是贪财之人，很多考生就投其所好，给他们送礼。但是李白却不屑于靠送礼来求取功名。结果，虽然李白文思泉涌、洋洋万言、倚马可待，但还是落得个名落孙山的结局。

时隔一年之后，唐玄宗收到番邦寄来的一纸国书。只见上面都是鸟兽图形，跟图画一般。所有人都看不懂这封国书所为何物。唐玄宗拍案大怒，大声呵斥："你们都是饭桶！食君之禄，竟然不能为君分忧。给你们三天时间，如果不能解答出这篇国书，朕就让你们统统丢官罢职！"

文武百官想破了头，却还是解读不出这封国书。这时候，有人推荐了李白。唐玄宗马上把李白接到宫中。李白看了一遍，冷笑着说："番邦在威胁我们，如果我们不割让给高丽国 176 座城池，他们就会来攻打我们！"

唐玄宗一听，大为惊讶，马上和身边大臣商讨退敌之策。但是唐玄宗发现李白镇定自若，就问他有什么办法。

李白说："此事不难，只要修书一封，高丽就会不战而降。"

唐玄宗非常高兴，见李白一纸文学就化解了国家危难。唐玄宗当即说："卿学富五车，满腹经纶，又能替朕排忧解难，朕就封你为翰林学士吧！"在这之后，唐玄宗还设宴款待了李白。

第二天，李白进殿写诏书时，看到了杨国忠和高力士，不由想起当年科举时这两人对自己的刁难，心里一阵怒火。李白就对唐玄宗说："微臣有个不情之请……"

正赶上唐玄宗心里高兴，见李白面露难色，就说："不管你有什么要求，只要朕能办到的，就一定满足你。"

李白再无顾忌，就说："臣恳请皇上恩准，让杨国忠为臣研墨，高力士为臣脱靴。这样臣才能文如泉涌，写好文书。"杨国忠和高力士听到这句话，恨得牙齿咯咯作响。

唐玄宗先前已经答应了李白，虽然这个要求有些过分，但是只得同意下来。

杨国忠压制住心中的怒火，耐着性子给李白研墨，并用双手捧起砚台；高力士则是毕恭毕敬跪在李白边上，帮他脱鞋，脱完之后，还用双手捧着，静候一旁。

李白写的诏书字字珠玑，切中对方要害，番邦使节吓得望风而逃。

李白的仕途可谓青云直上，正是春风得意之时。但是他却主动上书唐玄宗说，他不喜欢这种束缚的生活，就主动离开了皇宫。

自此之后，李白访遍名山大川，与诗酒为友，过起了闲云野鹤般的生活。不断创作出了很多奇幻瑰丽的诗篇，终成一代诗仙。

李白在经历了宦海沉浮之后，终于明白自己想要的还是那种"采菊东篱下，悠然见南山"的简单而又快乐的生活。他受不了朝廷中的束缚，于是，便"且放白鹿青崖间，须行即骑访名山"了。在这种简单生活的陶冶下，创作出了气势如虹的诗篇，浩浩汤汤、瑰丽奇诡，真可谓"千古风流一谪仙"！

这个世界，美誉如指尖的薄暖，浮名若云影的轻凉，即便会绚丽，但似烟花，难以长久。只有"一生无是无非，烧清香，吃苦茶，安闲过日子"的生活，才是人生至境，如水扬清波，如风过疏林。每一个看起来都很清淡的日子，但却是心头的日子，潜着香、藏着甜，是自己真正活过的每一天。

◆ 史道智慧 ◆

一个人是否幸福快乐，和他手中权力的大小、财富的多少并不成正比。然而，就是有那么一些人，盲目地追名逐利，进而错过了沿途美丽的风景；对那些简单的快乐，他们却视而不见。其实我们回过头来想一想，那些简单的快乐，往往才是我们最需要的。

英国博物学家赫胥黎说过："生活中最珍贵的，不是知识而是行动。"如果你想让自己度过幸福快乐的一生，那么你最需要做的就是去享受大自然带给我们的美好。天上皎洁的月光、山间温润的清风、头顶雪莲般的云朵……这些都是简单快乐的载体。其实，真正的快乐就在身边，简简单单，不加修饰。

豁达处世做最真实的自己

——孔子之所以为孔子

在人生的旅途中，得到与失去、成功与失败总是充斥其中。在成功与失败的转角、得到与失去的左右，我们会犹豫、会徘徊，更会苦苦地挣扎、纠结不已，这说明我们并不真正懂得最高明的处世智慧。任何事情都是在起因之后，才会收到结果；经历过风雨，才能看到彩虹。对待生活中的得失成败，我们不妨豁达处世，做最真实的自己。

春秋战国，孔子主张以仁治天下。为了宣传自己的主张，孔子周游列国，但却始终四处碰壁。有时候甚至被别人弄得非常狼狈，遭到周围人的嘲笑，但是孔子不但不以为耻，反而从中学到了很多知识。

有一次，孔子到了郑国，因为人生地不熟，就和弟子们走散了。孔子只得在城郭东门等候自己的弟子们。

子贡打听孔子消息的时候，有个郑国人对他说："城郭东门有一个人，额头又扁又平，还非常大；脖子很长，肩膀又很窄，腰部以下非常短。整个人看起来非常狼狈，就像一条丧家之犬一样。"子贡非常生气，但是通过这个人找到了孔子，就把这些话说给孔子听。孔子不怒反喜："外形之类的都是微不足道的细节，单说我像丧家之犬，他就说得很对啊！"

又有一次，孔子和自己的学生子路走散了。子路在路上遇到了一位老人，就作揖行礼问他："您看见孔夫子了吗？"

老者满脸的不屑神情："四体不勤，五谷不分。天下谁是夫子？我从来没见过这样的人。"

等到最后子路找到了孔子，就把路上的见闻和孔子说了。孔子说："这人是个隐士啊！"于是就和子路去找这位老者，可是却再也找不到了。

孔子周游列国的时候，在去晋国的路上被一个七岁的孩子拦住了去路，说要问孔子两个问题，才能让他过去。第一个问题是，鹅的叫声为什么很大？孔子说："鹅的脖子很长，所以叫声才会很大。"那孩子又问："青蛙的脖子很短，为什么它的叫声也很大呢？"孔子无言以对，只好选择了绕行。等到后来，孔子和学生们讲了这件事，然后非常惭愧地说："在这件事情上，我不如这个七岁孩子,他可以做我的老师啊!"

孔子驾车去晋国的时候,一个孩子在路当中玩耍,挡住了孔子的去路。孔子说:"你不应该在路上玩耍,挡住我们的车,这样很危险!"

孩子不紧不慢地指着地上说:"老人家,您看这是什么?"

孔子顺着孩子的手指的方向看去,看见了用碎石头搭建起的一座城。

孩子就问孔子:"应该是车给城让路,而不是城给车让路,您这样说是不对的。"孔子觉得这孩子很聪明,又懂得礼貌,就问他叫什么名字。

孩子说:"我叫项橐,今年七岁了!"孔子回去之后,对学生们说:"项橐七岁懂礼,他可以做我的老师啊!"

孔子恐怕可以算得上是古往今来最风光的一个中国人了,但是,这一切的风光都是在他去世之后,当他在世时,虽然门下弟子无数,却始终没能得到施展自己政治抱负的机会,更要时时面对别人的冷嘲热讽。面对这一切挫折,孔子却从不放在心上,始终豁达处世,不肯因外物而迷失自己的本性。孔子之所以为孔子,不仅仅因为他是后世所有读书人学问上的老师,而且更因为他深知豁达处世的奥妙,是后世做人方面的老师。

人生在世,不可能让每个人都满意。当众口难调时,别忙着改变自己,附和他人的意见,重要的是,要活得认真,做得真实。坚持自己的"按本色做人,按角色做事"。按照事情发展的本来面目,简简单单走好自己的路,才能爽爽朗朗收获自己的快乐。

◆ 史道智慧 ◆

豁达是一种智慧,佛祖拈花的手指,吸引了多少人的目光;迦叶使者的会心一笑是多么淡然。超脱了事物的本身,就是一种对人生的感悟。

或许你会觉得这样的说法太深奥了。简而言之,豁达处世就是拥有一颗平常心,可以平静地看待所遇到的人和事。要想获得这颗平常心,就必须要经过生活的磨砺。当你真正参透了人生的真谛,不再为一些小事而耿耿于怀的时候,你的人生也就从此进入了更高的境界。

从容是一种境界

——诸葛亮空城退大敌

从容是一种境界。古人对这种境界的描述是："不以物喜，不以己悲。居庙堂之高则忧其民，处江湖之远则忧其君。"也就是说，得意时不必彻夜狂欢；失落时，更不要颓唐沮丧。当你能做到面对别人的夸赞和外来的诱惑始终保持清醒的头脑，付之一笑的时候；当你能做到面对朋友的背弃也不会有太多痛苦的时候，也就再没有什么人可以控制得住你的心灵，你也将会在人生的战场上无往而不利。

世间有很多事情都是难以预料的。同时我们也应该认识到，在这个世界上，没有什么事物是永恒不变的。在这样的前提条件下，在遇到一些荣辱得失的变动时，我们就不会那样惊慌失措、患得患失，以淡定、从容之态，面对各种突发事件和意外。

三国时期，马谡失了街亭导致蜀国兵力大减。无奈之下，诸葛亮只得转攻为守，把大批人马调回汉中，然后再作长远的打算。

当时，蜀军的粮草都屯在一个名叫西城的小县里。大军撤退时，诸葛亮不愿放弃这些粮草，于是亲自带了三千人马去西城，打算把粮草一并运回汉中。

但是，天有不测风云。这个时候，司马懿亲率十五万大军兵临城下。三千对十五万，这仗怎么打？城内的兵将听闻这个消息后，都不寒而栗。

诸葛亮斟酌再三，果断下达命令："把城里的军旗放倒，所有士兵坚守城池。如果有人敢擅自出城，大声喧哗，定斩不赦！"

不仅如此，诸葛亮还吩咐兵士打开四面的城门，每一扇城门外都派二十名乔装成百姓的士兵，装做若无其事的样子悠闲扫街。

安排就绪，诸葛亮头戴方巾，身披鹤氅，带着两名琴童，背着琴登上了城头，摆出一副镇定自若的样子，他一边抚琴，一边饮酒。

司马懿的先锋部队来到了城外，看到诸葛亮在城上从容地抚琴，城门外的百姓也非常镇定。先锋部队心里就开始打鼓，这是什么情况？因为害怕中了诸葛亮的埋伏，先锋部队便停在了城下，等待司马懿到达之后再做决断。

司马懿也并非等闲之辈，他同样是一位精通音律的大将。当他听到诸葛亮琴声中没有一丝慌乱，有的只是淡定和从容的时候，不由得心中大为惊讶。司马懿认为诸葛亮的援兵已经到了，就马上调转马头，退回了魏国。

诸葛亮看见司马懿大军退去，大笑一声，对手下解释道："司马懿平素非常谨慎，他知我也是如此。如今我安坐城上，从容抚琴。曲调悠扬，没有错误。他不知我们虚实，就只好退兵了。"

诸葛亮和司马懿两个人是一生的夙敌。在战场上，双方谁都不会放过对手的一丝失误，这两人的较量不仅仅是军事上的，更是两人境界上的比拼。三千兵士对十五万大军，诸葛亮之所以能够以如此险招，吓退司马懿的大军，就是因为他的境界高过司马懿一筹。琴为心声，诸葛亮已经把淡定和从容融入了自己的生命，因此，司马懿才在他的琴声中听不出一丝一毫的慌乱之意。这并不是诸葛亮掩饰得好，而是诸葛亮根本就不曾感到慌乱，他始终是从容的。这就是一个人的境界。

有一首耳熟能详的老歌中唱道："曾经在幽幽暗暗、反反复复中追问，才知道平平淡淡、从从容容才是真。"就像辜鸿铭先生说的，一个人如果能受得了一切寂寞与平淡，才是真正的修养到家。

◆ 史道智慧 ◆

在时间的长河中，洗去了身心的浮华；在日月的轮转中，剔除了人生的浮躁。在浩瀚无涯的宇宙中，人类是多么渺小；在滚滚而去的历史长河中，人类又只是一个匆匆过客。就这样，我们慢慢沉淀出了一份淡泊与宁静。

淡泊以明志，宁静以致远。我们从青涩的孩童长成了意气激扬的青年，又走到了发长眸深的中年阶段……这一切的一切都是过眼云烟。经过人生的洗涤、岁月的沉淀，你就会发现，平平淡淡才是真，淡定从容才是人生的境界所在。

淡然，让你的人生充满阳光

——阳光般的大脚皇后

在这个复杂的社会里，"淡然"是你最好的朋友。许地山在《空山灵雨·银翎底使命》中说："唯有几朵山花在我们眼前淡定地看那在溪涧里逆行的鱼儿喋着它们的残瓣。"淡然是一种心境，它能让你原谅别人的无心之过、尊重别人的选择；它能让你宽容一切，善待自己，善待他人。用淡定和豁达来武装自己，就能让人生处处充满阳光。

创立明朝之前，朱元璋就和马氏结婚了。马氏不喜欢裹脚，所以她的脚很大，等到朱元璋创建明朝之后，就封了马氏为皇后，而别人在暗地里都叫她"大脚马皇后"。

马氏是郭子兴的义女，朱元璋能够娶到马氏就是郭子兴做的媒。

最开始的时候，朱元璋和马氏过着寄人篱下的生活，经常会遇到别人的排挤。岳父郭子兴也是个暴脾气，动不动就要把朱元璋叫来臭骂一顿。不仅如此，还经常不给朱元璋饭吃。

马氏看到丈夫受罪，非常心疼，就偷偷地给他送吃的。但是事有意外，有一次，马氏把大饼烙熟了之后，忽然看见有人来了。容不得多想，马氏马上把大饼揣在了怀里，等到那人走了之后，就给朱元璋偷偷送了过去，大饼拿出来之后，朱元璋看到马氏胸口被烫坏了一大片，不禁感动得痛哭流涕。

马氏时常劝丈夫说："贫贱夫妻百事哀。作为夫妻，就应该同甘共苦，只要我们坚持，总会过上好日子的。"后来，当上了皇帝的朱元璋渐渐变得残忍好杀。有时候，马皇后劝他，他都不听。马皇后就解开衣服，把自己的胸口伤疤展给丈夫看，朱元璋的火气马上就没有了。

当时有一个非常有学问的人叫宋濂，他帮助朱元璋平定了天下，是明朝的开国重臣。明朝丞相胡惟庸因为过失被杀害，宋濂的孙子也受到了牵连被定为死罪。

朱元璋一怒之下不仅逮捕了宋濂的孙子，还逮捕了宋濂，要把宋濂也一起判死刑。马皇后听说后，非常伤心。

这天和丈夫一起吃饭的时候，马皇后沉默不语。朱元璋问她怎么了。马皇后说："宋濂的孙子做了错事理当问斩，但这事跟宋濂有什么关系呢？怎么能不分青红皂白把他也处死？这不是有失仁义吗?"朱元璋听了马皇后的劝告,觉得她说的在理,就赦免了宋濂的死罪。

后来,马皇后害了重病,朱元璋遍访名医为她治疗。但是马皇后知道自己已经病入膏肓,回天乏术,就说什么也不肯吃药。朱元璋非常着急。马皇后说:"如果我的病治不好了,你肯定会杀死御医。我宁可病死,也不愿看到你随意杀戮陷害忠良。"

马皇后临终前,特意叮嘱朱元璋说:"我希望你改改冲动好杀的脾气,要学会淡然处世。虽然你是皇帝,也不要多造杀业,只有善待臣民,才能让天下百姓安居乐业。"

有马皇后在身边时时处处的提醒,朱元璋才得以成为明朝的开国皇帝;倘若没有马皇后,休说朱元璋还能不能当上皇帝,就算当上了,也肯定是个商纣王、隋炀帝那样的昏君、暴君。马皇后就像是朱元璋身边的一缕淡淡的阳光,在他寒冷时给他温暖,在他暴虐时安抚他的心灵。任凭世事更迭、朝代变迁,马皇后始终是马皇后。她的淡然、她的贤惠,始终让后人铭记。

其实,生活中并没有多少激情澎湃或惊世骇俗,更多的是一种平淡。就像好莱坞著名导演史蒂芬有这样的感悟:"我到过许多地方,发现世上许多人的生活比我们想象的要平淡得多,然而却能体现出他们自身的价值,更平静、更悠闲。"只有真正经历了世事的沧桑以后才会发现,无论多么荡气回肠的故事总要回归现实的平淡,无论多么伟大的成就都不能取代来自平淡生活的那份从容与宁静。当回顾人生百味时,才从心底有所感悟:原来,与我们心灵贴得最近的,还是那些曾经并不看重一份淡然。

◆ 史道智慧 ◆

　　淡然是一种理智,让一个人在纷繁复杂的尘世中保持清醒的头脑,把自己认识得更透彻,也能更加客观地评价别人。君子之交淡如水,这是生活中一种恬淡的超脱,所以说,淡然处世,不仅帮助了自己,更能帮助别人。

　　淡定从容是一种智慧的沉淀,是经验的累积,是为人处事的最高境界。淡然才能体会到最简单的快乐,才能让生活的阳光照进你的胸膛,从而让自己真正懂得快乐的真谛。

第34辑

处变不惊,居安思危

活用历史之"危"智慧

《左传》有:"《书》曰:'居安思危。'思则有备,有备无患,敢以此规。"中国先贤曰:"人心唯危,道心唯微。"充分揭示了人的一生终生都需要在"危"、"微"途中独自行走。人生只有如此,才能通达。

具有忧患意识的人才是精明的,防患于未然便来源于此。若只是偏安一隅,则难免有遭遇不测之时。

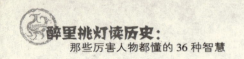
处变不惊，方能转危为安

——陈平智避危机投刘邦

人生在世，总免不了会遇到得意或失意的时候。得意不忘形，失意不丧气，这是一种处世的态度，顺境坦然，逆境泰然。

而另一方面，所谓"祸兮福所倚，福兮祸所伏"。在外界环境突变或意外碰到始料未及之事时，我们更应沉着冷静，时刻保持清醒的头脑，这样才不会影响自身的正确思维，才能及时对客观事物做出准确的分析和判断。

秦末，陈平出生在阳武（今河南原阳东南）。年少的时候，陈平家里贫困，就只好与哥哥、嫂子住在一起。为了生存下去，陈平经常帮别人处理丧事，以此来赚些小钱儿。贫穷的出身让陈平一直得不到一个女孩子的喜欢，陈平也就一直没结婚。

虽然生活贫困，但是陈平的意志却从来未曾消沉。他依然刻苦读书，增长自己的知识和才能。他曾经主持乡社分肉，因为公道正派而得到乡亲们的交口称赞。陈平感叹地说："假使我有机会治理天下，也会像今天分肉一样公平。"

秦朝后期，天下大乱，陈胜率疲弊之卒在大泽乡揭竿而起，并且立魏咎为魏王。陈平看准时机，投奔了魏王，并且为魏王贡献自己的学识和计谋，但是，魏王不信任陈平，根本不采纳他的计策。这时，有人嫉妒陈平的才能，便在魏王面前说陈平的坏话。最后魏王一怒之下，把陈平赶走了。

离开魏王之后的陈平选择投奔了项羽。陈平虽然屡立战功，但是项羽心胸狭窄，也不能容纳陈平的才能，怕他有一天会造反，自己掌控不了。陈平终于看出项羽不堪大任，于是就准备"跳槽"到刘邦那里。

春天刚过，万物复苏，百花争艳。一天中午，天空灰蒙蒙的，散发着一股迷离的色彩，四下静寂萧然。陈平身披重剑，从项羽军营里走了出来。顺着偏僻小路四下摸索，向黄河边走去。

为了赶时间躲避项羽的追赶，陈平就匆匆叫船准备离开。船上有五个粗莽的汉子，面露凶色。陈平觉得这几个人不祥，但是自己后有项羽追兵，不上船就等于自取灭亡。他怕延误了时间，就匆匆上船而去。

　　等到船刚刚起航，陈平悬着的心稍微松了一点。但事情并没有预想的那么顺利，陈平察觉到这五个人正在偷偷商量着什么事情，脸上不时闪现着凶狠的神情。

　　于是，陈平偷偷走了过去，探听这些人的谈话。其中一个人说："我看这个人非官即贵，走得如此匆忙，肯定是逃出来的。如果我们先下手为强，把他杀了，金银财宝就享用不尽了。"另外一个人做了一个噤声的手势，让那人小声点儿，但是脸上也现出得意而贪婪的光彩。

　　陈平听到几个人的谈话，心里惴惴不安："这几个乡野粗汉想劫财杀我，但是敌众我寡，身处险境，怎么才能摆脱呢？"

　　船行至中途，陈平明显感觉船慢了下来，他心知这几个人要下手了。就在这万分险情之际，陈平却没有乱了阵脚，冷静地想出了一个先发制人的策略。

　　这时，只见陈平从船舱中走了出来，大声说："天气闷热，真是苦了众人啊！"说着，陈平装做若无其事地除去佩剑，开始一件一件脱衣服，边脱边抱怨天气的酷热。

　　几个人见陈平脱光了都没什么钱财，顿时打消了谋害陈平的企图。就这样，船上一行六人开始奋力摇橹，过了没多久，船就到了对岸。

　　躲避这场危机之后，陈平在刘邦身边充分展现了自己的军事才能，成为了西汉开国的首要功臣之一。

　　在一条小船上面对五个凶悍的大汉，这五个人还不怀好意，想杀了他，陈平的处境不可谓不凶险，但是陈平在面临困境的时候反而更加冷静，果断采取了先发制人的策略，用实际行动告诉他们自己身无分文，杀之无益，最终脱离了险境，避免了悲剧的发生。如果陈平当时头脑发热，拔剑去跟那几个强盗拼个你死我活的话，恐怕也就没有后来盛极一时的大汉王朝了。

　　在面对险境的时候，切莫惊慌失措，被眼前的乱局吓倒。慌乱只会让事情变得无章可循，让自己看到的整个世界都是混沌，从而更加引起内心的惶恐。其实，只要镇定地站在危厄面前，它自然就找不到空隙来打击你。

◆ 史道智慧 ◆

　　成大事者，必须具备在任何情况下都能够沉着冷静、坦然面对的特质，就像孟子所言："夫勇者，卒然临之而不惊，无故加之而不怨。"

　　遇到危险，沉着应对可化险为夷；面对意外，冷静处理能够转危为安。很多时候，处变不惊的心态是脱离险境、减小损失的最佳选择，同时，镇定不慌也是一种修养、一种智慧。智者的坚定不过是把焦虑深藏于心的艺术。

安逸的生活是危机的帮凶

——敬姜警告公父文伯

"入则无法家拂士，出则无敌国外患者，国恒亡。然后知生于忧患而死于安乐也。"这是孟子教给我们的道理。如果一个国家没有可以对其形成威胁的敌人，那么这个国家离灭亡也就不远了；如果一个人耽于安逸的生活只知享乐，那么这个人也就危险了。

春秋时期，鲁国的大夫公父文伯少年得志，做了大官，被很多人称赞。公孙文伯因此也非常得意。

有一天，公父文伯回到家中，看见母亲敬姜正在用纺车纺线，非常忙碌。公父文伯大吃一惊，就走了过去，对母亲说："我现在已经做了大官，怎么母亲还在家里纺线赚钱？这让别人知道了，岂不是会笑话我不懂得孝顺？"

敬姜听了，就停下手中的活，看了一下儿子，然后说："你怎么不懂我的心思呢？如果做了大官的人都像你这个样子，鲁国就离灭亡不远了。"

公父文伯更是惊讶："母亲，您怎么会这么说呢？"

敬姜把儿子叫了过来，继续说："以前，贤明的君主都是居安思危，都是善待百姓，先天下之忧而忧的人；如果每个人都坐吃山空，只是安于现状，顾得眼前利益，却不顾长远，那么只能是消磨掉一个人的意志，从而让他走向灭亡。"

敬姜接着问儿子："在你小的时候，我曾希望你天天都能为百姓和国家打算，这样才能培养你的忧患意识，更好地完善自己。你还记得当时我说的话吗？"

公父文伯说："记得。"

敬姜又问儿子："你既然记得，为什么做了大官就不思进取，只顾享乐呢？如果你这样做官，怎么能不让我担心呢？你这样不仅是对自己不负责，更是对国家和百姓的不负责。如果你天天如此，就是犯了渎职的大罪啊！"

公父文伯说："我知道错了。从今以后，我一定不忘母亲的教诲。但是您为什么天天纺线呢？"

敬姜回答说："我见你每天都声色犬马、不思进取，我纺线就是为了时时刻刻提醒你要保持谦虚谨慎的态度啊。如果你每天如此讲究享乐，我就只好天天纺线来提醒你。这样才能让你做个好官，才能让你为天下百姓请命！"

公父文伯恍然大悟："我懂了，我以后一定不再贪图享乐，努力做一个为天下百姓请命、为国家负责的好官！"

敬姜纺线劝子，让公父文伯体会到了母亲的良苦用心，让他知道生于忧患，死于安乐的道理。敬姜知道，由俭入奢易，由奢入俭难。如果再让儿子如此骄纵下去，只会让他自取灭亡。于是便借着纺线的机会来劝导他不要忘记艰苦，以期重归正途。

在阿拉斯加的一个自然保护区，人们为了让鹿生存下去，从而消灭了狼。鹿没有了天敌，也就没有了逃避灾祸的意识。每天都是吃饱了睡，睡饱了吃。这样时间一长，鹿再也没有以前矫健的身姿，反而出现了大批死亡的现象。最后无奈之下，只得又把鹿的天敌请了回来，鹿又开始为了逃避灾祸而不断奔跑，从而恢复到了往日的生机。

人生也是如此，如果我们贪图安逸的生活，只知享乐，就会不断消磨自己的斗志，让自己对于随时可能到来的危机失去免疫力；只有居安思危，在安逸中继续保持艰苦奋斗的作风，才能让自己不断完成蜕变，从而取得更大的成就。

◆ 史道智慧 ◆

追求进步和发展应该是自然界的固有本性，是宇宙万物永恒运动的原动力。人类内在的智慧也总在推动我们去追求自我发展，追求自身价值的完美表达，追求不断的进步应该是人类的天性。

只有不沉溺于安逸的环境之中，不断进取，未雨绸缪，才能克服困难去化解一个又一个的危机，从而为我们的人生之路闯开更宽广的天地。

先知先觉，消危机于无形

——张良劝刘邦厚待雍齿

我们总是觉得危机是突然而至的，无法预测，也无法防备。但实际上，在日常生活和工作中，总是会有那么一些蛛丝马迹预示着危机到来的可能性。这时，就需要我们有敏锐的神经和深邃的洞察力，发现于端倪，消化于无形。

其实，没有人天生就能先知先觉，但只要你有足够的危机意识，懂得居安思危的智慧，就一

定可以发现表面现象之下的波澜，把危机扼杀在摇篮里。

秦朝末期，天下大乱。刘邦经过长时间的征战，才从各路豪杰中脱颖而出，建立了汉朝。

有一天，刘邦发现很多大臣都聚集在一起窃窃私语，觉得非常奇怪，他就问张良："他们在商量什么？"

张良回答说："他们在密谋，准备造反。"

刘邦大惊失色："为什么想要造反？"

张良说："现在，皇上重用的只是萧何和曹参等那些跟你最亲近的人，而被诛杀的都是和您疏远的大臣。但是如果对每位大臣都进行奖赏，那也是不现实的。因为就算是把天下的土地都分封出去也不够用。这些大臣就是在讨论这些事情，与其得不到奖赏，被诛杀，还不如聚众造反，或许还能突围出来，保全性命。两害相权取其轻，他们就商量如何造反了。"

刘邦听张良一分析，心里顿时凉了下来："那朕应该怎么办？"

张良就问刘邦："皇上现在最恨的人，而且很多人都知道皇上恨这个人的是谁？"

刘邦不假思索地回答说："雍齿。"

"正是。如果皇上给雍齿封侯，这样一来群臣们就认为，皇上都能给自己最恨的人封侯，他们的升职也是指日可待了。如此，大家的恐慌心理就消失了，皇上自然就不用担心这场风波再会有什么危害了。"张良不紧不慢地回答说。

刘邦听从了张良的建议。不出所料，这些大臣果然安心了，汉朝的统治也得以稳固。

张良不愧是秦末时代最聪明的人，他能从一些大臣的窃窃私语中发现刚刚建立的大汉王朝所蕴含的潜在危机，并且及时向刘邦提出了化解危机的办法，维护了年轻汉朝的安全和稳定。如此先知先觉之人，又怎能不说是大智者呢？

燕子低飞证明暴雨将至，牲畜不安证明地震来袭。我们生活中的许多事情看似偶然，实则在偶然中蕴含着必然。先知先觉的人最擅长的，就是看穿偶然中的必然。时刻警惕，未雨绸缪，不仅避免了危机在实际发生后所带来的损失，而且还能降低解决问题所需的成本。

◆ 史道智慧 ◆

如果你也想做一个先知先觉的聪明人，想要把生活中潜藏的危机消弭于无形的话，那么首先需要做的就是给自己一个勤于思考的大脑，和一双善于观察的眼睛。如果大家都能看出的危机，就不叫先知先觉了；只有众人觉安，一片祥和之时，才是你最应该保持警惕、绷紧神经的时候。

事先有防范，遇事心不乱

——晋阳城得民心破智伯军

古代宋国，有个叫智子的人。有一天天降大雨，智子家的院墙倒塌了。当时一位邻居劝他赶快修好，否则很可能会有盗贼偷他家的东西。话是好话，但是智子却觉得，墙虽然塌了，但是自己的钱财还没有丢，何必着急修墙呢？结果当天晚上，智子的家里就被洗劫一空。

懒惰也好，麻痹也罢，这些最终都只会让人走向消亡。没有忧患意识的自我满足，只能让人们像"温水里的青蛙"一样逐渐丧失斗志，加快灭亡的速度。所以，如果已经意识到了问题的潜在危险，那么就一定要做好提早防范的准备，这样才不至于到时慌乱，措手不及。

春秋末期，韩国和魏国决定攻打赵国。赵国的赵襄子和张孟谈马上讨论如何防御，来躲避这场危难。

张孟谈建议说："在以前治理晋阳时，先王赵简子的臣子董安于治理得非常好，被当时人们所称赞。董安于的治理方略遗传了下来，如果我们到晋阳去防御肯定会收到很好的效果。"

赵襄子听从了张孟谈的建议，辗转到了晋阳防守。不看不知道，一看吓一跳。晋阳城远没有想象得那么好。晋阳城城墙低矮，仓库的存粮不多，钱财不足，兵器稀少；附近也几乎没有任何防御措施，根本无法防守。

赵襄子本来高调的内心瞬间凉了下来，就把张孟谈叫了过来。赵襄子问他："现在，晋阳城什么都没有，我们如何来抵御韩国和魏国的进攻呢？"

张孟谈不紧不慢地说："圣人治理国家，不在于国家的仓库有多少粮食，而在于百姓的手中有多少粮食；不注重建造高大的城墙，而是用自己圣明的治国策略感染百姓，让他们得到教化感染。这样，百姓的内心自然会对国家感恩戴德。晋阳城就是如此，我们为什么还要为钱财、粮食、兵器而发愁呢？"

赵襄子也懂得人心向背的道理，当即下令晋阳城的百姓在国家危难之际贡献出自己的粮食、钱财和兵器。没想到第二天，晋阳城的百姓就送来了数不胜数的粮食、钱财和兵器。

又过了五天，城墙也修理好了，一切都准备就绪。

赵襄子发现一个问题，就问张孟谈："现在，我们所有事情都准备就绪，但是我们没有箭，怎么办呢？"

张孟谈就说："昔日，董安治理晋阳的时候，在四周种了很多高杆植物。现在我们可以把这些植物砍下来作为箭杆。官府的柱子是青铜打造的，我们可以用它来做箭头。如此一来，我们取胜智伯就是水到渠成的事情了。"

赵襄子依计行事，做出来的箭非常好。等到智伯率领韩国和魏国的大军来攻打的时候，晋阳城上下同心协力，大破智伯军队，杀死了智伯，守住了赵国。

张孟谈知道晋阳城防患于未然，很早就收拢了人心，等到需要老百姓付出的时候，他们一定会身先士卒，为国家出力。所以张孟谈始终从容淡定，没有表现出丝毫的慌乱。正所谓"胸中自有甲兵千万"，能够退敌的条件早已"埋下了种子"，如今，就只等"开花结果"了。

很多时候我们会发现，防患胜于救灾。在事情没有发生的时候，我们的忧患意识就会努力让这件事情的发生概率降到最低，也就不会出现临时抱佛脚的情况了。

◆ 史道智慧 ◆

其实，生活中不缺少防患未然的意识，只是缺少防患于未然的实际行动。我们总是在口头上说防患，但是却没有行动的激情。似乎没有看到危机真正发生时的惨烈，就不能引起我们足够的重视。要知道，即使是万分之一的概率，若发生在你的身上，就是百分之百。

所以，防患胜于救灾，这话一点都不错。不要非等到事情发生了才去头疼医头、脚疼医脚。事先有防范，遇事才能不惊慌失措。

第35辑

磨平棱角，方圆之道

活用历史之"圆"智慧

做事要方，做人要圆。这种"圆"，绝不是圆滑世故，更不是平庸无能。这种圆是一种圆通，是一种宽厚和融通；是大智若愚、与人为善，是居高临下、明察秋毫之后，心智的高度健全和成熟。

圆，是人的高尚境界。不因洞察别人的弱点而咄咄逼人，不因自己强于他人而盛气凌人。任何情况都不会随波逐流，而是潜移默化地影响着周遭的一切。

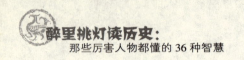
磨平棱角好做人

——周亚夫不懂圆融遭陷害

在社会这条大河里,最开始的时候,我们每个人都是一块棱角分明的石头,经过社会人际交往的河水数次冲刷之后,我们身上的棱角就会被渐渐磨平,变得圆融起来。不过不要伤心,这才真正意味着你已经彻底融入这个社会了。

汉朝时期,周勃是开国重臣,而他的儿子周亚夫也是当时著名的将领。

公元前 166 年,匈奴大军南下攻打汉朝,一路上势如破竹,先锋部队已经深入到离汉朝都城长安相距不到三百里的地方。这时,汉文帝大惊,一方面派人安抚匈奴,和他们和亲;另一方面则调周亚夫回长安,准备迎击匈奴。

公元前 158 年,匈奴又一次南下,前锋逼近太原郡。为了抗击匈奴,汉文帝又一次让周亚夫领兵,驻扎在细柳,保卫长安。

在后来的七国之乱中,吴国和楚国合兵一处,攻打梁国。汉景帝的亲弟弟梁王刘武派遣使者求救,请周亚夫速来支援。可周亚夫却以吴国和楚国士气正盛,自己的部队不能与其正面交锋为由,拒绝了梁王的请求,只是让梁王坚守。最终,周亚夫虽然取得了战争的胜利,但也因为不肯发救兵而得罪了梁王刘武。

七国之乱平定之后,汉景帝提升周亚夫为丞相,周亚夫就此达到了人生的巅峰。

公元前 153 年,景帝立长子刘荣为皇太子,但因其母栗姬逐渐失宠,没过多久景帝就反悔了,想要废掉刘荣,另立王皇后之子刘彻为太子。在中国的封建社会,立太子是大事,因为将来国家社稷的命运很大程度上都握在他一个人的手里。稍一不慎,就会引起巨大的灾难,周亚夫初登相位,认为太子没有什么过失,随意废立会让天下大乱,于是坚决反对,甚至不惜得罪汉景帝。最后,汉景帝说:"朕废立太子是朕自家之事,不用丞相插手。"周亚夫这才抽身而退,不再劝谏。

公元前 147 年,窦太后要求汉景帝封王皇后的哥哥王信为侯。按照汉朝惯例,外戚是不能封侯的。因此,周亚夫坚决不同意,在汉景帝面前据理力争。

王信由此恨透了周亚夫。于是,他就和梁王刘武联手,一起陷害周亚夫,并最终导致周亚夫丢官罢职，冤死狱中。

任何人都不能否定周亚夫是个名将、是个能臣，但可惜的是，周亚夫只会做事，却不会做人。他为人处世太过于死板，不懂得变通，最后的结果只能是树敌太多，遂被敌人陷害致死。坚持原则、拒绝变通是周亚夫的天性，或许他直到死，也没想明白自己到底失败在何处。

有的人在生活中就像一只刺猬，不论对人还是对事，总是要争出个是非黑白，往往落得个孤家寡人的结局。在社会中与人相处时，总会遇到与己不同、与意不顺的棘手问题，这时如果强攻硬打，最终大都只会取败。这时就需要我们逐渐磨平自己的棱角，学会圆融处世，才能在个体之人、具体之事中穿梭自如。

◆史道智慧◆

人生不是单纯的直线，既然我们不能让这个社会去迎合我们，那就只能适应这个社会。

只知道直来直去，不懂得侧面迂回的人，往往都会碰得头破血流。即使最终强取而得，也耗费了超出常规几倍的资源。我们不妨转换思维方法，充分认识当前局势，分析对比，审时度势。不以棱角示人，圆融变通，最终大都能迈出困境，取得成功。

处世，别让原则伤害你
——伍子胥退而保命成大业

世界上的任何事物都是有两面性的。例如，原则让你成为你自己，区别于其他人；但同时，它也会让你变得固执，并进而伤害到你。

春秋战国时期，楚平王任命费无忌为楚国大夫。但是此人非常阴险，滥杀无辜，对楚平王却是极尽阿谀逢迎之能事。再加上楚平王昏庸无能，对费无忌的话言听计从，放任费无忌做了很多坏事。

楚国的太子建非常憎恨费无忌，但是费无忌深得楚平王的宠幸，太子建也没什么办法。但是费无忌却颇为忌惮太子建，他怕楚平王死了之后，太子建继承帝位之后除掉他。为了防患于未然，费无忌就挑拨离间，向楚平王进谗言说太子建和他的老师伍奢准备密谋造反。

楚平王对此深信不疑，就把太子的老师伍奢传召进宫了。伍奢为人耿直，对楚平王信任费无忌早就心存不满。当楚平王说他意图造反的时候，伍奢大怒："你做了这么多的错事，竟然还听信谗言，连自己的亲身儿子都不相信了！"楚平王见他竟敢当面指责自己，一气之下就把伍奢绑了起来。

费无忌见自己的目的还是没有达到，就再次向楚平王进谗言："太子和伍奢师生情重。现在，您把伍奢抓起来了，太子肯定心中不服，必然会造反，到那时您的帝位就不保了！"

楚平王再次听信了费无忌的谗言，当即下令废掉太子，并且扬言要杀了他。太子得知消息，连夜逃到了宋国。

太子和伍奢已经没了力量，但是费无忌认为伍奢的两个儿子伍尚和伍子胥都是当时难得的人才，如果不趁机除掉，肯定会后患无穷。于是，就让楚平王杀掉伍奢的两个儿子，斩草除根，免除后患。

楚平王有心无力，这两个人恐怕不好杀死。费无忌献计说："我们可以让伍奢给他的儿子写信，就谎称如果他的两个儿子来见他，就可以放了伍奢。只要他们两个赶来，我们就可以瓮中捉鳖，把他们父子一起除掉。"

伍子胥和伍尚看完信后非常担心，伍尚当即表示，要马上去救父亲。但是伍子胥却说："我看这封信不是按照父亲的意愿写的，其中必定大有文章，我们还是静观其变为好。"

伍尚问："如果我们不去，怎么能把父亲救出来呢？"

伍子胥分析说："如果我们不去，楚平王顾忌我们，就不会杀害父亲；如果我们去了，楚平王少了顾忌，一定会杀了我们父子。"

伍尚说："能见到父亲一面，我死而无憾。"

伍子胥劝他："如果我们都去送死，谁还能为父亲报仇呢？"

但是伍尚执意去见父亲，伍子胥就说："你我恐怕再见无期，我再也见不到你和父亲了。"

伍尚独自去了郢都。不出伍子胥的所料，伍尚刚一到郢都，就被楚平王杀害了，他的父亲伍奢也没能幸免。楚平王下达命令，全力捉拿伍子胥。伍子胥得知父兄死亡的消息后，心中暗暗起誓："此仇不报，我伍子胥誓不为人！"之后，伍子胥来到了吴国，成就了一番伟业。

当楚平王斥责伍奢谋反的时候，伍奢并没有选择变通处之，而是当场指出楚平王的劣迹——他的下场是被杀。当书信送到伍尚和伍子胥的跟前时，伍尚选择了前去郢都营救父亲——他的下场也是被杀。事实上，如果伍子胥也那样办事，那么伍子胥就会和自己的父兄死在一起。但是在生死攸关的时刻，伍子胥选择了变通。因为他明白，去郢都只能是一条通向死亡的不归路。留得青山在，不怕没柴烧；只有暂且留下性命，才能为今后的报仇雪恨留下希望。伍子胥圆融是正确的，不仅让他最后报了仇，而且还大展宏图，成就了自己的一番霸业。

林语堂说："明智的放弃胜过盲目的执著。"人生的道路千万条，如果前进的路上摆明了"此路不通"的标志，我们又何必固执于旧有的方向？锲而不舍的确是一种可贵的精神，但前提是要走在前方终有出口的道路上。有时，弯道比直线更加快捷。

◆史道智慧◆

人生旅途中，难免会遇到某些十字路口式的关键时刻。《菜根谭》中说："处治世宜方，处乱世宜圆，处叔季之世当方圆并用。"记住，我们每个人都需要在社会这个大环境下顽强求生，要学会在坚持原则的同时，根据情势处变圆通，才能让你有奋发图强、激发潜能，从而摆脱困境。进而，也才会让你在竞争激烈的社会中立于不败之地。

第**36**辑

深谋远虑,未雨绸缪

活用历史之"谋"智慧

人生事业,大谋大成,小谋小成,无谋不成。

人生的是非成败都不过是"谋"的结果:善谋者无忧,从来如此。成功总是落在深思熟虑者的手中,未雨绸缪才能成竹在胸。人生中的每一个成功都不是偶然,多谋者安然,少思者忧虑。

策谋需要敏锐的洞察力

——孙膑献计田忌胜齐威王

谋略是我国引以为傲的传统文化，从《孙子兵法》到《鬼谷子》，从《三十六计》到《三国演义》，这些关于谋略的著述不仅是我们攻敌制胜的法宝，更是我们生活中引以为鉴的成功方略。

事实上，我们在日常的人际交往中，总是会不自觉地运用到各种各样的谋略，这不仅是中国五千年文化的传承，更是我们国家屹立于世界强国之林的重要资本。

战国时期，齐国的将军田忌经常和齐威王赛马。双方赛马赌斗三局，谁胜两场就算最后的赢家。然而在很长的时间里，田忌一直都是输家，这让他心中非常不忿。

这天，田忌和齐威王赛马又输了。回去之后，田忌就和孙膑说了此事，孙膑是孙武的后代，颇有谋略，只是被庞涓设计陷害双腿残废了。田忌却非常尊重孙膑，尊他为上宾。得知田忌赛马失败的消息后，孙膑就说下次陪他一起去观战。

又一次赛马比赛开始了，孙膑坐在边上，观赏着这次赛事。第一局比赛，田忌和齐威王都牵出了自己最好的马。比完之后，田忌输了。接下来的两场，田忌都是以失败告终。

等到回去之后，孙膑对田忌说："我看你和齐威王的马都分为上中下三等，你和他比赛的马匹相差无几。只要你按照我的方法做，保证能取胜，你尽管多下注。"

在第二天的赛马比赛时，第一局齐威王一如往常派出了自己的上等马，而孙膑却让田忌派出自己的下等马。结果跑下来自然是田忌败北。第二局，齐威王派出了中等马，而孙膑让田忌派出了上等马。结果，田忌胜了一局。第三局，齐威王派出了下等马，孙膑让田忌牵出中等马。就这样，田忌又胜了一局，以两胜一负取得了最后的胜利。

这次赛马田忌下了很大的赌注，一次性取得了最大的胜利，把以前输的钱财都赢了回来，还赚了不少。

从表面上看，孙膑的谋略在于懂得变通，不去和齐威王硬碰硬，而是选择退而求其次。三局两胜制，能够取胜两局就足够了。但实际上，孙膑之所以能够制订出如此高明的谋略，帮助在马匹的整体素质上居于劣势的田忌取得最终的胜利，则因为他想出了主动变换比赛马匹的出场次序的计策，最终收到了奇效。

洞察力是谋略吗？不是。但洞察力是谋略的前提。你先得有敏锐的洞察力，然后才能想人之不能想，为人之不能为。这就是谋略的智慧。

◆史道智慧◆

《孙子兵法》说："夫未战而庙算胜者，得算多也；未战而庙算不胜者，得算少也。多算胜，少算不胜，而况于无算乎！吾以此观之，胜负见矣。"庙算，是成功的基础。

但庙算的基础则是一个人的洞察力。在做事情之前，如果你能够敏锐地发现其中的关键所在，那么就能制订出有针对性的计划，把事情办得完美。

谋略讲究虚实之道
——廉范智退匈奴兵

《孙子兵法》说："兵之形，避实而击虚。"孙子认为，一支军队要想取胜，最重要的是要争取主动，避免被动。主动地位的取得不能靠空想，在未战之前，要"先处战地而待敌"，先敌完成作战部署，以逸待劳。军队作战所处有两种基本态势——力弱势虚和力强势实。在作战对象和攻击方向的选择上，要集中兵力以强击弱；在兵力运用上要以多胜少，避实击虚。

可见，中国人自古以来运用谋略时就讲究虚实之道。虚虚实实，变化无常，让别人猜不透你，你的谋略奏效的可能性也就大大提高了。

东汉时期，匈奴大举进攻云中（今内蒙古托克托旗），而云中太守正是廉范。廉范是廉颇的后代，颇有谋略。当时，有人就劝说廉范发檄文求救。但是廉范却不同意，而是选择了带领少数部队，前往边境抗击匈奴。

匈奴兵力强盛，廉范的兵力处于劣势。再加上廉范还留了一部分预备队，因此在交战的时候汉军渐渐落在了下风。

暮色四合之时，廉范命令兵士每人点燃两个火把，相互交叉捆绑在一起。这样一来，火把逐渐多了起来，乍一看，好像天上的星星都失去了颜色。

匈奴军看见汉军的火把不断增多，就以为汉军的援军到了，非常害怕。于是，廉范命令所有部队，等到天黑就手拿火把，突袭匈奴。匈奴不知虚实，四下溃散。

就这样，双方僵持到了清晨，匈奴大军准备撤退。廉范就命令手下冲进匈奴营帐。这时，天上大风呼啸而来，众兵士点燃了匈奴的营帐。不仅如此，汉军还大声喊叫。匈奴兵骤然听到汉军攻来，四下慌乱而逃。廉范当即命令兵士追杀匈奴，匈奴人慌乱之际来不及抵抗，被汉军斩杀了数百。自此之后，匈奴兵再也不敢进犯云中了。

廉范之所以能够以少胜多，大破匈奴兵，就是因为他深谙虚实之道。白天交战，廉范虽然兵少，但还是冒险留下了预备队，只以少数兵力迎敌，这是实而示之虚。当夜幕降临，部队疲惫不堪的时候，廉范就命令部队多点火把，让匈奴以为汉军来了援军，这是虚而示之实。在廉范虚实结合的策谋之下，匈奴人早已经乱了方寸准备撤退。而廉范则抓住机会，在匈奴撤退的时候乘胜追击。这才以少胜多，大破匈奴。

事实上，陷入危机不可怕，因为只要你应对得当，危机终究是可以化解的。因此，虚实之道不仅仅可以用来对付敌人，同样也可以用来化解自身的危机。但其实，无论战术谋略如何千变万化，其内在的实质是不变的，总结起来就只有两句话，那就是"致人而不致于人"和"避实而击虚"。只要抓住了这两点，你就可以充分发挥自己的聪明才智，从中变化出无穷无尽的战术来打败你的对手。

◆ 史道智慧 ◆

知己知彼，百战不殆。我们无法阻止对手认清自己，但我们可以让对手不能知彼，让其不能轻易看清我方的本钱和底牌。这种不让对方知彼的方式，就是谋略中的虚实之道。

在这个社会上，每一个人都有自己的底牌。如果别人轻易就可以摸清你的底牌的话，那么他就可以很轻松地算计，把你玩弄于股掌之上。因此，千万不能小瞧了古人的虚实之道，就算你不想用它来算计别人，也还要靠它来自保呢。

滥用谋略等于自掘坟墓

——春申君作茧自缚惨遭杀害

谋略就像杜冷丁，对于病人来说，杜冷丁是止痛的良药；但对于正常人来说，杜冷丁却是可怕的毒品。

谋略亦如此。如果你碰见棘手的难题，谋略可以帮助你渡过难关，但如果你滥用谋略的话，那就无异于自掘坟墓。

战国时期，楚烈王因为没有儿子而非常着急。身为宰相的春申君也看在眼里，急在心上。

春申君的门客有个叫李园的，他把妹妹嫁给了春申君，于是就此跟春申君搭上了关系。李园对春申君说："楚烈王非常信任你，你已经做了三十年宰相了。但是大王没有儿子，这样大王一气之下，就有可能废了你的丞相职位。不如你把我的妹妹献给他，这样楚烈王就不会怀疑你了。而且我妹妹现在已经怀有身孕，如果把她献给楚烈王，等到生下儿子，那时，楚国的军政大权，就全都掌握在你的手里了。"

春申君听完，觉得李园分析得很对，于是就故意带着李园的妹妹出入宫廷。楚烈王看见李园的妹妹非常喜欢，于是春申君就把她献给了楚烈王。

后来，李园的妹妹生下了一个孩子，而且是男孩，名叫棹。楚烈王非常高兴，就立棹为太子。而李园的妹妹则被封为皇后，李园成了国舅爷，身价也随之水涨船高，渐渐可以和春申君分庭抗礼了。李园怕这件事泄露出去，因此产生了杀死春申君灭口的想法。

等到楚烈王一死，公子棹即位，真正掌权的却不是春申君，而是李园。春申君白白辛苦了一场，结果却为他人作嫁衣，成全了李园，自己却搭上了一条命。

春申君就是一个滥用谋略的典型。原本身为楚国国相的他，地位相当稳固。就算是楚烈王终生无子，在立谁为新国君的问题上，春申君的意见也绝对是极有分量的。可是春申君偏偏听信了李园的鬼话，处心积虑地策划了一个大阴谋。没想到却是竹篮打水一场空，什么都没有得到。此举成全了奸贼李园，自己却落得个惨死的下场。

《尚书》中说："天作孽，犹可违；自作孽，不可活。"其实，计谋是一个中性词，没有好坏之分，关键是看谁使用它，怎么使用它。如果是小人使用计谋，那么计谋就变成了阴谋诡计；如果是君子使用计谋，那么计谋就变成了治国安邦的智慧。我们运用计谋，就应该把它用在正道上。切莫耍坏心眼，更不能滥用，否则就只能是自掘坟墓。

◆ 史道智慧 ◆

说实话，用谋略算计别人成功之后，也许的确会得到一种快感。正是这种快感，让很多人迷上了它，中了谋略的毒。但自古就有这样一句话"多行不义必自毙"，不待他人插手，就是苍天也不会饶恕使用阴谋诡计的人。

我们中国是一个素有谋略智慧的泱泱大国，所以在继承运用谋略上，一定要把这块"好钢"用在刀刃上。择善而从，使其继续发出熠熠生辉的智慧之光。